水属性の魔法使い

第二部
西方諸国編

III

久宝 忠 著

TOブックス

デブヒ帝国
Debuhi Empire
ハンダルー諸国連合
Federated States of Hundaru
Zimarino
ジマリーノ
インベリー公国
Principality of Inverey
ウイングストン
Wingstone
レッドポスト
Redpost
アバディーン
Aberdeen
王都
oyal Capital
スランゼウイ
Slanzewi
レイ王国
ey Kingdom
ラディー
hayradi
HELL's MOUNTAINS
魔の山

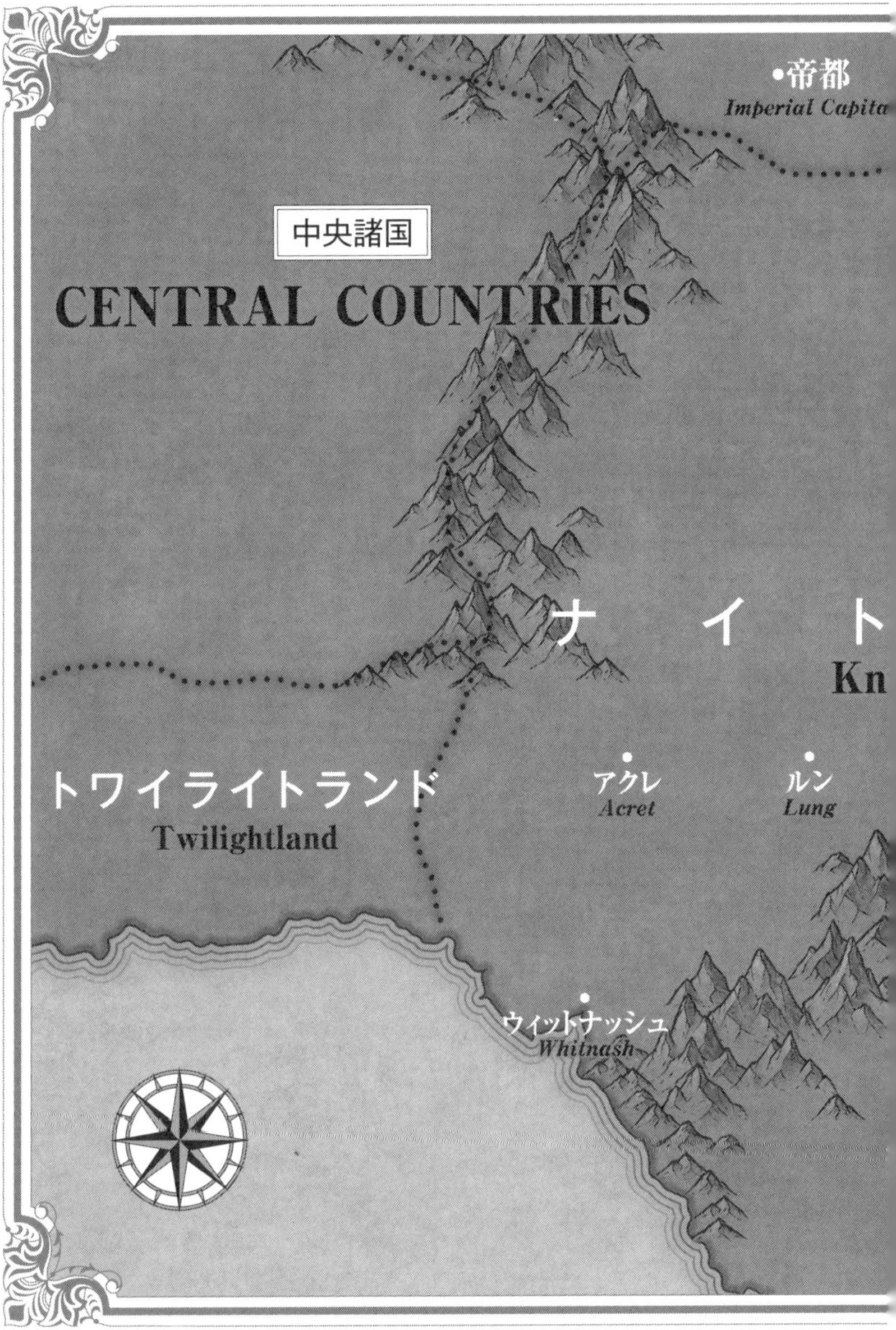

•帝都
Imperial Capita
中央諸国
CENTRAL COUNTRIES
ナイト
Kn
トワイライトランド
Twilightland
アクレ
Acret
ルン
Lung
ウィットナッシュ
Whitnash

登場人物紹介

赤き剣

【アベル】

ナイトレイ王国国王。元A級冒険者。剣士。

【リーヒャ】

ナイトレイ王国王妃。元B級冒険者。神官。
鈴を転がすような美声の持ち主。

【リン】

元B級冒険者。風属性の魔法使い。
『赤き剣』メンバー。ちびっ子。

【ウォーレン】

元B級冒険者。盾使い。無口で、2mを超える巨漢。

西方諸国

【ローマン】

一つの時代に一人だけ現れるとされる勇者。
素直で真面目で笑顔が素敵な超善人。

【レアンドラ】

西方諸国のヴァンパイアの親玉。
教会を倒すべく何やら動いているようで……？

ナイトレイ王国

【三《み》原《はら》涼《りょう》】

主人公。C級冒険者。水属性の魔法使い。
転生時に水属性魔法の才能と
不老の能力を与えられる。永遠の19歳。
王国解放戦の戦功によって
ロンド公爵に叙せられた。

十号室

【ニルス】

B級冒険者。剣士。
パーティ『十号室』メンバー。23歳。
やんちゃだが仲間思い。

【エト】

B級冒険者。神官。十号室メンバー。22歳。
体力のなさが弱点。

【アモン】

B級冒険者。剣士。十号室メンバー。19歳。
十号室の常識人枠。

Characters

・デブヒ帝国・

【ヘルムート八世】

ルパート六世の次の
デブヒ帝国皇帝。

【ルパート六世】

デブヒ帝国先代皇帝。
先の王国侵攻戦の首謀者。
実力主義者だが娘には甘い。

【フィオナ】

デブヒ帝国第十一皇女。
臣籍降下してルビーン公爵となる。
配偶者はオスカー。

【オスカー】

火属性の魔法使い。
フィオナと結婚してルスカ伯爵に
任じられた。
『爆炎の魔法使い』の二つ名で有名。

所属不明

【レオノール】

悪魔。とてつもなく強い。
戦闘狂で、涼との戦闘がお気に召した様子。

【黒神官服の男】

魔王でも天使でもない何者か。
「堕天」という言葉に
強い反応を示したが……？

【デュラハン】

水の妖精王。涼の剣の師匠。
涼がお気に入りで、
剣とローブを贈っている。

【ミカエル】

地球における天使に近い存在。
涼の転生時の説明役。

冒険者ギルド

【ヒュー・マクグラス】

王都の冒険者ギルドのマスター。
身長195cmで強面。

【ラー】

ルンの冒険者ギルドのギルドマスター。
元B級冒険者の剣士。

風

【セーラ】

エルフのB級冒険者。
風の魔法使いかつ超絶技巧の剣士。

ハインライン家

【フェルプス・A・ハインライン】

白の旅団団長、B級冒険者。
アベルとは幼なじみ。

【アレクシス・ハインライン】

王国有数の諜報部隊を抱える
ハインライン侯爵家の現当主であり、
王国宰相としてアベルの右腕となっている。

・ハンダルー諸国連合・

【オーブリー卿】

ハンダルー諸国連合執政。
王国東部やその周辺国を巡って暗躍している。

【ロベルト・ピルロ】

連合の構成国・カピトーネ王国の元国王。
オーブリー卿に匹敵する政治手腕の持ち主。

第二部　西方諸国編Ⅲ

イラスト——天野 茳
デザイン——伊波光司+ベイブリッジ・スタジオ

第二部　西方諸国編Ⅲ

プロローグ

その日、王国使節団団長ヒュー・マクグラスは、供の者を連れて教皇庁に出向いた。供の者とは、ニルス、エト、アモン、涼、ハロルド、ゴワン、そしてジークである。

「ナイトレイ王国使節団団長ヒュー・マクグラスだ。グラハム枢機卿《すうききょう》に就任祝いを伝えにまいった。約束はしてある」

一行はすぐに、教皇庁の奥に通された。

普段、ヒューがオスキャル枢機卿と面談をする表に近い部屋ではなく、かなり奥。おそらく、教会関係者以外はなかなか入ることはないであろう場所。行き交うのは、教会の祭服に身を包んだ者ばかりだ。

「いきなり襲撃を受けたら、さすがにヤバいですね！」

なぜか嬉しそうに、危機を嬉々として語る涼。

「いや、なんで嬉しそうなんだよ」

ニルスはちゃんとつっこむ。

最近はアベルにも匹敵するつっこみだと、涼は高く評価している。

エトは笑いをこらえ、アモンは苦笑する。『十一号室』の三人は、賢明にも表情を変えずに聞き流す。

「リョウ、不吉なことを言うな」

とてもまともな内容で窘《たしな》めたのは、ヒューであった。この八人の中で最も常識人なのは、強面巨漢《こわもてきょかん》の団長なのだ。一見脳筋に見えるが、常識人で、なおかつ頭脳もきちんと一流……。

一行が通された部屋は、驚くほど広かった。学校の体育館ほどの広さといえば分かるだろうか。

その中に、二十人は座れる会議机、十人以上は座れる応接セット。そして、一番奥に、執務机と人が一人……。

それは、枢機卿となったグラハムであった。

「よく来てくれました、マスター・マクグラス。それと皆さん。……ん？」

そこまで言って、グラハムは訝《いぶか》しげに一行を見た。

数秒押し黙った後、言葉を続ける。

「失礼ですが……また、怪異に遭われましたか？」

「はい……」

グラハムの問いに、エトが答えた。

他の五人も頷く。

目を見開いて驚いているのはヒュー。もちろん、一行が超常の者に遭ったという報告は聞いているが、なぜグラハムがそれに気付いたのかが分からないからだ。

「ちょっと失礼。〈イビルサーチ〉」

グラハムは、唱えると、しばらくして何度か頷いた。

「やはり、この前と同じものですね。聖煙《せいえん》で祓っておきましょう。ちょうど、そこに焚《た》いてありますから」

なぜ焚いてあるのか分からないが、一行にとっては幸運であった。一行の知らない、何か深い理由がありそうだが……なんとなく、今は聞けなさそうな感じなので、涼ですら黙っていることにした。

したのだが……。

「この聖煙は、毒を浄化することもできます。この部屋にいても、毒を撒かれる可能性がありますからね。不可視の毒である可能性を考えて、常に焚いているのです。それにこの聖煙は、魔法などによる盗聴を防ぐこともできます。なかなか万能な煙なんですよ」

グラハムの方から説明してくれた。

それも、笑顔で。

自らの命が危険にさらされているかもしれないというのに、笑顔で。

「それは……大丈夫なのか？」

ヒューが案じて尋ねる。

「まあ、仕方ありません。ここはそういう場所なのです」

グラハムの笑顔は、今度は苦笑いに変わった。

「開祖ニュー様が望まれた姿からは、大きくかけ離れてしまったのですがね」

そう言うと、グラハムは小さく首を振る。

「特に私は新入りですから、他の枢機卿に比べて権力基盤が脆弱《ぜいじゃく》です。いわゆる、暗殺部隊も持っていませんからね」

「聖職者が暗殺部隊とか……」

グラハムの説明に、ヒューが首を振りながら呟く。

もちろん、非難してではない。理想と現実の乖離《かいり》を受け入れつつ、理想までの距離の遠さを嘆いてだ。

「個人の間では、法律や契約書や協定が、信義を守るのに役立つ。しかし、権力者の間で信義が守られるのは、力によってのみである……」

涼の呟きに、グラハムは少しだけ驚いて目を見開いて問う。

「そう、リョウさんのおっしゃる通り。どこかで、権力の掌握について学ばれましたか？」

「いえ……昔、故郷の街の図書館にあった本に書いてあっただけです」

「権力者の心得が書いてある本が、街の図書館にある……？」

ハロルドのその呟きは、隣のジークにだけ聞こえた。

ジークもハロルドの気持ちが分かる。そう、「意味が分からない」という気持ちが分かる。だから同意して頷く。

涼が諳《そら》んじた一節は、マキャヴェッリの『君主論《くんしゅろん》』の一節。君主論なのだから、君主の心得的なことが書いてあるのは当然である。

「何よりもまず最初に、しかもただちに、土台を固めなければならない。他の者がずっと以前から用意してきたことと同じことを、就任と同時に、時をおかずに実行する心構えが不可欠だ……とも書いてありました」

「そう……そうなのです。そのため、枢機卿就任と同時に、昔馴染《むかしなじ》みの者たちを、いくらか呼び寄せました。その中には、ローマンパーティーで一緒だった魔法使いたちも」

涼の言葉に、グラハム枢機卿は大きく頷いて、そう言った。

ローマン……勇者ローマンと共に活動したパーティーメンバー。

ヒューは、一人ひとりを思い浮かべた。

斥候モーリスは、ヒューの部屋に忍び込んできたので知っている。火属性魔法使いゴードン、風属性魔法使いアリシア、土属性魔法使いベルロック……そして、エンチャンターのアッシュカーン。

いずれも、一流の冒険者たち。

勇者ローマンは、魔王と共に中央諸国へ秘密裏に亡命したが、それでも残された者たちが強力なメンバーであることに変わりはない。

自らの陣営に、強力な手駒を集めるのは権力争いをする者たちとしては当然の行動だが……。

（俺はやりたくない）

ヒューはそう思い、心の中で首を振った。

「今日中にも正式に通達されると思いますが、中央諸国使節団の交渉窓口が、オスキャル枢機卿から私に代わります」

「そうなのか？」

グラハムの言葉に、驚いて問い返すヒュー。

「まあ、私は、マスター・マクグラスはもちろん、デブヒ帝国の先帝陛下とも面識がありますので、適任と言われれば適任です。そういうわけで、いろいろとやり取りも増えると思いますので、よろしくお願いします」

「いや、こちらこそ」


一行はグラハムの下を辞し、廊下に出た。そこは三階の廊下。窓から、中庭が見える。

涼はふと、その中庭を見る。そこを、見知った顔が歩いていた。四人の修道士に囲まれて。

「ニールさん？」

そう、共和国で錬金術について語り合ったニール・アンダーセン。

彼だ。見間違えたりはしない。

（暗黒大陸に行くって言ってたはずだけど……予定が変わったのかな？）

理由を知る術《すべ》はない。ただ、少しだけ、涼の心に引っかかった……。

◆

ヒューたちと共に挨拶《あいさつ》に伺った翌日も、教皇庁には涼の姿があった。

「グラハムさん、本日の報告書をお届けに上がりました」

「あの……リョウさん、そんな取り決めはなかったはずなのですが……」

そう、そんな取り決めはない。

確かに、使節団と教皇庁の間では、毎日、書類は行き来するし交渉も行われている。しかし、それは交渉の実務を担う文官たちの仕事だ。決して、護衛冒険者の仕事ではない。

「行き帰りも物騒なので、書類の伝達は、護衛冒険者がやる方がいいということになりました」

そんなわけない。

使節団宿舎と教皇庁は、文字通り目と鼻の先。一つ大きな通りを挟んだだけの位置にある。それも、法国で最も安全が確保されている教皇庁の周辺……行き帰りが物騒なわけがない！

だが、涼は団長のヒュー・マクグラスだけではなく、首席交渉官イグニスをも説得しこの仕事を勝ち取っていた。

勝ち取っていた、という表現がこの場合正しいかどうかは、人によるかもしれない……。

涼がこの仕事をつくり上げ、役割を勝ち取った理由は、教皇庁に毎日入るためだ。やはり、昨日見たニール・アンダーセンが気になった……というのが一番大きい。

もちろん、教皇庁の門をくぐりグラハムの執務室に至るまで必ず案内の修道士がつき、勝手にルートを逸《そ》れることはできない。それでも気になるものは気になるのだ。

涼が提案した『書類運び』は、使節団の交渉全てに責任を持つ首席交渉官イグニスにとって悪い話ではなかった。

実際、文官たちには、多くの煩雑《はんざつ》な仕事がある。

その中には、書類を交渉先に提出する仕事が、驚くほど多い……それは事実。そのために、貴重な文官を割いて持っていかせるよりは、余っている護衛冒険者の誰かが持っていってくれるとなれば、それはそれでありがたい。

だから、涼が提案した際には、一も二もなく提案を受け入れた。

しぶったのは、ヒューであった。

涼がわざわざそんな提案をしたからには、何か特別な理由がある……それくらいは分かる。だが、現実的に文官たちの仕事を軽減することに繋がるのなら、決して悪いことではない。

ただ、しぶったのは……。

「リョウ、問題を起こすなよ?」

この言葉を何度言ったことか。

「もちろんです。僕は今まで、問題とか起こしたことないでしょう?」

涼はそのたびに答えた。

実際、なぜか涼は問題を起こすというイメージを持たれているが、これまであまり、人の迷惑になるような問題は起こしていない……はずだ……多分……きっと……。

それなのに言われるのは、やはりイメージ。

何においても、イメージは大切なのである。

◆

「ははぁ……なるほど」


涼から、事の経緯を聞いて、グラハム枢機卿は頷いた。

グラハムからすれば、別に、涼が毎日書類を届けに来ても問題はない。どうせ、文官の誰かが持ってくるものを、涼が代わりに持ってくるというだけだから。

それがほぼ毎日だったのが、毎日になっただけ……。

「まあ、分かりました。関係各所に、伝えておきます。教皇庁内ですから、自由に移動することはできませんが、奇異な目で見られることは少なくなるでしょう」

「ありがとうございます」

グラハムは頷いてそう言い、涼はお礼を言って頭を下げた。

「ニール・アンダーセンの名は、私も聞いたことがあります。有名な錬金術師ですから。長らくマファルダ共和国に滞在されていましたね。確か、これまでも法国に何度か招こうとしたはずですが……いつも断られていたとか。その方が教皇庁の中にいたとなると、確かに気になりますね」

グラハム枢機卿はそう言うと、何事か考えるように俯《うつむ》いた。

「さて……裏で糸を引くのはサカリアスか？　それに紛れてアドルフィトか、カミロの可能性は否定できない。あるいは、別の誰か……」

グラハムの呟きは、傍にいる涼にすら聞こえなかった。


次の日から、教皇庁内で少しずつ噂が流れるようになった。

毎朝九時に現れる中央諸国使節団の、ローブを着た魔法使い風の冒険者。肩掛けカバンの中に書類を入れてくる。

それはいい。

だが、時々、非常に大量の書類を運んでくる場合がある、大人数で運ぶような大量の書類。

そんな時も、その冒険者は一人でやってくる。後ろに透明の荷車、あるいは台車のようなものを引き連れて。その光景自体、とても奇異である。魔法で生成された台車なのだろうが、誰も聞いたことのない魔法。

だが本当の衝撃は、それが通り過ぎた後に修道士たちを襲う。

教皇庁内は、かなり階段が多い。かの台車たちは、どうやって階段の多い教皇庁内を移動しているのかと。

そして、次に冒険者と台車に出会った際には、階段の場所でどうするのかを注視するようになる。台車が階段にかかる瞬間、階段に氷らしきものが張られてスロープになるその光景に、今度は驚くのだ。

半数は「なるほど」と感心し、半数は「そんなことが可能なのか」と驚く。

西方諸国においては、中央諸国の魔法レベルは低い……そう思われて久しい。それは、概《おおむ》ね事実だ。

どこかのヴァンパイアの真祖様が、百年かけてそうなるように仕組んだおかげである。もちろん、それによって、魔法を使う裾野は広がったわけだが。

しかし、この冒険者の行動によって、少なくとも教皇庁の修道士たちの間では、認識が改められつつあった。

中央諸国の魔法、侮《あなど》るべからず。

もちろん、少しずつではあるが。

◆

修道士カールレが、使節団からの書類を運んでくる魔法使い風の冒険者を案内するようになって、十日が経とうとしていた。

カールレは、敬愛し尊敬するグラハム枢機卿の身の回りのお世話をすることを至上の喜びとしているため、一時でもその声が届かない場所に行かねばならないこの役目は、最初、悲しい仕事であった。

だがグラハム枢機卿から、「リョウさんは、私がローマンたちと中央諸国に赴いた際、大変お世話になった方です」と言われてからは、誠心誠意、尽くすようにしている。

実際、『リョウ』と呼ばれるこの冒険者は、事の最初から普通ではなかった。

特に彼が〈台車〉と呼ぶ魔法。

もちろん、術者の後を付いてくると言えば、ゴーレムが真っ先に思い浮かぶであろう。そしてゴーレムなら、段差など関係なく二足歩行で付いてくる。その点は、彼の〈台車〉よりも優秀と言える。

しかし、ゴーレムは消すことはできない。

それに比べて、この〈台車〉は生成、消去が自由自在なのだ！　さらに、大きさの変更も自由自在。

それを最初見た時、修道士カールレは、口をあんぐりと開けたまま固まってしまった。その姿を見て、敬愛するグラハム枢機卿は小さく笑っていらっしゃったとか……。

なんて恥ずかしい！

カールレがこの役割を与えられて、一週間もしないうちに、教皇庁内では『リョウ』を知らない者がいない状態になった。

彼は、多くの同僚に聞かれるようになったのだ。

「あの冒険者は何なのだと」

カールレの方が聞きたい。あの冒険者が何なのかなど。

はっきり言って、分からない。

もちろん、『リョウ』と呼ばれる冒険者が、横柄《おうへい》であるとかぞんざいであるとか、そんなことは一切ない。むしろ、非常に丁寧だ。いわゆる『冒険者』と呼ばれる者たちから想像される、粗野さやガサツさなどは全くない。

一度などは、書類を持ってきた後、グラハム枢機卿の元でお茶を飲んでいかれたことがあるが、その所作は非常に洗練されていた。

中央諸国の冒険者には、貴族家の者たちもそれなりの数いると聞く……特に、今回の使節団のように国外に派遣される場合には、その辺りも考慮されているのではないかという話も聞いたことがある。

もしそれが本当ならば、あの『リョウ』という冒険者は、貴族の家に生まれた者なのかもしれない。直接そんな質問はできないので、全てカールレの推測だが。

一度だけ、意を決して、グラハム枢機卿にその点を尋ねたことがある。

その時の枢機卿の答えは……。

「秘密です」と、うっすら笑って答えられた。

だから、おそらくはそうなのだろう。

最近は、カールレは同僚たちからの質問にはこう答えるようにしている。

「非常に所作の洗練された、おそらく上流階級ご出身の方です」と。

◆

涼は気付いていた。

彼を見る視線の中に、以前会ったことのある視線が交じっていることに。

だが、動きというか所作というか……大きさや息遣いなどは以前のままなのだが、動き方が若干違うような気がしていた。まるで鎖で繋がれているか、重りでも付いているかのような。

以前であれば、そこまで分からなかったのだが〈パッシブソナー〉の精度が上がったために、そこまで理解できたともいえる。

日々の努力こそ大切！

あえて涼が〈台車〉を使って目立ったのも、裏で〈パッシブソナー〉で探るためだ。

どうしても人の目は、目立つ〈台車〉の方に向かう。そんなことをしている人間が、同時にソナーの魔法で探っているとは思うまいと。

そんな中で視線に気付いた。その視線は、いつも同じ場所から涼を見ている。

だから涼は、前を歩くカールレ修道士に問うた。

「この中庭の向こう側、三階って、いったい何があるんですか？」

「え……」

カールレの反応は、普通ではなかった。

涼が問うた瞬間、汗が噴き出したのだ。それは、するべきではなかった質問ということ。涼は、悔やんだ。誤った質問であったと。

「あ、あの辺りは、私たち一介の修道士は足を踏み入れることのできない一角です。できればリョウさんも、近付こうとは思わない方が……」

はっきり分かるくらい、カールレの声は震えている。

「はい、分かりました。近付きません」

涼がそう言うと、カールレ修道士はほっと息をついた。

心の底から涼のことを心配してくれたらしい。善《い》い人である。

カールレのように善い人もいれば、視線の主のように恐ろしい人もいる。視線の主は、以前会った時には司教だったはずだ。それもただの司教ではなく、『教皇の四司教』という特別な司教。

カールレも視線の主も同じ聖職者だが……。

涼自身は、宗教に対して忌避感は無いし、逆にのめり込んだことも無い。

地球にいた頃、いわゆる聖書は学問の一環として読んだことがある。旧約聖書も、新約聖書も。西洋史学専修ならば当然だろう。

同級生には、有名な神社の宮司を継いだ者もいる。室町時代から続くお寺を継いだ国語の先生もいた。

勝手な結論としては、宗教に関わっている人たちも、関わっていない人たち同様に、善い人もいればそうでない人もいる。

その観点から見るなら、目の前のカールレ修道士も、視線の主も、あるいはちょっと影があって、時々怖い部分も感じさせるグラハム枢機卿も、特に異質ということはないのだろう。

そう……そもそも、涼が引き継いだ黒い冊子の錬金術は、暗殺教団をつくり上げた『ハサン』によるものだ。つまるところ、暗殺者だって悪い人ではない。

……いや、さすがに暗殺者は悪い人な気がする。

◆

「グラハムさん、こちらが本日の書類です」

「ああ、ご苦労様です」

涼は、今日も無事にお仕事をこなした。

ここから先は、プライベートだ。そのために、ちょっとした質問を目の前の枢機卿にすることもある。

「グラハムさん、ちょっとお尋ねしたいことがあるのですが」

「ん？　どうしました。今日は余裕がある、というほどではないですが……二、三分なら大丈夫ですよ」

グラハムは、枢機卿という西方教会における頂点近くの地位にいるのだが、どこかの王様のように書類まみれにはなっていない。以前聞いたところによると、枢機卿の仕事の多くは、書類ではなく言葉によるものらしい。

素晴らしい！

あまり時間があるわけではなさそうなので、涼はずばり聞くことにした。

「教皇直属第三司教のチェーザレについて知りたいのです」

「それは……」

さすがのグラハムも、そんなことを聞かれるとは想像していなかったのだろう。言葉に詰まる。

涼が、その情報を知っているのは、もちろん、マファルダ共和国で得たからだ。

「教皇直属の暗殺部隊を率いる四司教の一人……」

涼が促すように呟く。

グラハムは小さくため息をつくと、問うた。

「答える前に、なぜリョウさんがチェーザレについて知っているか、教えてもらえますか？」

「実は、ちょっと前に、ヒューさんに依頼されてマファルダ共和国に行っていたのですが、その時に……不幸な接触がありまして……」

「もしや……彼を諜報特務庁で倒しました？　倒され

たチェーザレは、共和国の官憲に引き渡されたりしました？」

「僕は、ただ特務庁の庭を散歩していただけです。そしたら、彼に襲撃されたんですよ」

「……そうですか」

涼の言い訳じみた説明に、グラハムは小さく首を振る。少し考えた後で、言葉を続けた。

「ただ、チェーザレは脱獄したとか」

「そんな説明も受けました」

確かに、共和国を出る前に寄った特務庁でそんな説明を受けた。

少し考えた後、グラハムは説明を始めた。

「お伝えできる情報は限られていますが……。彼らは、『教皇の四司教』と呼ばれます。その名の通り、教皇聖下直属ですので、他の司教たちとは比べ物にならないほどの地位と権力を有しています。場合によっては、司教の上の大司教よりも。四人の名前は、アベラルド、ブリジッタ、チェーザレ、ディオニージです。それぞれ、破壊工作員……と言いますか暗殺部隊を率いており、今回の共和国への干渉のような裏の仕事も行っています」

グラハムはここで言葉を一度切り、コーヒーで喉を潤してから言葉を続けた。

「率いる暗殺部隊も厄介ですが、それ以上に、彼ら四人の個人戦闘力の高さが、最も厄介と言えるでしょう。一国の国主の寝所に忍び込み、寝首を掻《か》くなど造作《ぞうさ》もない……そう言われています。西方諸国のほとんどが、教会の意向に逆らうことがない理由の一つは、彼らの存在だと言う者すらいるほどです」

「なるほど……」

グラハムの説明に、涼は頷く。

「基本的に、彼らは、この教皇庁内ではその力を振るうことはないと言われています。『制約』があるとか。ですが、私個人としてはそんなものは信じていません。リョウさんも……まあ、リョウさんの戦闘力なら大丈夫かもしれませんが、それでも気をつけてください。いつも、一対一とは限りませんから」

「はい。肝に銘じておきます」

以上が、グラハムが涼に伝えてもいい範囲の情報らしい。

「カールレ修道士」

グラハムが少し大きめの声で呼ぶと、隣の部屋に控えていたらしいカールレが入ってきた。

「はい、猊下《げいか》」

「リョウさんを外まで案内してください。私は、第八司祭団の方々との研究に行きますので」

「畏《かしこ》まりました」


グラハム枢機卿が第八司祭団との研究に向かう途中の廊下。

「グラハム枢機卿」

「ああ、これはアドルフィト枢機卿、こんにちは」

アドルフィトと呼ばれた男は、六十代半ば、一メートル五十センチほどの身長、髪の毛は全て剃《そ》り落とした、ある意味で非常に印象的な……無視できない雰囲気を持つ男。

表情はにこやかに微笑《ほほえ》んでいる。

十二人の枢機卿の中で最も搦手《からめて》を得意とし、裏の仕事に通じ、目的のためなら手段を選ばない人物だと言われているが……。そんな評判は、見た目から推し量ることはできない。

もちろんそれはアドルフィトだけに言えることではなく、他の枢機卿に関しても言えることだ。いずれも、邪《よこしま》さのかけらもない。

それは当然。

なぜなら、西方教会の高位聖職者なのだから。

そんな邪な雰囲気なりなんなりを漏らしているような人物が、聖職者として高い地位に上がれるわけがない。当たり前の話なのだ。

それはもちろん、グラハムに関しても言えること。

「これから研究ですかな？」

「はい。第八司祭団の方々と、ニュー様の秘蹟《ひせき》について」

にこやかにアドルフィトが問い、グラハムもにこやかに答える。

ニュー様とは、西方教会の開祖のことだ。

「グラハム枢機卿のニュー様に関する論文は、いずれも高い評価を受けておりますからな。いつか私も、研究に交ぜていただきたいものです」

「ええ、ぜひ」

にこやかにアドルフィトが言い、グラハムもにこやかに答える。

「それでは」

「はい、失礼します」

挨拶を交わし、二人は別れた。

もちろん、にこやかなままに。

舌打ちも、ため息も、呟きもない。呼吸すら、正常時のまま。

それが、教皇庁。

(今も昔も、息苦しい場所だ)

グラハムは、表情も変えず、呼吸も変えず、もちろん歩調も変えずに、心の中でそんなことを思った。

心の底から敬愛する開祖ニューのことを考え、その奇跡と辿った道を調べる時だけ、本当の癒しを得ることができる。

(ここはもはや、ニュー様の望んだ場所ではなくなっている……)

グラハムは、心の中でため息をついて、研究に向かうのであった。

◆

涼は毎朝、教皇庁のグラハム枢機卿に書類を届ける。

これは、教皇庁の中をそれとなく探るためだ。もちろん歩き回るのではなく、〈パッシブソナー〉のような魔法で。あわよくば、以前見かけたニール・アンダーセンが見つかればいいなと思っているのだが……残念ながらあれ以来、一度も見かけないしソナーにも引っかからない。

代わりに、チェーザレの視線は感じる。常に同じ場所……中庭の向こう側の三階の角部屋から。

最近は、グラハムに書類を届けて教皇庁を出ると……常に監視されるようになった。これは、もちろんチェーザレではない。別の誰か。基本的に、三人体制。

もっとも、教皇庁を出て大きめの道を横切ると、もうそこは王国使節団宿舎。だから、監視されても全く問題ない。

しかし涼も、宿舎にいつも籠《こ》もっているわけではない。

宿舎には、王国使節団に対する窓口となっている『王国使節団歓迎班』という者たちがいる。こちらは、分かりやすい監視員。使節団員たちの、様々な便宜を図るのが表向きの仕事。

もちろん本来の目的は、余計な場所に行ったり余計なことを知られたりしないようにするための監視員であるが、表向きが歓迎班である以上、使節団の多くの要望を叶えるように動いてくれる。

例えば、水属性の魔法使いが、聖都マーローマーの専門図書館で調べ物をするのを助けてくれたりもする。

最初は、涼がそれを言い出したのであるが、最近は神官エトやジークも、専門図書館に入り浸っているらしい。真理の探究者としての側面も持つ彼ら神官にとっては、西方教会の成り立ちなども興味深い事柄なのだ。涼が、錬金術関連の書籍を読みふけるのとは、かなり趣《おもむき》が違う……。

どちらにしろ、涼も時々、専門図書館に行く。図書館は、宿舎からは二ブロックほど離れている。

移動している間も涼は、やはり常に監視対象となっていた。

《今日もこの時間帯は三人。共和国でも監視されていましたけど、その時の二人よりも洗練されているのです》

《リョウも、いろいろ大変だな》

『魂の響』で繋がった国王陛下は、言っている言葉は涼のことを気にしてくれているが、実はなんとも思っていない。

《分かっているのです！》

《いや……そんなつもりはないのだが、なんかすまん。だがリョウは、襲われたいと思っているだろ？》

《ギクッ》

さすがに付き合いの長い王様は、涼が何を望んでいるのか、全てお見通しのようだ。

《そ、そんなわけないじゃないですか～。ででも、もしもですよ？　もしも、襲ってきてほしいな～と思ったら、どうやったら襲ってきてくれますかね？》

《……襲ってきてほしいんだろ？》

《たとえばですよ、た・と・え・ば！》
涼のバレバレな言葉を受けて、アベルは深いため息をついた。
《絶対に観察だけ、となっていれば何があっても襲ってこないだろ？》
《確かに……理性に訴えかけるのは効果が無いということですね》
そして、涼は、ふと閃《ひらめ》いた。
《世界には、不可抗力という言葉があります。無意識の領域に訴えかけるのが、良いに違いありません！》
《……俺は何も聞かなかったことにする。グラマスには、この王都から、気をしっかり持てとだけ言っておこう》
国王陛下は、放任主義らしい。

◆

（今日はやけに動く）

監視小隊長が、その日抱いた感想であった。

ここ十日、自分を含めた三人で一班、三班八時間交代で対象を監視している。毎日午後二時に前の監視班と交代し、夜十時に次の監視班に引き継ぐ。

現在、夕方四時。引き継いで二時間だが、いつもの動きと違う。

対象は、毎朝九時に、教皇庁と宿舎を往復。その後は、宿舎の中で読書をしていることが多い。

時々、専門図書館に出向く。帰ってくる時には、だいたい五、六冊の本を抱えている。

当然、専門図書館も本の貸し出しなどは行っていないのだが、対象は『歓迎班』と交渉をして、貸し出しの許可を取り付けたらしい。

ちなみに返却は、『歓迎班』が行っているようだ。

そんな、教皇庁、宿舎、専門図書館、時々カフェ・ローマー……しか行かない監視対象が、今日は街の食堂に入っていった。

その食堂は、裏口があるため、小隊長が裏口を見張り、他の二人が正面入口を見張る。それが監視手順。

少なくとも、この聖都の全ての商業施設の図面は、彼ら監視者たちの頭の中に入っている。そのため、逃

げられるということはあり得ない。当然、全ての道も把握済みだ。夜だろうが、場合によっては目を瞑《つぶ》ってでも、目的地まで行くことができる。

　監視班は、それほど街の状況を把握している。


　バタンッ。

　食堂の正面扉が閉まる音。いつもよりも若干音が大きい。

　部下二人が慌てている。対象が食堂を走り出たのだ。

（くっ……いったい今日はなんだってんだ）

　思わず小隊長は、心の中でぼやいた。

（しかも、足が速い！）

　部下二人はなんとか付いていってるが、小隊長は、裏口を見張っていた関係で、少しだけ遅れていた。

（まずい……あそこの路地は、入り組んでいる……）

　監視対象が曲がった路地は、障害物の多い路地だ。道も狭く、人通りも少ない。こんな夕方の時間帯でも、かなり少ない……。

　そう思いながら、小隊長は路地を曲がった。


（む？　まさか見失った？）

　音が全く聞こえなくなった。障害物も多いため、道の先も見えない。

　それどころか……部下も、どこに行った……？

　それは、完全に条件反射だった。

　突然、すぐ背後に感じた感覚。

　小隊長は、監視が任務だが、当然、近接戦は鍛えられている。場合によっては、暗殺任務に就くこともあるから。主の指示があれば、なんでもする。

　だから背後に突然現れた気配、それも殺意を纏《まと》った気配に対して、思わず剣を抜いて斬りかかったのは、仕方なかっただろう。

　一瞬の躊躇《ちゅうちょ》は、自らの命を失うことに、容易に繋がる。彼らがいるのは、そういう世界だから。

　カキンッ。

　小隊長の剣は、見えない壁に弾かれた。

「攻撃しましたね？　これで正当防衛成立です」

　背後の影は、そう言うとにっこりと笑った。

　その瞬間、小隊長は見た。

それは、追っていたはずの監視対象。

それが、最後の記憶となった……。


小隊長は目覚めた。

まず、手足が全く動かないことを確認する。いや、それどころか、体も頭も全く動かない。口すらも……。

天井が低く、見える範囲に窓がない。どこかの地下室か？

正面、見える位置に部下二人を確認できた。だが、二人とも……。

（氷漬け？）

やけに透明な氷の中に入れられている。

そして、小隊長は、自分も同じような氷の中に入れられていることに気付いた。

（なんだ、これは……）

「気付いたか」

辺りに声が響いた。

聞き覚えのある声。

記憶が確かなら、それは新たに枢機卿になった……。


（グラハム枢機卿）

現れたのは、確かにグラハム枢機卿であった。

監視対象はグラハム枢機卿の元に、毎朝書類を運んでいる。二人に、なんらかの繋がりがあるであろうことは想像がつく。どんな繋がりなのかを探るのも、小隊長に課せられた任務であったのだが……。

次の瞬間、小隊長の首から上の氷が消えた。

「ゲホッゲホッ」

小隊長は、氷漬け状態からの突然の変化に、思わず咳《せき》をする。

反動で、空気を吸い込んだ……煙の混じった空気を。

意識が朦朧《もうろう》となる……。

意志の力がなくなる……。


「まったく……リョウさんも、無茶をする。しかも無茶も言う……」

そう言うと、グラハムは苦笑した。

「すいません」

涼が頭を掻きながら苦笑いする。

「まあ、私にとっても得るものは大きいので、いいんですがね」

「元異端審問庁長官ですよね？」

「よく覚えていましたね。あの時のヴァンパイアが言った言葉、聞こえていましたか」

「はい」

コナ村近くでの話だ。

「多分、言いたくない人の口を割らせるのも、得意ですよね？」

「ええ、まあ。とりあえず、この三人から情報を引き出して……記憶を消して、夜十時までに使節団宿舎の周りで、次の者たちに引き継がせるようにしましょう」

「ありがとうございます」

グラハムは素敵な笑顔であった。

涼も素敵な笑顔であった。

人も騙《だま》さない笑顔とは、こういうものに違いない。

《実際は、もの凄く騙しているが》

《だまらっしゃい！》

王都の王様の言葉を、涼は言下に切って捨てた。

◆

「グラハムさん、こちらが本日の書類です」

「ああ、ご苦労様です」

涼は、今日も無事にお仕事をこなした。

なので、この後は、プライベートの時間である。

「グラハムさん、昨日の件は……」

「ええ、お伝えしようと思っていました。今朝は時間をとってありますので、説明をしましょう」

涼の問いに、グラハム枢機卿はそう答え応接セットに誘う。

すぐに、香り豊かなコーヒーが運ばれてきた。おそらくは、暗黒大陸産のコーヒー。

「分かったことからお伝えしましょう。リョウさんを監視していたのは、アドルフィト枢機卿の手の者でした」

「ほぅほぅ～」

グラハムは、そう説明してくれたが、もちろん涼は教会内の知識がほぼ無いため、件《くだん》のアドルフィト枢機卿がどういう人物か全く分からない。

「アドルフィト枢機卿は、十二人いる枢機卿の中でも、最も裏工作に秀《ひい》でた人物だと言われています」

「裏工作……」

グラハムの大上段からの説明に、涼はさっそく顔をしかめる。

面倒な人に目をつけられたらしい。

「八時間ずつ三交代制で監視していたのは、リョウさんは分かっていたようですが、目的としては、特に害を加えようとしていたわけではないようです。私との関わりを、可能なら探り出す。むしろ主目的は、リョウさんを通じて教皇庁内の情報が外部……使節団にではなく、共和国のような仮想敵国に漏れないかを探っていたようですね。リョウさんが共和国帰りだという点が、その理由だったみたいです」

「ああ、なるほど……」

グラハムの説明に、涼は非常に納得できた。

仮想敵国、というより戦端すら開いた共和国から戻ったばかりの人間が、毎日のように教皇庁内に出入りしていたら……確かに裏の仕事に精通した人物から見れば、怪しむのは当然な気がする。

「じゃあ、そのアドルフィト枢機卿とかいう人は、教会のためを思って行動した善い人なんですね」

「善い人……と言い切れるかは分かりませんが、今回の監視自体は、教会と法国のためを思って……と言っていいかもしれません、確かに」

涼の無邪気とも言える感想に、苦笑しながらグラハムは答えた。

綺麗ごとばかりでは、国というのは存続できないものなのだ。

「もちろん、リョウさんが情報を共和国に流している証拠があがれば、人知れず排除することまで指令を受けていたみたいですよ」

「前言撤回です。全然善い人じゃないですね！」

グラハムの新たな情報の追加で、涼は前言を撤回した。

善い人ではなく、ちょ～悪い人だ、という方向に。

涼の命は、何よりも大切なものだ。涼にとっては。

「ただ、気になることを言っていました」

「気になること？」

「はい。彼ら、アドルフィトの手の者たちは、リョウさんの監視が主任務らしいのですが、時々、別の監視者たちを見かけることがあると」

「え？」

「一つは、連合使節団を監視する者たち。もう一つが、王国の文官を監視する者たち」

「連合はともかく、うちの文官って……」

グラハムの説明に、涼は顔をしかめ小さく首を傾《かし》げる。

文官たちは、彼らのような暗殺すらこなすような者たちに狙われれば、おそらく簡単に命を落としてしまうだろう。

「王国の文官の誰を監視しているかは？」

「おそらくは、軍務省交渉官グラディス・オールディスであろうと」

「ああ……軍関係の文官で、一番偉い方ですね」

涼は知っていた。

いや正確には本人は知らないのだが、彼女の護衛兼副官として付いてきているアシュリー・バックランドという軍務省文官を知っている。その関係で、グラディス・オールディスのことも知っていた。

「グラディスさんを監視していったい……。あ、で、グラディスさんや連合使節団の監視を命じているのは、いったい誰なんですか？」

「グーン大司教です。私もそれほど詳しくはないのですが、カミロ枢機卿の子飼いの人物らしいです。つまり背後にいるのは、カミロ枢機卿の可能性が高いですね。カミロ枢機卿は簡単に言うと、アドルフィト枢機卿の次に裏工作に秀でた枢機卿です」

「枢機卿というのは、裏工作に秀でた人が多いんですか……」

グラハムの説明に、あんまりな感想を述べる涼。

だが、グラハムは真面目に頷いて言葉を続けた。

「実際そうなのです。そうでなければ、足をすくわれて、上に上がることなどできないのですよ。今の教会では」

「……恐ろしい場所ですね」

実力を示せば上に上がっていける……そんな大組織は存在しない。

ただの夢物語だ。

驚くほど多くの偶然と、信じられないほどの幸運とが重ならない限り、あり得ない。

宗教組織だろうが、会社組織だろうが、あるいは政府組織だろうが……ある程度以上の規模の組織においては、『組織の上に上がっていくための技術』を持っていない者は、上に上がることができない。

それを処世術と言う人もいるだろう。しかし組織全体のためにも、組織の未来のためにも、あまり良い状態ではない。

良い状態ではないのは、多くの人が分かっているのだ。

だが、分かっていても変わらないし、変えられない。

これは、人の根本の部分に根差した悲しい性《さが》なのではないかとすら、涼は思っている。歴史を見れば、枚挙にいとまはないから。ほぼ全ての大組織が陥る病。

そうであるのなら、それはもはや、人が普遍的に持つ業《ごう》。人が人である限り、逃れることができないものなのだろう。

涼は小さく首を振った。


グラハムも、寂しく微笑んで言葉を続ける。

「開祖ニュー様が望まれたのは、こんな教会ではなかったはずなのですけどね……。時間が変えてしまったのか、それとも別の何かなのか。どちらにしろ、今いる我々は、なんとか修正したいと思っています。そう思っている者たちもいる……それは事実なのですよ」

それが人の性であり、業であったとしても、抗《あらが》うのもまた人……。

グラハムも、抗う者の一人らしかった。


グラハムはコーヒーを一口飲むと口調を変えた。

「午後には使節団にも伝えられると思いますが、ヴァンパイアの活動が活発になっています。キューシー公国ではみなさんも戦ったとか」

「はい」

涼は大きく頷く。

ヴァンパイア……チェテア公爵レアンドラと名乗っていた。

「どうもその一派とは別の者たちが、大きな動きを行おうとしているようです」

「チェテア公爵たちとは別の一派？　数百年間、人とヴァンパイアの争いは静かだったと聞きましたけど」

「そう……一般にはそう言われています。実際は、けっこうな数のヴァンパイアが動いていまして、教会は常に危機と隣り合わせでした。とはいえ、ここ数カ月の動きは異常です」

「原因は分かっているのですか？」

「いえ、まだ残念ながら」

涼の問いに表情を変えずにグラハムは首を振る。

もちろん、グラハムの中には推測されるものはある。それについての情報も収集している……しかしまだ、誰にも言えない情報だ。

それは、涼のような旧知の人物に対しても。

「ある程度、大きな規模の襲撃もあるかもしれませんのでお気を付けください」

「襲撃……」

「ヴァンパイアは人間よりも強いですから。どこで襲ってくるかも分かりませんし」

襲撃という言葉に驚く涼、笑いながら事実を述べるグラハム。

「実は聖都襲撃すらあり得ると言われています」

「……はい？」

「共和国との戦争で、ゴーレム戦力の一部が失われてしまいましたので」

「ああ……」

「愚かにも、戦力が落ちた今なら聖都への襲撃も可能だと考えていると」

「ああ……」

内容とは対照的ににこやかに説明するグラハム、ゴーレムの件にちょっとだけ関わってしまい、気まずい涼。

「まあ、あるかもしれない程度に認識しておいてください」

「はい……」

常に気をつけておくに越したことはない。そういうことらしい。

◆

ナイトレイ王国国王アベル一世は、今日も執務室で仕事をしている。筆頭公爵が言うところの『書類まみれ』だ。

「邪魔するぞ」

「アベル王、報告書類を持ってきた」

国王執務室に礼もとらずに入ってきたのは、二人の老魔法使い。人によっては無礼だと一喝《いっかつ》するに違いない。もっともこの二人は、叱られても変わらないであろうが。

年上の部下に対する接し方は、アベル王も悩んで……いや、気にしていなさそうだ。

実は、国王執務室に礼もとらずに入ってくる人物は三人いる。奇《く》しくも、三人とも魔法使い……二人はこの二人。残る一人は水属性の魔法使いで、現在は西方諸国に行っている。

「イラリオンの爺さんとアーサーか。どうした？　報告書類と言ったか？」

入ってきた老魔法使いは、王国魔法団顧問イラリオン・バラハと、王国魔法団団長アーサー・ベラシス。

王国魔法戦力の中心を担っている二人である。

「王都城壁の魔法防御機構に関する追加報告書じゃ。リョウから引き継いだやつじゃな」

「東門の責任者が男性に代わったようだが、新しい責任者はまだまだ肝が据わっておらん。前の女性の方がしっかりしておったぞ」

イラリオンが説明し、アーサーが人事に関して苦言を呈する。

「東門？　王都衛兵隊のか？　東門責任者は王国解放戦の後に代わってから、最近までずっとアシュリー・バックランドだったな。三年近く彼女がやっていたから、代わった者も慣れるのに時間がかかるだろう」

「ほ？　国王陛下は東門責任者の名前まで覚えておるのか？」

「大したもんだ。魔法団員の名前すら覚えないどこかの魔法団顧問とは全然違うのぉ、イラリオン」

「わ、わしは魔法の研究に傾注しておるから、人の名前を覚えられんだけじゃ！」

「威張ることではないであろうが……」

言い訳にもならない言い訳をするイラリオン、呆《あき》れるアーサー。

　無言のまま首を振ったアベルは言葉を続けた。

「アシュリーには、リョウが迷惑をかけていたからな。彼女の報告書から苦労がしのばれる」

「うむ、『城壁正常稼働確認負荷点検』じゃな」

「点検に名を借りた訓練。城壁に向かって魔法を放つと、その魔法が放った者に向かって撃ち返される……それを迎撃することで訓練にしてしまう。イラリオンも時々参加しておったな」

「こら！　アーサー、チクるでない！」

「……だろうと思っていた」

　アベルはため息をつく。

　アベルの周りにいる魔法使いは無軌道な者が多すぎると思いながら。

「そもそもこの報告書は、ケネスが持ってくるはずだったものじゃないか？　確か、今日の午後に説明をしたいと言っていたはずだが」

「そうじゃ。たまたま王立錬金工房に寄ったから、ついでに持ってきたのじゃ」

「なぜ持ってきた……」

「素晴らしい報告書は、できるだけ早く読みたいであろう？」

「いや、ケネスに説明してもらいながらの方が良かった……」

　そう言いながらも、アベルは報告書をめくっていく。

「……精神感応？　王都城壁は、闇属性魔法も使われている？」

「そう、そこが一番の目玉じゃな。魔法を放った後にこちらが動いても、その動きを追尾してくる理由がそれじゃ。こちらの精神……思考を読んでおったのじゃ」

「リチャード王……なんてもの造ってんだ」

　アベルは小さく首を振る。

「実はその点について、以前、リョウが可能性を指摘しておってな。ケネス・ヘイワード子爵の検証で確定したと知らせてやるとよい」

「ああ、分かった。後で伝えておく」

　アベルは頷いた。

「そういえば先ほど、東門の以前の責任者アシュリーの姓はバックランドと言ったか？　それはバックランド伯爵家の者か？」

「ああ。アシュリーは、バックランド伯爵家の三女だな」

「なるほど、あそこも面白い子供たちよの。長男と長女は剣に秀で、次男と次女は魔法に秀で、三男と三女はまた剣に秀で」

「よく知っているな」

アベルは驚いた。

イラリオンが魔法に執着する分、人には全く執着しないことを知っているからだ。それなのに、家族構成だけでなく特徴まで知っているとは……。

「バックランド伯爵家次女のケイトは、わしの研究所におったからな。新たに北部貴族になったエイボン男爵に嫁ぐとかで辞めたが、優秀な研究員であった」

「なるほど、そういうことか」

イラリオンの説明にアベルは理解して頷いた。

イラリオンは王国魔法団の顧問であるが、今も昔も王国魔法研究所の所長。間違いなくその研究所は、王国における魔法研究の中心の一つである。そこに所属する魔法使いは、長きにわたって王国随一の魔法使いと言われるイラリオン・バラハに認められた者たちであるため、本当に優秀な者しかいない。

そこに所属していたケイト・バックランドが、非常に優秀な魔法使いであるのは確かだろう。

「アベルは北部に行くのであろう？　噂になっておるぞ」

「ああ……意図的に噂を流している。ちゃんと北部のことも考えている、だから視察に行くぞとな」

「行けば北部貴族たちが挨拶に来るであろう？　ケイトにもよろしく言っておいてくれ」

「……覚えていたらな」

アベルは肩をすくめた。

しかし、それだけでは終わらないのが老魔法使いだ。

「わしらも付いていった方がいいかもしれんな」

「なるほど、国王陛下の保護者か」

「いらん！」

笑いながらイラリオンとアーサーが茶化し、アベルは拒否するのであった。

◆

《……とまあ、そういうことだ》
《やっぱり、王都城壁は闇属性魔法も使われていましたか》
『魂の響』を通して、アベルは涼に老魔法使い二人が持ってきた報告書の内容を伝えた。涼は想定通りであったために、大きく頷く。
《城壁を造ったリチャード陛下って、六属性全ての魔法を使えたんですよね？》
《ああ、そう言われている》
《恐ろしいですね……まさにラスボスです》
《らすぼす？》
《ラストのボス……最後の最後で立ちはだかる、最強の敵です》
《ふむ？》
アベルはよく分かっていないようだ。
涼は、そんなアベルにおどろおどろしい口調で告げる。
《そんな人が敵に回ったら大変です》
《ん？　どういうことだ？　リチャード王はかなり昔に亡くなっているぞ？》
《蘇《よみがえ》って、アベルの敵に回るかもしれないじゃないですか》
《なんでだ？》
涼の言葉の意味が全く理解できずに、首を傾げるアベル。
《そんな人がラスボスとしてアベルの覇道を潰《つい》えようとする……そういう展開が、一番熱いと思うのです》
《……つまりリョウの妄想だな？》
《無限の想像力と言っていただきたい！》
アベルの言葉に噛《か》みつく涼。
妄想も無限の想像力も、本質的には同じものなのだが……涼の認識では違うらしい。
《アベルが無理をして、リチャード王より凄いんだぞーってアピールしないことを祈ります》
《なんだ、それは？》

《新たに高い地位に就いた人は、前任者よりも凄いということを示すために、とんでもないことをしでかすことがあります。アベルがそうならないよう直言しているのです》
《それなら俺の対象は、リチャード王じゃなく父上だろう……》
《とにかく、そうやって足を踏み外した為政者《いせいしゃ》は多いのです。アベルはアベル、他の王様と比べる必要などないのです》
《ああ、覚えておく》
なんだかんだ言いながらもアベルは、涼がこうやってちょくちょく言ってくれる言葉は、役に立つことが多いと思っている。
《リョウは、たまに、そういうまともなことを言うんだよな》
《失敬な！　たまにとはなんですか、たまにとは。僕はいつもまともなことを言っています！》
《だから、それがまともじゃないと言っているのに……》

アベルがアベルであるように、涼は涼なのだ。
仕方がない。

《あ、そういえば、アシュリー・バックランドさんは今回の使節団に入っていますね》
《軍務省に異動してすぐに入ったな。というより、使節団に同行させるために王都衛兵隊から本庁勤務にさせられたらしいぞ。レックスが、優秀な人材を引き抜かれてぼやいていた》
《レックスさん？　ああ、アベルの学友さんですね、王都衛兵隊長の》
涼もレックスのことは覚えている。
王都騒乱の時には、副隊長として王都衛兵隊を率いてオーガなどから王城を守っていた。現在は、王都衛兵隊の隊長となり、王都の治安を守る責任者の一人だ。
《レックスさんも強そうでしたけど、アシュリーさんも凄く剣を使うのが上手《うま》いらしいですよ。毎日書類まみれになって剣がさび付いている可能性があるアベルよりも、二人の方が強いかもしれませんね》

《確かに書類仕事ばかりで剣を振るっていないが……剣はさび付いていないぞ？》
《言葉の綾です！　忙しさにかまけて訓練を怠ると、いざという時に泣くことになるのです》
《そうだな。そこは気を付ける》
アベルは素直に頷いた。
頷いたのだが……。
《だがそれって、リョウもじゃないのか？》
《僕？　僕は書類まみれになっていませんよ？》
《いっつも俺の部屋のソファーに寝転がって、本を読んでいるだろ。魔法の訓練をもっとやった方がいいんじゃないか？》
《アベルと違って、僕は見えないところで努力しているのです》
《本当か？》
《……多分》
《本当に、本当か？》
《……おそらく》
《本当に、本当に、本当か？》
《……そうだといいな》
アベルの追及に、涼はだんだんと自信がなくなっていった。
それなりにやっているつもりではある。
実際、アシュリーと知り合ったのも、王都城壁を利用しての魔法&剣の訓練によってである。
王都城壁は、リチャード王によって造られたいわば、、、、、巨大な錬金道具だ。城壁に向かって魔法攻撃を加えると、城壁は放った者に対してその魔法を返してくる。その特性を利用して、涼は訓練をしようとした。すなわち、城壁に向かって魔法攻撃をし、跳ね返ってきた自分の魔法を村雨《むらさめ》で斬る……そんな、魔法&剣の訓練を。
そんな訓練の申請を出したら、最初はアベルに却下された。
だが紆余曲折《うよきょくせつ》を経て、「城壁の点検の一環かつ錬金術的な分析の一端」ということでようやく許可を貰ったのだ。
それが『城壁正常稼働確認負荷点検』。
涼が西方諸国への使節団に加わって以降は、王都に残ったイラリオンとアーサーが引き継ぎ、錬金術部分に関する分析をケネスが担当した。先ほどアベルの手元に届いた報告書が、それの結果。
涼たちの点検と称する訓練を見守ってくれたのが、東門責任者のアシュリー・バックランドであった。
そう……当初はとてもハラハラした表情であり、最後は諦めの表情となっていたが、見守ってくれたという表現でいいはずだ。
《リョウたちの訓練……いや点検の様子は、アシュリーから報告書が上がってきていたから知っている》
《あれ、そうなんですか？　ちらっと聞いたら、偉い人から目をつぶるように言われたみたいですけど》
《それは少し誤解があるな。その偉い人というのがレックスで、レックス自身が直接俺に言うから、アシュリーは何も言わなくていいということだったんだ。彼女は伯爵家三女で、リョウは仮にも筆頭公爵だろ？　貴族どうしの関係性とかその辺りを考慮して、アシュリーに迷惑が掛からないようにな》
《ああ、そうだったんですね。もちろん僕は、自分の地位をひけらかして圧力なんてかけませんよ》
《そうだな……そこは俺も心配していない》
アベルは小さく頷く。
確かに涼は筆頭公爵になり、国王であるアベルに次ぐ地位と言ってもいい立場になった。だが、人への接し方は、王国解放戦前のただのC級冒険者だった時代と変わっていない。
それは、アベルにとってとても好ましいものだ。
《人は権力を持つと変わってしまう場合があります。それも悪い方に。アベルも気を付けてくださいね》
《ああ……懐かしいな。昔、まだ第二王子だったころに兄上に言われた覚えがある》
《カイン王太子？　さすが、本当に優秀な人は違いますね》
涼は一面識もないアベルの兄、先のカインディッシュ王太子をとても高く評価している。
だから、そんな先の王太子が自分と同じことを言っていたと聞いて、とても偉そうに頷く。もちろんその頷きは『魂の響』の向こう側のアベルからは見えないが……なぜかアベルには確信できた。

◆

ナイトレイ王国軍務省交渉官グラディス・オールディスの副官。

それが、元王都衛兵隊東門責任者アシュリー・バックランドの、現在の立場であった。

アシュリーは王国解放戦後、西部駐留部隊から王都衛兵隊に転任し、東門の責任者として堅実に仕事をこなした。その中には、新たに筆頭公爵となった魔法使いの無軌道な……いや、ちょっと常識では測りきれない行動に振り回されることもあったが、概ね楽しく仕事もできていた。

そんなアシュリーは東門責任者を三年務めた後、軍務省本庁に転任し、すぐに王国使節団軍務省文官の責任者であるグラディス・オールディスの副官として、西方諸国に赴くことになった。

グラディス・オールディス軍務省交渉官は五十代半ばの女性。特に補給、編成に関して軍務省一と呼ばれる手腕の持ち主として知られていた。その副官にアシュリーが任命されたのは、グラディス自身が望んだからだと言われている。

アシュリーは西部駐留部隊、王都衛兵隊と、戦争の最前線でこそないが、日々腕っぷしの強さが必要とされる部署の経験が長い。

見た目は可憐ともいえる女性であるが、剣術、体術は、王都衛兵隊の中でも秀でていた……男性相手でも負けたことなどない。しかも事務系の処理能力も高い。

そんな優秀な人材。

存在を知れば、自分の下で使いたくなる人材。

そもそも、この西方諸国との交渉においては、軍務省が関わることはかなり少ない。せいぜい、交易船に乗せる武官の人数制限をどうするかくらいなのだ。

これが、関係が進みお互いの国に大使館を置くという話になってくれば、駐留武官、駐留軍の規模、駐留軍の地位協定など、多くの交渉事が出てくるのだが。

今回は、まだそういうものはない。

そのため、はっきり言って、他の文官たちに比べればかなり暇と言えた。

そんなわけで、交渉官グラディスの副官であるアシュリーも、休憩時間というものがある。というより、グラディスが宿舎内にいる時は、自由に過ごしていいと言われている。


アシュリー・バックランドが、宿舎一階ラウンジでケーキとコーヒーを楽しんでいると、怪しげなローブを纏った魔法使いが……。

「失礼。こちらの席に座ってよろしいですか?」

「はい……って、え? ろ、ロンド公爵様!」

涼の問いかけに、なんとか叫ぶのは我慢したが、小さな声で鋭い声をあげてしまったアシュリー。

アシュリーも、涼がこの使節団に入っているのは知っていた。

だが王国使節団だけでも三百人超の人数であり、文官と護衛冒険者と立場も違うため、関わることも特になかった。それに涼が、『公爵』としてではなく『冒険者』として振る舞っていることも知っていたし。


しかし、今日は突然声を掛けられたので、驚いて公爵と言ってしまったのだ……。

「ごめんなさい。そんなに驚かせるつもりはなかったのですが」

涼は、アシュリーが想定以上に驚いたために苦笑する。

「あ、いえ、すいません。えっと、リョウさんとお呼びした方がいいですよね」

涼の周りにいる者たちが、いつもそう呼んでいるのをアシュリーも知っていたのでそう呼ぶことにした。

しばらくすると、涼が注文したリンドーのタルトと暗黒コーヒーが届く。暗黒大陸産のコーヒーということで、暗黒コーヒーと名付けられているらしい。

「さあ、食べましょう」

涼はそう言うと、リンドーのタルトを一口頬張る。

その甘みと酸味の完璧なバランスが口の中に広がると、思わずニヤけてしまう。

その様子を見て、それまで緊張していたアシュリーの緊張も解けた。

どんな場面においても、笑顔は場を和ませる。

二人ともケーキを食べ終え、コーヒーだけになったところで、涼が話を切り出した。

「実は、軍務省交渉官のグラディス・オールディスさんを監視している人たちがいます」

「え？」

涼は飾ることなく事実を告げた。副官アシュリーは少し驚いたが……少し考えて、別に不思議なことではないのではと思う。他国の人間、それも軍務関連の人間を監視対象とするのは当然な気がする。

「それが、普通の監視ではなくて、かなり極秘の……。まだ目的は分からないのですが、護衛兼副官のアシュリーさんには伝えておいた方がいいかなと思って……」

「分かりました！　ありがとうございます」

涼が言うと、アシュリーは頭を下げて感謝した。

そう、ここは敵地……とまでは言わないが、自国ではない。

常に安全が保障された場所ではないのだ。

宿舎の中はともかく、一歩外に出たら……今まで以上に緊張感をもって護衛する必要がありそうだ。

そんなふうに、気持ちを新たにさせてくれた感謝を込めて、アシュリーは涼に頭を下げたのだった。

「あ、いえいえ。アシュリーさんには、王都の城壁でいつもお世話になってましたから」

涼はそう言って笑うと、去っていった。

涼としては、思いつく手は打った。
実際、なぜグラディス交渉官が監視されているのか、その理由は全く分からない以上、護衛のアシュリーに「注意してね」と伝える以外には手がない。
《俺の時みたいに、氷の中に入れておけば安全は確保されます、とかは言わないんだな……》
王都の王様が、すねた感じで言ってくる。
《アベルは特別なんです！》
涼は、本当のことを言う。
特別というのは、良い方に特別ということもあれば、悪い方に特別ということもある……そういう意味において、本当のことを。

《いちおう、グラマスにも言っておいた方がいいんじゃないか？》
アベルの言うグラマスとは、グランドマスター、つまり団長であるヒュー・マクグラスのことだ。
《確かに、その方がいいですね。アベルもたまには、役に立つ意見を言うじゃないですか！》
《……なぜ上から目線なんだ》
《アベルは国王陛下ですからね。自分が頂点でしょう？　そういう地位にいつもいると、調子に乗ってしまうことがあります。それを誰かが、ビシッと指摘しないといけませんから、僕が仕方なくその役割を担ったのです！》
《お、おう……》
《これも、筆頭公爵の役割なのかなと思って、仕方なくですよ？　他の方にはできないでしょう？》
《そうか……それは、ありがとうな……》
《いやあ、それほどでも》
なぜか照れる涼。
これも、二人の関係性が良いからできることである。
他の人たちがやったら、多分、関係は崩壊し……場合によっては、国を二分しての内戦に発展する可能性も……。
恐ろしいことである。

◆

「なるほど、グラディス殿を監視か……」

涼の説明を聞いて、ヒューはそう呟くと考えこんだ。

現実的に打てる手は限られている。手を出してきているならともかく、監視しているだけなのだからどうしようもない。

実際、何も起きない可能性もある。というより、その可能性は高いはずなのだ。

なんといっても国同士の使節団、しかもその中でも幹部にあたる人物なのだから。

「彼女は名家の生まれでな。ワイルドムア侯爵家の次期当主だ。現当主は八十代半ばと高齢なので、近いうちに継ぐことになるのだろう」

「ほっほぉ～」

ヒューの説明を、きちんと聞く涼。

ヒューは、結婚した妻エルシーの父が持つフォーサイス伯爵家を継ぐことになっている。つまり次期伯爵。

そして涼は、こう見えても筆頭公爵。

王国貴族の動向については全く知らないが、入ってくる情報は頭にとどめておこう、くらいには意識している。

「そうそう、彼女は聖剣持ちでもある」

「聖剣持ち？　聖剣を持っているんですか？」

ヒューの言葉に、涼は驚いて答えた。

聖剣や魔剣は、それほどたくさんある物ではない。目の前のグランドマスターも聖剣を持っているが……。

「ワイルドムア侯爵家は、元々、聖者様が開祖だ。その時以来の聖剣が伝わっている。破邪の剣としか俺は聞いていないが……。常に肌身離さず身に着けているはずだから、この使節団にも佩《は》いてきてるんじゃないか？」

「おぉ～。それはぜひ見てみたいです。あ、でも聖剣って、魔剣と違って見た目は普通の剣なんですよね？」

涼は、ヒューの聖剣を見て、アベルの魔剣を思い浮かべて、そんな質問をした。

ヒューの聖剣は、見た目は普通の剣だが、アベルの魔剣は、アベルが持つと赤く光る。

「そうだな。魔剣は主が持つと光るが、聖剣はそうじゃない。ただ、選ばれた持ち主が、その聖剣の力を解き放つと光り輝くらしいぞ。多分、勇者みたいな選ばれた持ち主だな」

「おぉ。そういえば、王国には聖剣持ちが三人いると聞いたことがあるのですが、グラディスさんは、その一人？」

「いや、違うな。その認識は正確じゃない。王国で聖剣を持っている冒険者は三人だ。まあ、元冒険者を含むか」

「なるほど。グラディスさんは入らないんですね」

涼は頷いた。

「聖剣は、魔剣以上にわがままだ。握った奴を認めない場合は、そいつの生命力全てを奪い取る聖剣すらあるらしい」

「……魔剣より怖い」

「だから、常に持ち主が佩いている。へたな場所に置いといて、誰かがつかんでそれで剣がへそを曲げたら大変だろう？」

「確かに……」

ペットの犬や猫みたいな感じだろうかと、涼は勝手に想像した。ご主人様以外は、持ち上げて運ぶのは難しい……。

「侍従や付き人に運ばせる時は、錬金術を施した袋に入れる。使う魔法式は難しいものではないらしいが、俺にはさっぱりだ」

「その袋って、ヒューさんも持っているんですか？」

「ああ、家にある。まあ、使ったことないがな」

ヒューは、自分の剣を他の人には触らせないタイプらしい。常に自分の手元に置いているために、結果的に袋も使わないのだ。

「袋が無いと持てないんじゃあ……聖剣を奪っても、他の人は使えないんですね」

「そうだな。聖剣は、持ち主が亡くなる時に引き継がれるのが普通だな」

ヒューはそう言うと、自分の聖剣をチラリと見る。

ヒューの聖剣は、まさに、そのタイミングで引き継がれたものだ。

涼は、グラディスが聖剣持ちという話を聞いた時には、その聖剣を奪うのが目的かと思ったのだが、どうもそれは違うようだ。奪っても使えない物なら、国の使節団の幹部を襲ってまで奪いはしないだろう。

しかし、そうなると……本当に、なぜ監視されているのか。

「やっぱり監視理由は謎ですね……」

「そうだな……」

涼が言い、ヒューも同意する。

いつでも難しいものだ。何が目的なのか推測する、というのは。

「え？　私が監視されているの？」

軍務省交渉官執務室……となってはいるが、グラディス・オールディスの自室だ。二間続きで、簡素な応接セットがある。

そこでグラディスは、副官アシュリーの報告に首を傾げた。

「はい。その者たちは、グラディス様と、連合使節団の誰かを監視しているとのことです」

アシュリーは、涼から聞いたことを、全て話した。

もちろん、涼も、そうしておいた方がいいと言っていたから。

「それは……どなたからの情報？　情報の確度はどれくらいなのかしら？」

「情報の出処はロンド公爵様で、ほぼ百パーセントということです。あまり詳しくは仰いませんでしたけど、捕まえたら教えてくれたと……」

「噂の、筆頭公爵様。あなたから聞いてはいたけど、本当に面白い方ね」

アシュリーの説明に、グラディスは笑いながら答えた。

「そういうことなら、気をつけるに越したことはないかしら。とは言っても……できることは限られているけど」

「はい……」

グラディスもアシュリーも、少しだけ眉根を寄せて言う。

実際、今まで以上に気をつける、それ以外に打てる手はない。

宿舎外に出る場合、副官のアシュリーは必ず傍《かたわ》らにいるし、他の文官も軍務省所属ということで、剣を使える者たちが多い。彼らも、グラディスが外に出る場合は、護衛をする。

もちろん、グラディス自身も、ワイルドムア侯爵の長女で、後継者として小さい頃から鍛えられている。五十歳を超えてなお、その剣に衰えはない。

「できれば、連合使節団の誰が監視されているのかも知りたいわね。そこが分かれば、私との共通点から何か推測できるのかも……」

グラディスの言葉に、アシュリーも頷くのであった。

◆

涼がアシュリーに情報を伝えた、次の日。

涼はいつものように九時に教皇庁に書類を届けてから、王国使節団宿舎に戻ってきた。そしてすぐに、隣の連合使節団宿舎に向かう。

同じ、中央諸国からの使節団であり、それなりに多くの情報を共有するため、宿舎同士の行き来はけっこう頻繁に行われている。もちろん、涼ではなく、文官による行き来であるが……涼が連合の宿舎に向かってもそれほど目立ちはしない。

ただ受付で伝えた内容が、少し目立っただけだ。

「王国使節団の者ですが、団長のロベルト・ピルロ陛下に、面会の取次ぎをお願いします」

「え……」

中央諸国三カ国に割り当てられている宿舎は、元々は普通に運営されている宿である。それを、この期間中、教皇庁が借り上げている。そのため、宿舎には宿の受付所がある。

借り上げている間、その受付に入っているのは連合使節団の者だ。

「失礼ですが、陛下との面会のお約束はございますか」

受付に入っているのは、連合使節団の人ではあるが冒険者ではないらしい……なんとなく応対が洗練されている。

涼は、そんな、とっても失礼な感想を抱いた。

「いえ、ありません。ただ、王国の冒険者涼が会いたがっているとお伝えいただければ、先王陛下は連れてこいとおっしゃるはずです」

涼は自信満々にそう言った。

《なぜ、いつも、そう自信満々に言えるんだ……》

何やら、別の陛下の呆れを含んだ声が聞こえてくる。

《アベルは知らないかもしれませんけど、国同士の交渉も、最後はトップ同士の個人的な信頼関係がその成否を左右してしまう場合があるのです。ですから、きちんとした関係を築いておくに越したことはないのです》

《……リョウの方が、俺より国のトップにふさわしい気がしてきた》

《それは誤解です。僕には、アベルのような書類まみれを乗り切れるような耐久力はありません》

《うん、そこだけはリョウに負けていない自信がある》

アベルは深いため息をつきながら、そう答えた。

涼が受付で待っていると、階段を下りて、一人の騎士がやってきた。

確か、ロベルト・ピルロ陛下の護衛隊長……。

「陛下の護衛隊長グロウンです。リョウ殿、どうぞこちらへ」

そう言うと、先に立って歩きだす。

涼は無言のまま付いていった。

四階中央の部屋。

「ああ、リョウ殿。珍しいですな。どうぞそちらへ」

涼が入っていくと、先王ロベルト・ピルロは立って迎え入れた。

『リョウ殿』と呼びかけてはいるが、一介の冒険者に対してというよりも、王国筆頭公爵に対しての接遇のようだ。

ソファーに座り、涼が突然訪問した理由を説明すると……。

「ふむ。対象は分からぬが、我が使節団の誰かが、そのグーン大司教の手の者によって監視されていると」

「はい」

ロベルト・ピルロは一度頷くと、顎に手を持っていって、少し考えてから口を開いた。

「そう……実は、同じような報告が入ってきてはおったのです」

「なんと！」

「グロウン、詳しい説明を」

ロベルト・ピルロは、部屋の隅に立って護衛をしている護衛隊長グロウンに、そう言って説明を促した。

「ここ十日ほど、『歓迎班』の監視とは別に、潜みながらの監視が行われていることが分かっております。監視者は四人。監視対象は、ロベルト・ピルロ陛下の可能性が高いと思われます」

「なるほど……」

連合使節団では、監視されていることに気付いていたのだ。

監視対象が、団長ということであれば、確かに気付きやすいかもしれない。最も厳重に守られている人物でもあるからだ。

「まあ、わしは監視されたり狙われたりというのは慣れておるからの」

ロベルト・ピルロはそう言うと、笑った。

現役の国王であった頃、連合の執政オーブリー卿に、常に命を狙われていたと言われている……。

それが事実であったのかどうかは分からない。

オーブリー卿しか知らないだろう。

「じゃが……そういう報告を受けはしたが、正直受け入れにくいのもまた事実」

「え？　どういう意味ですか？」

「うむ……。自分に向けられた監視や暗殺の視線は分かる。さすがに、半世紀も向けられ続ければ、嫌でも分かるようになる。じゃが今回、そういう感じというか圧力というか……それを感じぬ。対象はわしではなく、わしの持つ何か。あるいは、わしの周りの何か……な気がするのじゃ」

「な、なるほど……」

半世紀もの間、常に監視や暗殺の視線にさらされる……。

涼には想像もできない世界。

その凄まじい経験に基づく意見。それは、無視していいものではない。

「陛下の持ち物を狙って、の可能性が高いと」

「うむ。じゃが、こう見えても国の使節団のトップじゃ。そんな人間の物を狙うか？　表沙汰になれば、交渉は破綻する。そこまでして奪いたいものなど、持ってきてはおらんぞ」

そう言うと、ロベルト・ピルロは苦笑した。

国の宝物と呼べるようなものは、当然持ってきていない。そもそもそんなものは、ほとんど現国王が引き継いでいる。

「よく分かりませんね……」

「そうじゃな……」

涼が小さく首を振りながら言い、ロベルト・ピルロも首を振って同意した。

四司教

涼が、ロベルト・ピルロと面会した次の日。

いつものように、グラハム枢機卿に書類を届けた。

そして、宿舎に戻るために修道士カールレに案内されて教皇庁の廊下を歩いていると……。

「王国使節団のリョウ殿ですね？」

廊下の横から声を掛けられた。

とても落ち着いた声。

涼とカールレ修道士がそちらを向くと、三人の男女がいた。

三人を見た瞬間、カールレの体が震えたのを涼は感じる。

「し、司教様」

カールレは体だけでなく、声も震えながら頭を下げる。

「ナイトレイ王国の涼です」

涼はそう答えて、頭を下げた。

その時点で、目の前の三人が誰なのかは、なんとなく分かった。こんな空気を纏った『司教』を、一人知っているから……。

「初めまして。アベラルド司教、ブリジッタ司教、ディオニージ司教」

涼が三人の名前を呼ぶと、最初に声をかけた男はにっこり微笑んだ。

「我々の名前を知ってくださっているとは、話が早い。ぜひお話をしたいと思いまして。時間をいただけますか」

それは提案ではあるが、断ることのできない提案。

言い換えるなら、「今すぐ付いてこい」であろう。

「し、司教様、リョウさんは……」

「カールレ修道士、申し訳ないが、グラハム枢機卿にはそのようにお伝えください」

微笑みながら、最初に声をかけた男が、カールレに言った。

微笑みながら……それは、怖さの滲《にじ》んだ微笑。

「カールレさん、ちょっとお話をしてきます。グラハムさんには、四司教の方々とお話をしてきます、大丈夫だとお伝えください」

涼はにっこり微笑んで言った。

こちらは、邪気などかけらもない微笑み。

「かしこまりました……」

カールレは、なんとかそう言って、頭を下げた。


涼が連れていかれた先は、中庭の向こう側の三階……例の角部屋の、隣の部屋であった。

その間、涼を含めた四人は無言。途中、何人かの聖職者たちとすれ違ったが、全員が恭《うやうや》しく頭を下げた。

そもそも、司教という地位は決して低くない。

トップに教皇を戴《いただ》き、枢機卿、大司教、そして司教……。

その下に、司祭、助祭など連なっていくが、司祭より下の人数が異常に多い。西方教会においては、聖職者のうち、司教以上の者は○・○○一%もいない……。

ここは教皇庁であるため、ここにいるだけでもある種のエリートであるが、それでも司教以上は極めて少ないのだ。

そんなトップエリートとも言える司教の中でも、彼ら『四司教』は別格。

なんと言っても、教皇直属の四司教。

しかも、ある程度事情に通じている者たちは、彼らが何をする者たちなのかも知っている。そうであるならば、恭しく頭を下げておく方がいいに決まっているのだ！

涼はそんなことを考えながら、頭を下げていく聖職者たちを見ていた。

ちなみに、頭を下げる者たちに対して、三人は全く頭を下げない。

そんな光景を見ながら涼が思い浮かべた四字熟語は、傲岸不遜《ごうがんふそん》であった。


「どうぞ、そちらへ」

部屋に入って、涼が勧められた席は部屋の中央。

涼の正面に、先ほどから口を開いている落ち着いた男。

涼の右に、深くフードをかぶった女。

涼の左に、決して太くはないが、かなり筋肉がついているのが、見える首筋から判断できる男。

そんな配置。

（正面に三人並んでくれれば良かったのに……）

涼は心の中でため息をつく。

半包囲された状態というのは、気持ちの良いものではない。

何もないとは思うが、何かあってからでは遅い……。

〈動的水蒸気機雷Ⅱ《ダイナミック・スチーム・マインⅡ》〉

〈動的水蒸気機雷〉は、いわば自動迎撃システムのような魔法。魔法で攻撃された場合、自分の周囲にある空気中の水蒸気が自動的に凍りつく。短剣のような物理攻撃であっても凍りつく。

以前開発した〈動的水蒸気機雷〉を、物理攻撃にも対処できるようにしたのが、〈動的水蒸気機雷Ⅱ〉なのだ。

これで、涼は、少しだけ安心することができた。

「さて、我々の名前を知っていらっしゃるということは、残りの一人もご存じですね?」

正面に座った、落ち着いた声の男……おそらく彼が、アベラルド司教なのだろうと、涼は勝手に思う。もちろん、いつもの適当推測だ。

アベラルド、ブリジッタ、チェーザレ、ディオニージ……頭文字はそれぞれ、A、B、C、D。そういう場合は、きっと、Aで始まる男がリーダーだろうという、適当推測。

だから正面に座り、話を進める男がAのアベラルド司教であろうと推測して、会話することにした。

「もう一人というのは、チェーザレさんですね。共和国で捕まったけれど脱走されたとか。いったいどちらに行かれたのでしょう」

涼は穏やかに話した。

コーヒーなどの飲み物がないからイライラして……いたりはしない。

「チェーザレは、俺ら四司教の中で最弱」

左に座るディオニージに、涼の質問は黙殺された。

だが、それ以上に、涼を歓喜させるセリフが！　そう、「○○は俺たち四天王の中で最弱」という、かの有名なセリフ。

（まさか、ここで近代日本最高セリフの一つに出会えるなんて！　四天王が四司教だけど、それくらいは誤差です！　ああ、なんて素晴らしい）

涼は嬉しかった。

純粋に嬉しかった。

だから、思わず笑みがこぼれた。

「何がおかしい！」

ディオニージが怒鳴る。

このタイミングで囲んだ相手から笑みがこぼれれば、馬鹿にされたと思ってカッとなって怒鳴るのは仕方ないかもしれない。

だが涼は気付いた。この教皇庁に入って、初めて怒鳴り声を耳にしたことに。

本当に、この教皇庁というのは、静かなのだ。

宗教施設というのは、総じて静謐《せいひつ》な場所である。それとはとても対照的な光景が、この部屋には現出しているが。

ともかく、左に座るディオニージが怒っている。何か言うべきなのだろうが……。

「四司教の中で最弱……素晴らしいセリフだったもので、つい……」

とても素直に言ってしまった。

それには、正面に座るアベラルドも、少しだけ目を見開き、驚いたのが分かる。

確かに、このタイミングで言うべきセリフかと言われれば……。

《絶対に、タイミングを間違っているな》

遠く離れた王都の王様が、茶々を入れる。

現場の苦労を知らない偉い人というのは、どこにでもいるのだ。困ったものである。

「貴様……」

涼の素直な言葉を受け入れられず、馬鹿にされたと感じたディオニージが怒って立ち上がる。そして、右手を閃かせようと……。

その瞬間。

「待て！」

右に座った女、ブリジッタの鋭い声がディオニージを打つ。

止まるディオニージ。

「罠が張られているぞ」

言った瞬間、ブリジッタがフードの奥で、笑うのが見えた。

禍々《まがまが》しく。

「罠……だと？」

ディオニージは、ハッとして右手を再びだらりと垂らした。

そして、自分と涼との間を探るように見る。

「くそっ、俺には分からん」

だが、小さく、鋭くそう呟いた。

「面白いな……非常に面白い」

ブリジッタのその声は、小さいのだが、よく通る声。

「初めて見る魔法だが……これは……凍りつくのか？　異物が範囲内に入ると凍りついて、それ以上の侵入を拒む？　クックック、これは凄いな」

やはり小さいままなのだが、笑い声が交じりながら、そんなことを言うブリジッタ。

さすがに、これには涼も驚く。発動してもいない魔法を理解する？

（どんな原理なのか分かりませんが、それはとんでもない能力です……）

教皇庁に入って初めて、涼は、言い知れぬ恐怖を感じた。

絶望、ではない。

心が折れる、というのとも違う。

理解できない、恐怖。

それは人の、最も根源にある恐怖かもしれない。

どうやって克服するか？

理解できないのであれば、理解すればいい。

理解するために必要な行動は……情報を集める。

「凄いですね！　おっしゃる通りです。〈動的水蒸気《ダイナミック・スチーム》・機雷《マイン》〉といって、敵対的な魔法を自動防御します。よく分かりましたね」

涼は自分から情報を開示した。

どうせ、何が起きるかばれているのだ。それを餌に、情報を引き出すことができれば僥倖《ぎょうこう》。

取られる駒は、取られる直前にこそ、最も働く。

「動的水蒸気機雷……面白い名前。敵対的な魔法……？　人が近付いても凍るんじゃないの？」

ブリジッタは、禍々しい笑みをフードの奥に浮かべたまま、そう問うた。

フードのために見えるのは口元だけだが……目元も見えていたら、もっと怖かったに違いない。

だが、涼はこれで一つの推測を得ることができた。

(この女性は、シミュレートする能力というか、先読みというか……条件を設定して、その後どんな展開になるかを、頭の中に描くことができるのかもしれません。それが魔法なのか、それとも特殊技能なのかは分かりませんけど)

少しだけ、理解できた気になった。

それだけで恐怖心が和らぐ。

人は、全く分からない時、あるいは全く理解できない時に、最大の恐怖を感じるらしい。お化けや幽霊を怖がるのと同じ原理。

少しだけでも分かれば、少しだけだが恐怖は和らぐ。

「面白いな。いや、私はその魔法以上に、リョウ殿が面白い」

「え？」

正面のアベラルドの言葉に、涼は首を傾げる。

何か面白いことを言っただろうか？

「今の会話だけで、ブリジッタの能力を読み解いただろう？」

「いえいえ、まさか」

アベラルドの指摘に涼は舌を巻きながら、否定してみせる。

「戦闘馬鹿のチェーザレだけでは話にならない相手だな。奴が負けたのも仕方がない」

アベラルドは小さく頷く。

「そういう人には、正面から聞いた方がいい。今日、リョウ殿に来てもらったのは、リョウ殿が教会に仇《あだ》なす者なのかを見極めるためだ」

「仇なす？」

「少なくとも、共和国では敵対した」

「ああ……。それは否定しませんけど……でも、あれも、我が身を守っただけです。共和国と法国の戦争は、見ていただけでしたし」

アベラルドの指摘に、涼はきちんと説明をする。

基本的に、人助けと自分の身を守っただけだ。

「何にしろ、教会の害になると判断されれば、我々はリョウ殿を排除する」

「えっと……害になるかどうかは、誰が判断されるので？」

「無論、教皇聖下です」

そう言うと、アベラルドは座ったまま、深々と頭を下げた。

アベラルドだけではなく、ブリジッタとディオニージも。

教皇への忠誠は絶対らしい。この辺りは、確かに『司教』という高位聖職者だ。

「そうですか……害にならないといいですね」

「そうだな。リョウ殿が、どれほど強力な魔法使いであったとしても、我々には勝てぬからな」

涼が殊勝な表情で言うと、アベラルドは鷹揚《おうよう》に頷く。

そこには、これまでの実績に裏打ちされた自信と、教会を代表する力……裏の力としての自負を感じさせた。

教会と教皇のためならば、表だろうが裏だろうが関係ないのかもしれない。自分がその役に立てるのならそれでいい。人はそれを狂信と呼ぶのかもしれない……。

◆

涼が三人の司教と話し合いをしていたその日。

珍しいことに、早朝から連合使節団団長ロベルト・ピルロが、隣の王国使節団宿舎を訪れていた。王国使節団団長ヒューとの間で、極秘に監視されている件も含めて、直接話すことにしたのだ。ロベルト・ピルロの護衛隊長グロウンは、王国宿舎の外にいた。隣の連合宿舎と王国宿舎の間を、行ったり来たり。

その光景を、『十号室』の三人が見たのは、完全に偶然であった。

一人の騎士が、四人の黒装束の男たちに襲われる光景。しかも、その騎士は見たことがある。

「先王陛下の護衛隊長？」

「グロウンという人だよね」

「訓練を見ましたけど、かなりの剣の腕でした」

ニルス、エト、アモンはそんな会話を交わしながら、襲われたグロウンに向かって走り出していた。

アモンが称賛したほどの剣の腕のグロウンが、一瞬で討ち倒される。討ち倒した四人は、グロウンの剣を奪い走り去ろうとする。

シュッ、シュッ、シュッ、シュッ。

エトが走りながら組み立て、左腕につけた連射式弩《いしゆみ》から立て続けに矢を放つ。

一人の左足太ももに突き刺さる。

別の一人の背中に突き刺さる。

他の二本は外れた。

走りながら放ったにしては、かなりの精度であろう。

実際、左足に刺さった男は転倒した。

その男の頭をニルスが追い抜きざま蹴り上げ、気絶させる。

グロウンが襲われる光景を見ていたのは『十号室』の三人だけではなかったようで、後ろから王国の護衛が数人走ってきている。C級パーティー『天山』の面々だ。

捕縛は彼らに任せればいい。

『十号室』の三人は速度を落とすことなく、黒装束の三人を追う。

いくつかの路地を曲がる。曲がるたびに、だんだんと細い道になっていくことを三人も気付いていた。

あまりいい傾向ではない。

狭い道になれば、簡単な障害物で道を塞がれる。

案の定……。

ガラガラ。

道の脇に立てかけてあった多くの板が倒され、三人の行く手を阻んだ。

だが、その一瞬。

瞬間的に足を止め、一呼吸で狙いをつけて放ったエトの矢が、グロウンの剣が入った袋を持つ男の腕を撃ち抜く。

しかも。

バンッ。

『黒い粉』付き。

男の腕は、ちぎれはしなかったが、『黒い粉』による爆発の衝撃で剣の入った袋を地面に落とした。

慌てて、その袋を拾い上げようとする男たち。逃げ切ることよりも、その剣の回収を優先する……。

「それほどに重要な剣ですか」

その声に、回収した男はギョッとした。

崩れた板の向こうに置き去りにしたはずの三人のうち、身軽そうな剣士がすぐ目の前にいたから。

アモンだ。

軽業師もかくやという動きで、壁走りのようにして障害物と化した板をよけて、その場に降り立っていた。

「〈ファイヤーボール〉」

ジュッ。

黒装束の一人が放った〈ファイヤーボール〉を、剣を一閃させて切り裂くアモン。

その魔法に合わせて、別の黒装束が懐《ふところ》から取り出した短剣を閃かせて、アモンに襲いかかる。

短剣の横薙《よこな》ぎを、アモンは足を細かく動かしてかわす。

絶対に届かない距離で。

紙一重でかわしたりはしない。

なぜなら、この手の輩は、短剣に毒を仕込んでいる場合があるから。

アモンも、経験を積んで、大きくかわす場合とギリギリでかわす場合との使い分けは、きちんとできていた。

ただし、大きくかわせば反撃に転じるタイミングは遅れる。それは仕方ない。

焦る必要はない。

時間はこちらの味方だ。

今、時間が無くて焦っているのは黒装束の男たち。

一刻も早く、地面に転がったグロウンの剣が入った袋を回収し、この場を去りたい。

なぜなら、時間が経てば経つほど、追手がやってくる可能性が増えるから。

まず、道を塞いだ板を蹴散らして、ニルスが戦線に合流した。

「よく時間を稼いだ、アモン」

「いえ。あの板、全部吹き飛ばしてきたんですね、凄い」

ニルスが褒め、アモンが感心する。

「後から来てくれる奴らのためにもな」

ニルスも理解している。時間が経てばたつほど有利になることは。

一瞬の膠着《こうちゃく》。

先に動いたのは、やはり黒装束であった。

「〈ファイヤーボール〉〈ファイヤーボール〉〈ファイヤーボール〉」

ファイヤーボールの三連射。

ニルス、アモン、エトにそれぞれ一発ずつ。

ニルスとアモンは斬り、エトは先に生成しておいた〈魔法障壁〉で弾く。

ダメージを与えるための攻撃ではなかった。

放たれた瞬間、別の黒装束が、地面に転がった袋に飛びつく。

ザシュッ。

その男の首に、矢が突き刺さった。エトが狙っていたのだ。陽動の攻撃で気を逸らしておいて、その間に拾う可能性があると予測していた。

「一度退くという考えはないわけね」

エトが呟く。

「〈ファイヤーボ……」

今度の詠唱は、最後までできなかった。

飛び込んだアモンが、喉を切り裂いた。

同時に、ニルスもう一人の男に斬りかかる。

ニルスの剣は剛剣。その一撃一撃が、驚くほど重い。

もちろん、だからと言って剣速が遅いわけでは決してない。

彼はまだ伸び盛りの、B級剣士。

三合目で、すでに黒装束の男は受けきれないことを理解していたのだろう。四合目で短剣を飛ばされ、五合目を受ける時には、目を瞑っていた。

死を受け入れたのだ。

しかし……。

ギリギリでニルスは手首をひねり、首を切り飛ばすのではなく、剣の腹で後頭部を打った。

黒装束の男は気絶した。

「何か吐くといいんだがな」

ニルスが剣を鞘《さや》に納めながら言う。

「私もエトさんも、殺しちゃいましたし……」

アモンは頭を掻きながら言う。

「途中で一人気絶させたし、二人生きていればいいでしょ？」

無慈悲な言葉を吐くエト、神官なのだが……。


三人が話しているうちに、後ろが追い付いてきた。

先頭は、剣の持ち主グロウン。

「その袋の中です」

エトが言うと、グロウンは飛びついて、袋の中から剣を出した。

「おぉ……」

そして、涙を流さんばかりに抱きしめた。

とても大切な剣らしい。

そして、ひとしきり抱きしめた後、立ち上がり、深々と頭を下げた。

「取り返していただき感謝いたします。油断し、不覚を取りました」

「いや、遠くからチラリと見えただけですが……四人がかりでは仕方ないかと。体術がかなりの者たちでしたし」

ニルスはそう言って慰めた。

「今は亡き主から受け継いだ剣です。よかった……」

グロウンはそう言うと、再び剣を抱きしめた。

愛剣を大切に思う気持ちは、ニルスもアモンもよく理解できる。二人とも笑顔でその光景を見つめるのだった。


「つまり、この数日ついていた監視の狙いは、グロウンの剣であったということじゃな」

「そういうことになるでしょうな」

王国使節団宿舎の、団長ヒューの部屋。ここには、さすがに十数人規模の会議ができるような会議室も付属している。

そこに、ヒュー、先王ロベルト・ピルロ、護衛隊長グロウン、十号室の三人、そして軍務省交渉官グラディスとその副官アシュリーの八人が集まっていた。

ちなみに、涼はまだ教皇庁から戻ってきていない。

「まあ、殺して奪い去るのではなかったからまだ良かったか。聖剣を奪うのに一番楽なのは、持ち主を殺害することだからな」

「殺すより聖剣を手に入れる方を優先したと……。さて、いったいどういうことか」

ロベルト・ピルロとヒューが、今回の件に関して話している。

「確かに、グロウンの剣も聖剣ではあるが……驚くほどの価値があるというものではない……」

「陛下、お言葉ですが、これはとても大切なものです！」

ロベルト・ピルロの言葉に、珍しく身を乗り出して反論するグロウン。

「わ、分かっておる。お主が大切にしておるのは分かっておる。ルーク・ロシュコー男爵がお主に受け継がせた剣であろう。そうではなくて、例えば売りに出した場合の金額的な……」

「売りになど出しません！」

ロベルト・ピルロの説明に、さらに反論するグロウン。

聞けば、かつて仕えた、今は亡き男爵の形見の品的なものらしい。

「総じて、聖剣は売りには出されませんからな。剣が認めぬ限り使えないとなれば……売れるものではないので。それよりは、遥《はる》かに魔剣の方がましでしょう」

「まあな」

ヒューの言葉に、ロベルト・ピルロも頷く。

それらの話を黙って聞いていた軍務省交渉官グラディスが口を開いた。

「グロウンさんの剣は、どのような力をお持ちで？」

聖剣や魔剣は、それぞれが特性を持っている。

例えばヒューの聖剣ガラハットは、再生能力を封じる。

総じて、聖剣の特性は、非常に尖ったものばかりだ。

「私の剣は、霊体を消滅させるのだそうです。ただ、これまでその効果を体験したことはないのですが……」

「それはまた……活躍の場が限定される特性ですね」

グロウンが答え、グラディスも頷きながら言い、さらに続けた。

「私の聖剣クリカラも、破邪の剣と伝えられているのですが……実際どういう場面で役に立つのか……」

本当に、尖った性能の物ばかりだ……。

「はてさて、どうしたものかのう」

ロベルト・ピルロの呟きは、その場にいる全員の気持ちを代弁したものでもあった。

異端審問官

教皇庁の敷地内には、多くの建物がある。

教皇の聖座がある教皇宮殿、枢機卿や大司教らがおり法国の中心ともいえる巨大な行政庁、信徒のために常に開放されている広場や大聖堂等々……。

西方諸国のある意味、中心ともいえる場所、それが教皇庁。

そんな教皇庁の敷地だが、信徒はもちろん聖職者もほとんど立ち入らない場所がある。それは敷地の西の一角。行政庁とは渡り廊下で結ばれているが、その渡り廊下を通る者はほとんどいない。

そこに立っているのは黒い御影石《みかげいし》で造られた重厚な建物。

それが異端審問庁である。

そこには、千人を超える異端審問官が所属している。

異端審問官の多くは西方諸国を回り、正しい教会の教えを広めている。そのため常時、この審問庁に詰めているのは三百人ほどだ。

身を包む黒い祭服は、他の司祭以下の聖職者たちが着るものと同じ。だが、大きく違うのは、左の胸に白い縁取りで赤い花が描かれている点。

その赤い花は、血に染まった手を表すとも、教会に捧げた心臓を表すとも言われる。

確かなのは、異端審問官となるのは聖典の理解が深く、その身の全てを教会に捧げるのを厭《いと》わない者たちだということ。

その信心は海よりも深く、その結束は巌《いわお》よりも固い。

そんな異端審問官であるが、一般の聖職者たちからは忌避されている。

そう、忌避という言葉が一番しっくりくるだろう。

嫌われているとは少し違う。

恐れられているとも少し違う。

異端審問官はその名の通り、異端を審問する……つまり道を逸れた者たちを、見つけ、問いただし、正しい道に引き戻す。それが役割。

そのため、普通の信徒にとっては他の聖職者たちと何も違わない。苛烈な方法で引き戻していた時代もあったが、今はそんなことはない。むしろその辺の司祭や助祭たちよりも聖典について深く研究しているため、信徒たちの心に響くお話をしてくれるとか……。

つまり、彼ら異端審問官を忌避しているのは信徒ではなく、一般の聖職者たちなのだ。彼らの中には、かつての苛烈だった異端審問官たちのイメージがこびりついたまま……。

異端審問官となる者たちも、元は一般の聖職者。

先述したイメージがあるために、異動が決まった者の中には嘆き悲しむ者もいる。

だがひとたび異端審問官となれば……ずっと異端審問庁に居続けたいと思うようになる。

異端審問官となっても、一年が過ぎればいつでも抜けることができる。しかし、一度異端審問官となった者のほとんどが、第一線を退いて地方の教会に異動するまで、所属し続けることを望む。

なぜならそこには、法国、教皇庁、ひいては教会全体にはびこる出世競争など存在しないから。足の引っ張り合いもないから。

あるのは聖典の研究と開祖ニューの秘蹟を追うことだけ……自分を含めて信心深い者たちだけがいる集団。

とても、居心地がいい。

そこでは、心の平安を得ることができる。

それこそが、本来の宗教の存在意義であろう？

ならば、そんな理想郷から出ようなどと考えるわけがないのだ。

なぜ、異端審問庁はそんな特殊な環境なのか。

異端審問庁長官は、出世競争の終着地でもある。

千年を超える異端審問庁の歴史において、長官を務めた大司教が、枢機卿に上がった例はたった一つしかない。それも、勇者の仲間となって魔王を倒したその功績があればこそ……そう認識されている。

つまり、異端審問庁に入った者にとって、出世競争は終了。

だがそれでいい。

出世するために教会に入ったのか？

いや、ほとんどの者はそうではない。

なんのために教会の徒になったのか、何を求めて教会に足を踏み入れたのか。その最初の気持ち、最初の願いを思い出させてくれるのが、この場所なのだ。

心の平安……それ以外に必要なものなどないと。

西方教会に所属する聖職者の多くは、開祖ニューの教えはもちろん、彼が起こした奇跡、辿った道などを深く研究する。

開祖ニューが、多くの宗教の開祖や預言者たちと大きく違う点がある。

それは彼が、剣聖であったと言われている点だ。

戦う者が宗教者？

多くの人が理解に苦しむ。


だが、そんな伝承が残り、西方教会に名を連ねる多くの聖者、聖女たちもそれを肯定してきた。歴史上、事実と認められていること。聖典にこそ明確な記述はないが、ニューの奇跡と巡った道を辿れば、聖職者であれば誰もが事実として受け入れる。

異端審問官は、ニューについて研究することが喜び。

そうであるなら……。

異端審問官が戦えるのは当たり前となる。

西方教会において、見える戦力として知られているのはテンプル騎士団であろう。それは末端の信徒であっても、その名を聞いたことがある存在。

しかし実は、異端審問官の多くが剣を使え、そのほとんどがテンプル騎士団よりも強い。

なぜ強いのか？

それは信心の深さによる。

開祖ニューを深く研究するとなると、剣の道は避けて通れない……異端審問官はそう認識している。だから、聖典の研究と同じほど、剣の道も追究する。

結果、強くなる。

異端審問官の強さは、聖職者の間ではよく知られてはいるが、実際にどれほど強いのかを正確に知る者は少ない。多くの聖職者が、異端審問官と関わりを持ちたいと思わないからだ。

異端審問庁の頂点に立つのは、大司教である異端審問庁長官。その下に、司教位にある三人の審問補佐官がいる。

彼らは教皇を除き、誰に対しても遠慮しない。

それは大司教よりも上位である枢機卿に対してでも

……。

◆

涼が『教皇の四司教』のうちの三人との話し合いの内容をグラハムに伝えて、教皇庁を出た後。涼が去った後のグラハムの部屋に、ノックの音が響いた。

「どうぞ」

グラハムが答えると、扉が開き、一人の女性が入ってきた。

「ご無沙汰しております、グラハム枢機卿」

「久しぶりですね、ステファニア大司教」

ステファニア大司教は、見た目二十代半ばに見える。

だが、その落ち着きは、二十代半ばに出せる落ち着きではない。

実際、グラハムは、目の前の女性の実年齢を知っている。

なぜなら、かつての部下だから。

そして現在は、かつて彼が就いていた地位にいる。

「異端審問庁長官がこちらに来るとは、珍しいですね」

前異端審問庁長官グラハム。

現異端審問庁長官ステファニア。

グラハムが勇者パーティーに加わる際、その後任に彼女を推薦し、教会が承認した。

以来六年。

ステファニアは、異端審問庁の長として、千人を超える異端審問官を率いている。

「それで？　今日はどんな理由でこちらに？」

グラハムはそう問うと、目の前のコーヒーに手を付けた。

「こちらに出入りされている、王国冒険者のリョウという人物の件です」

「ほぉ……」

ステファニアが言い、グラハムは小さく答える。

「あの者は、教会に仇なす可能性があります。異端審問にかけたいと思っています」

「ふむ……。もちろん彼は、中央諸国の冒険者ですので、我ら教会からすれば異端ですが？」

「分かってらっしゃるのでしょう。そういう意味ではないということは」

グラハムが少しだけ茶化すように言い、ステファニアが顔をしかめて答える。

「リョウさんが持つ情報を引き出したい。場合によっては記憶を消し去ったり……あるいはこちらが意のままに操れるようにしたい……そういうことですか」

「はい」

グラハムが説明し、ステファニアが頷く。

異端審問庁がよくやる手だ。

なんらかの『大きな問題』を解決する際、その橋頭《きょうとう》堡《ほ》となる人物に狙いをつけて異端審問にかける。もちろん情報も収集するが、本当の狙いはその先。いくつかの方法で対象を操れるようにし、大きな問題に切り込む。

グラハムが推測するに、現状での『大きな問題』はマファルダ共和国であろう。だから、共和国帰りの涼に狙いをつけた……。

「異端審問庁が誰かを異端審問にかけるのを妨げることは、誰にもできません。もちろん枢機卿である私にも。ですが、よく考えた方がいい」

グラハムの口調は変わらない。

表情も変わらない。

ただ一つ、目の奥だけが変わった。

「彼が、王国の冒険者だからですね。申し訳ありませんが、それは考慮いたしません。確かに、交渉は難しくなるでしょう。それはお察しします。ですが、信仰は何ものにも優先します」

ステファニアは言い切る。

それを聞いて、グラハムは小さく首を振った。

「誤解をしている。もちろん彼は王国の冒険者だし、そんな彼に手を出せば交渉は難しくなるでしょう、というか破綻するでしょう。ですが、私が言っているのは、そんなことではない」

「ではどういうことですか?」

「彼に手を出せば、教会が、崩壊します」

グラハムは表情を変えずに、口調も変えずに言い切った。

それを聞いて、ステファニアは首を傾げる。理解できていないのだ。

「グラハム様が、私たちの敵に回る、教会が分裂すると?」

「いや……」

グラハムは再び首を振った。

そして、絶望した。

言っても理解されないことを、どうやって伝えればいいのか。

証拠があればそれを示せばいい。証人がいれば語ってもらえばいい。だが、グラハム自身も涼の全開の力を見たことがあるわけではない。

漠然とした不安。

不安を覚える……感覚。

グラハムが涼を見て、敵に回すべき存在ではないと感じたその認識を伝える方法が思いつかない。

それは結局……。

「ステファニア、そうではないのだ……」

グラハムは、苦しげに呼び掛ける。呼び掛けるしかできない。

彼女が間違おうとしている……だが止める術がない。

「ご存じの通り、異端審問庁は誰の掣肘《せいちゅう》も受けません。ですので、王国冒険者リョウを、異端審問にかけます」

そう言うと、ステファニアは立ち上がって出ていった。

「誰の掣肘も受けないということは、誰からの庇護《ひご》も受けられないということなんだよ……ステファニア」

グラハムは、悲しげに、そう呟いた。

◆

涼が『教皇の四司教』の三人と面談し、その報告をグラハムにしてから宿舎に戻ると、受付からすぐに団長執務室に行くように言われた。

そして団長執務室に入ると……いろんな人がいた。

ヒュー、先王ロベルト・ピルロ、その護衛隊長グロウン、ニルス、エト、アモン、そして軍務省交渉官グラディスとその副官アシュリー。

話を聞くと、グロウンが持っていた聖剣が狙われたらしい。それを、たまたま見ていた『十号室』の三人が阻止したと。

「おぉ～」

涼は素直に感心した。

そして三人の方を見て、親指を立てるサムズアップをしてから言った。

「報奨金ゲットですね！」

「……」

誰も何も答えない。

「……あれ？」

涼は、何か間違った言葉を吐いたらしい。

そして、周りを見回す。

「も、もちろんじゃ。連合使節団から、金一封を贈らせてもらうぞ」

ロベルト・ピルロが慌てて言った。

まさか……涼が言わなければ、何も貰えなかったのだろうか。

そんな話をしていると、外から大きな声が響いてきた。すぐに、階段を上がってくる音が聞こえる。

乱暴に扉が開かれ、『コーヒーメーカー』のリーダー、デロングが駆け込んできた。

「ヒューさん、教会の異端審問庁とかいう奴らが、リョウを引き渡せと」

「なに？」

「僕？」

ロビーに下りていくと、まさに一触即発ともいえる状況であった。

胸に赤い花が描かれた黒い祭服を着た、教会の人間たちがロビーの奥に進もうとするのを、王国冒険者たちが前を塞ぎ止めている。

そこに、割って入るヒュー。

「王国使節団団長のヒュー・マクグラスだ。これはどういうことなのか説明してもらおう」

その声は、辺りを圧する声。

物理的な圧力すら伴っているのではないかと思える声。

だが、黒い祭服の教会関係者の中から出てきた女性は、全くひるんでいなかった。

「私は異端審問庁長官、大司教ステファニアです。王国冒険者リョウを異端審問にかけます。即刻引き渡してください」

出てきた二十代半ばに見える女性は、ヒューとは逆に、落ち着いた静かな声でそう告げた。

「何を言っている？　王国の使節団だぞ？　その護衛冒険者を異端審問にかけるだと？　そんなことが許されると思っているのか！」

「許しなど必要ありません。誰も、異端審問を妨害することはできません」

「そっちの窓口のグラハム枢機卿は知っているのか？あいつも、以前は異端審問庁長官だったろうが」

「グラハム枢機卿にも、異端審問を妨げる権限はありません」

「なんだと……」

ステファニアの言葉に、顔を真っ赤にして怒るヒュー。

そこに割り込む一人の声。

「妨げる権限はないが、憂慮しているとは告げたよね」

異端審問官たちの背後から出てきたのは、グラハム枢機卿であった。

声が響いた瞬間、前を塞いでいた異端審問官たちがさっと割れ道が開かれる。長官を辞めて六年、今でもその威光は失われていない。

「グラハム！　これはどういうことだ！」

ヒューが怒鳴る。

「申し訳ない、マスター・マクグラス。そのステファニアが言う通り、異端審問を妨げることは誰にもできない。枢機卿である私にも」

「なんだと……」

「ただ、ここでリョウさんを異端審問にかければ、使節団との交渉が決裂する、それは憂慮すべきことだとは言った。ステファニア、退くなら、これが最後の機会だぞ?」

だが、グラハムのその言葉を、ステファニアは完全に無視する。

「冒険者リョウを引き渡してもらいます」

「ふざけるな!」

ヒューは怒鳴った。

次の瞬間……。

「お静かに」

その声は、大きくも、鋭くもなかった。

だが、ロビーにいる全員の耳に届いた。

後ろからその声が聞こえた王国冒険者たちは、すぐに振り返り、そして道を開く。

なぜかは分からない。

だが、そうするのが正しいことだと、全員が理解した。

静かに。

そしてゆっくりと。

ローブを纏った魔法使いが、冒険者の割れた道を通って現れる。

その間、誰も言葉を口にしない。

ステファニアも、ヒューも。

喋《しゃべ》ってはいけない……そう感じたのだ。

魔法使いは、グラハムの前に着いた。

グラハムは、表情を変えずに立っている。だが、それはある種の虚勢。彼ですら、理解できない圧力にさらされ頭の中は混乱している。

(なんなんだこれは……。リョウさん……そう、リョウさんなのは確かだが……いつものリョウさんではない。恐ろしいほどの圧力……。かつての教皇聖下から感じた……いや、それ以上か)

「私を、異端審問にかけると?」

涼は、ステファニアの方を向いて問うた。

ステファニアは何も答えられない。

言葉を失うとはこのこと。

「私を、異端審問にかけると?」

涼は、再びステファニアに問うた。

「は、はい」

ステファニアのか細い声。

先ほどまでの冷静さは、完全に失われている。唇と指先は細かく震え、冷や汗も出ている。

「私を異端審問にかけると、どうなるか分かりますか？」

涼は、三度《みたび》問うた。

今まで通り、非常に優しい声で。

優しい声なのだが……恐ろしい声。

「交渉が……破綻するでしょう」

ステファニアが答える。

「あはははは。そんなことではないんですよ」

涼は笑った。

だが、一瞬後。

表情が消えた。

「聖都、全てが凍りつきます」

そして、唱える。

「〈パーマフロスト〉」

一瞬だけ……異端審問官全員が、凍った。

本当に、一瞬だけ。

すぐに元に戻る。

だが、異端審問官たちは理解していた。自分たちは、今、確かに凍りついたと。

それは、長官たるステファニアも。

「永久に、聖都を氷漬けにします。それで足りないなら、法国全土を。異端審問にかけようというのですから、それくらいの反撃は想定の範囲内でしょう？」

涼は、表情を消したまま、ステファニアに告げる。

ステファニアは、答えられない。

今、力を見せつけられたから。

「お話が聞きたいのであれば、後日、そこのラウンジでお話ししましょう。ですが、異端審問はお断りします。煙を使って自白させたり記憶をいじったりするでしょう？」

涼は、グラハムの方をちらりと見て言う。

グラハムは、少しだけ口を歪《ゆが》めた。

そこで、ようやく、涼は圧力を解く。

「ですから、出直してきてください。そして次は、きちんとアポを取ってから来てください」

ステファニアと異端審問官たちは帰っていった。

「いや、お見事。あの『圧』の出し方、なかなか身に付けられるものではないのですがな。王族ですら、小さい頃から育てられても、身に付けられぬものが多いのじゃが……」

そう称賛したのは、後ろでずっと見ていた先王ロベルト・ピルロであった。

称賛されても涼は苦笑い。

訓練は、実はロンドの森でやっていた。時々家にやってくるお隣さん……竜王様が指導してくれていたのだ。

圧、あるいはオーラ、場合によってはカリスマという言い方もするが……若干違う気もする……。

もちろん、地球においても扱える人たちがいる。元々、人間が持っている機能の一つなのかもしれない。

「あんな感じでいいんですかね……」

涼は、苦笑しながら問う。

実際、自分では分からない。

「完璧でした。さすがは筆頭公爵ですな」

後半は、本当に小さな声でロベルト・ピルロは言った。笑いながら。

「リョウ……」

そこに近付いてきて声をかけたのは、ヒュー・マクグラス。

「ヒューさん、ご迷惑をおかけしました」

涼は頭を下げた。

「いや、リョウのせいじゃない。俺が……お前さんを共和国に送ったのが、全ての始まりな気がするな……」

ヒューはそう言うと、頭をガシガシと掻いた。

あの時は他に選択肢がなかったとはいえ、それがここまで、こんな形で繋がってくると自分の判断の甘さを痛感してしまうのだ。

世界はいろいろと難しい……。

◆

《そうして、ヒューさんにケーキとコーヒーを奢ってもらったのです》
《ああ、それは知っている……つうか、その時も『魂の響』は繋がっていたしな》

《そうだったんですか》
《あの、異端審問官とかいうやつら、聖職者だろ？　魔法を使う相手は凍らせられないとか、以前言っていたが、できるようになったんだな》
《ああ……。〈パーマフロスト〉は、空気中の水分子の振動を停止して凍結させる魔法なので、極端な話、剣士も魔法使いも関係ないのです。それにさっきのは、一瞬凍ったっぽいってだけなので、彼らを完全に凍りつかせたわけじゃないんですよ？》
全てが終わって、ラウンジでコーヒーを飲みながら、涼は国王陛下に報告をしている。
とはいえ、アベルはよく理解できていないらしい。
仕方がない。
魔法の深淵《しんえん》は深いのだ。
《……まあ、リョウを怒らせたら怖いというのはよく分かった》
《僕？　怒ってないですよ？　あれは、ちょっと圧をかけて脅してみせただけです》
《え……》
《ほら、ロンドの森に棲むドラゴンさんたちから、圧の使い方を習ったんで、実践してみただけですよ。多分、本気で怒って冷静さを失ってしまったら、逆にできない気がします。アベルって、さすがに王子様だったから、そういうのが自然にできるじゃないですか？ちょっと羨ましいです》
涼は、素直にそう言った。
王家の人間などは、小さい頃から有形無形のプレッシャーに、常にさらされている。それは人にとって、ある種、異常な状況だ。
異常な状況だが、それを耐え抜いた人たちは、やはり普通とは違う何かを手にするのではないかと思っている。もちろんそれは、良いものもあれば、悪いものもあるだろうが。
アベルが、突然、書類まみれになっても、結局それをこなしていけるのは、小さな頃からのそんな経験の積み重ねなのかもしれないと、涼は考えている。
可哀《かわい》そうだと思うこともあるが、凄いなと思うこともある。

それも含めて、涼は、アベルのことを尊敬しているのだ。
《アベルは本当に凄いです》
《なんだ、藪《やぶ》から棒に》
《僕はアベルを、いつも応援していますからね！》
《お、おう……》
ナイトレイ王国は、ナンバー2の筆頭公爵がナンバー1の国王を応援する、とても平和な国なのであった。

◆

王国使節団に異端審問官らが押し寄せてきた翌日。

その日も当然のように、教皇庁に書類を運ぶ水属性の魔法使いの姿があった。もちろん宿舎を出る前に「大丈夫か?」と団長に心配はされたが。

「あの程度の圧力に屈して書類送達担当が代わるようでは、王国が鼎《かなえ》の軽重《けいちょう》を問われるというものです」

「う、うん……?」

ヒューの反応は微妙だ。

涼はカッコよく言ったつもりなのだが、どうも『鼎の軽重を問う』という表現が通じないらしい。

「リチャード王なり昔の転生者たちが、きちんと伝えていないからです。困ったものです」

「リョウ、何か言ったか?」

「いえ、独り言です。行ってきます」


教皇庁に着くと、いつものようにカールレ修道士が出迎えてくれた。しかし様子が、いつもとは違う。

「リョウさん、昨日、異端審問官が王国使節団の宿舎を訪問したそうですが……大丈夫でしたか?」

「大したことはありませんでしたよ」

「え……」

「ですので、ほら、今日も書類がいっぱいです」

「確かに」

涼が平常通りを示すと、カールレも安心したようだ。

なぜ異端審問官たちが宿舎を訪れたのか、詳しい内容は知らないようだ。訪問の目的である涼を前にして、何もなくてよかったですと笑顔になっているのだから。

だが、カールレがいつも通り案内した部屋の主は、もっと詳しい情報を得ていたため、涼が書類を持ってきたことに驚いた。

「リョウさん……まさか昨日の今日でやってくるとは……」

「グラハムさん、おはようございます。本日の書類です」

驚きと呆れがない交《ま》ぜになった表情のグラハム、いつも通りにこやかに挨拶と報告をする涼。

「あれだけ言いましたからね。それで教皇庁の中とかでちょっかい出してきたら、それはもう……教皇庁ごと氷漬けにするしかありません」

「……ステファニアが冷静な判断を下すことを祈りましょう」

枢機卿の祈りは、一般の信徒よりも強そうである。

「昨日は、異端審問庁を止めることができず、申し訳ありませんでした」

「いえいえ、グラハムさんが謝ることではありません」

グラハムが頭を下げ、涼が手を振って気にしないでくれと告げる。

「ステファニア……昨日、審問官たちを率いていた女性ですが、彼女も決して愚かな人物ではないのです。ただ、教会のことになるとそれしか見えなくなることがありまして。他の聖職者や一般の信徒にとっては、それで全く問題ないのですが……」

「僕のような中央諸国の人間は、その中には入りませんものね」

「ええ、そういうことです」

涼が頷き、グラハムが小さく首を振る。

仲間のために行動する……それは決して責められることではない。むしろ多くの場合、称賛される。しかし仲間以外の者たちにとっては、面倒なことに巻き込まれることも出てくるのだ。

昨日の涼のように。

「彼女は、少し焦ってしまっているようです」

「焦って？」

「六年前、私の後任としてステファニアが大司教に上がり、異端審問庁長官になりました。それから今まで、あまり功績を上げていないと考えているようです」

「そうなのです？」

「いえ……決して、過去の異端審問庁の活動と比べて低調ということはありません。むしろ、平均以上の結果を出していると私はみています」

グラハムはローマンらとの勇者パーティーが解散されて教会に戻ってから、異端審問庁の働きを見てきた。公正に見て、十分以上……平均を遥かに超える成果を上げていると判断している。

しかし……。

「外からの判断と、本人の判断が必ずしも一致するとは限りません」

「ああ、確かに」

悲しげな表情で首を振るグラハム、何度も頷く涼。

「異端審問庁が僕に狙いをつけたというのは、マファルダ共和国帰りだからということですよね？」

「ええ、そうだと思います」

「戦端まで開いた相手なので分かりますけど、どうして異端審問庁は共和国を目の敵にするのですか？」

「ああ……決して、異端審問庁が……つまり異端審問官たちが目の敵にしているわけではありません。確かに異端審問官たちは、異端……つまり教会の教えに従っていない者たちには厳しいです。ですが同時に、『この先、信徒となり得る者たちである』とも捉えています。ですから今現在、道を外れている者だからといって何をしてもいいとは考えていません。ほとんどの異端審問官は、純粋に研究に没頭することを喜びとしていますので」

「ふむふむ」

グラハムが懐かしい表情になって説明し、涼も理解はできるために頷く。

だがグラハムの説明の中に、少しだけ気になる箇所があった。

「ほとんどの異端審問官とおっしゃいましたが……そうでない方々もいると？」

「異端審問官は千人を超えます。その中にはいろんな者がいますが……四人を除けば、聖典の研究、剣の追究、チェスの探究のいずれかに、その全てを捧げていると言って過言ではありません」

「えっと……」

いろいろとツッコミどころが多いグラハムの回答に、瞬時に言葉が浮かばない涼。

聖典の研究は分かる。

剣の追究は……かつてのアベルみたいなものなのだろう。可哀そうだが分からないではない。

《……》

チェスの探究は……意味が分からない。

「聖典と剣とチェス、ですか？」

「はい」

涼の疑問風確認に、大きく頷くグラハム。

その表情から、その三つに勤《いそ》しむのは当然だと認識しているようだ。もしかしたら、西方諸国に住む人にとっては当然の認識なのかもしれない。

しかし、涼は中央諸国の人間である。

「大変申し訳ないのですが、なぜその三つなのでしょう？　いえ、聖典の研究は分かるのですが……」

涼のその言葉で、グラハムはハッとしたらしい。

やはり西方諸国では、その三つは当然のことのようだ。

「そうですか、そうですね。中央諸国の方が知らないのは無理もないかもしれません。その二つは、全てニュー様に関係しているのです」

「西方教会の開祖ニュー様ですね」

「はい。聖典は……ニュー様が生涯をかけて書き残された、まさに教会の中心となる書物です。全百章からなり、聖職者はもちろん一般の信徒たちも生きる指針としています」

「ええ、それはなんとなく分かります」

涼は頷く。

「剣は……ニュー様は剣聖であったと言われています」

「剣聖？　もの凄く剣が強かったということですか？流派を開いたとか、そういう……」

「おっしゃる通りです。ニュー様が開祖とされる剣の流派『西弦流《せいげんりゅう》』……そこから多くの流派が生まれています。確か中央諸国で主流の一つとなっているヒューム流も、西弦流の流れをくむ剣術だと聞いたことがあります」

「なんと……」

《！》

涼は驚いた。『魂の響』の向こうで聞き耳を立てている王様も驚いたようだ。

ヒューム流は、例えばそのアベルが修めた剣術だ。他に『十号室』の剣士アモンも、村にいる時に老剣士からヒューム流を習ったらしい。

確かに、中央諸国で広がる主流剣術の一つと言っても過言ではないだろう。それが開祖ニュー様に端を発していたとは。

「でも、宗教の開祖様が剣聖だったというのはびっくりです」

「西弦流の言葉に、『力がないから守れない？　そんなことがあっていいはずがない』というものがあります。かつてニュー様がおっしゃった言葉らしいのですが……宗教も剣も、大切な人を守るためにあると」

「大切な人を守る？」

「宗教が心を守り、剣が体を守る」

「なるほど……興味深い見解ですね」

涼は何度か小さく頷いた。

納得できるかと言えば難しいが、そう考える人がいたとしても一概には否定できない気がする。どちらも、のめり込むと大変なことになりそうであるが。

《……》

かつて、剣にのめり込んだ王様は、何も言えないらしい。

そして、一番意味の分からない……。

「もしかして、ニュー様はチェスの名手だったとか？」

「はい。いくつもの定石を開発され、有名な『プロブレム』も残されています」

定石は、効果的な手、囲い、展開などを研究して誰でも使えるようにした……一種のテンプレートであろうか。もちろん、ある定石が開発されれば、それを打ち破る手順が開発され、さらにそれに対抗する囲いも研究され……そうやってゲームは発展していく。

だからチェスでも将棋でも、『永遠に最強』というものは存在しない。

そしてプロブレム……チェス・プロブレムは、将棋で言うところの詰将棋だ。

涼は将棋もチェスも好きだ。どちらかと言えば将棋の方が得意だが、チェスだって苦手というほどではない。

だからあの時、「チェスが将棋に替わったのです」と言えたのだ。

そう、あの時……。

「グファーチョ大司教とかいう人も、チェスが好きだったみたいですね。そんなセリフを吐いていました」

涼がなんの気なしに言った瞬間、グラハムの目が大きく見開かれた。

「それは、グファーチョ大司教率いる『ジューダスリモース』による共和国での動きのことと、関係していますか？」

「え……あっ……」

そう、『ジューダスリモース』は法国の暗殺兵団。

グラハムは詳しくは知らない可能性があった……それなのに、思わず言ってしまったのだ。

言葉は、一度口の外に出たら戻せない。

「いえ、あの……そ、そろそろお暇《いとま》しないと。グラハムさんも、朝のお仕事があるでしょう？」

涼が言った瞬間、扉がノックされてカールレ修道士が入ってきた。

「猊下、第十四司祭団の研究発表会に顔をお出しになると約束されております。そろそろ始まりますが、いかがなさいますか」

涼にとってはまさに渡りに船。

しかし……。

「カールレ修道士、午後一時からの午後の部に、参加させてほしいとお伝えください」

「はい、かしこまりました」

一撃で船は沈められた。

「え……」

「さあ、これで十分な時間が空きました。リョウさん、詳しく聞かせてください」

怖い笑顔で迫られた涼は、抵抗を諦めた。

「実は、『ジューダスリモース』がエルフの森を襲撃しまして……」

「やはりそうだったのですね。あのタイミングで、ホーリーナイツ八十体もが共和国を襲撃するなど唐突過ぎたのです。連合による共和国への侵略もホーリーナイツも、全ては陽動。本命は、エルフの森を襲撃してエルフの力を……つまり共和国が持つ錬金術の力を削ごうとしたのでしょう」

「なるほど」

涼は、完全には把握していなかった情報まで手に入れた。

抵抗を諦めた理由の一つでもある。もちろん一番は、怖い笑顔の裏に隠された迫力だったが……。

「錬金術師のニール・アンダーセン殿への件といい、エルフの森襲撃といい、誰が絵を描いたのか」

グラハムはそう呟いたが、すでに一人の男の顔が脳裏に浮かんでいる。

「サカリアス枢機卿……であろうが、そうなるとやはり、グファーチョが理解しにくい。彼の者はどの枢機卿の傘下にも入っていなかったはず。だからこそ、法国の暗殺兵団を指揮している……」

「あの、グラハムさん？」

「ああ、すいません。で、『ジューダスリモース』の襲撃時に、リョウさんはエルフの森にいたんですね」

「はい……ああ、いえ、そうではありません。僕はいませんでした」

「……はい？」

「し、知り合いの……赤の魔王という全身赤い服の魔法使いがいまして、彼からお話を聞いただけです。僕は決して、その場にはいませんでした」

「ああ……なるほど」

涼が必死に言い、グラハムは何事か理解した。

「リョウさんは、その赤の魔王とかいう人から、あくまでお話を聞いただけということですね。その場にいたわけではない」

「はい、そういうことです」

グラハムが頷き、涼も頷き返す。

もちろん両者ともそれが嘘であることは分かっている。だが、形式は整えておかねばならない。そのためにわざわざ赤い仮面とマントを借りたのだし。

その上で、涼は起きたことを話した。

もちろん、倒した後に起きたことも。

「全員が、溶けた？」

「はい。ゴーレムもグファーチョさんたち、人間も」

「まさか……」

グラハムは小さく首を振っている。

何か思い当たる節があるのかもしれない。

「グファーチョさんって大司教ですよね。かなり高位の聖職者だと思うのですが、亡くなられたとかの噂は……」

「ええ、全く入ってきておりません。元々彼は、表には出てこないので……いるのかいないのか把握しにくい人物ではあります」

「あらら」

そもそも暗殺兵団などという裏の仕事の責任者なのだ。表に出てきにくい人物であるのは、ある意味当然なのかもしれない。

それでも、二十四人しかいない大司教の一人のはずなのだが……。

「『ジューダスリモース』すら投入された……確度の低い情報としては流れてきましたが、本当だったとは」

「確度が低かったのですか？」

「はい。『ジューダスリモース』に命令できるのは教皇聖下だけですので……」

そう言った時のグラハムは悲しげであった。

「リョウさんがいたとはいえ、エルフの制圧もできなかったというのは……言われているほどの強さではないのでしょうか」

「いえ、戦った白いゴーレムは、かなり強かったですよ。面白い変形機構もありましたし」

「なるほ……え？　今、白いゴーレムとおっしゃいましたか？」

「はい」

「それは人の身長ほどの細身の？」

「ええ、グラハムさん、ご存じなのですか？　あれはやっぱり、グファーチョさんの秘密兵器とかですかね」

涼は適当推測を述べる。

「いえ……グファーチョ大司教は、兵団の責任者ではありますが、ゴーレムの開発や製造にはかかわっていません」

「あれ？　そうなんですか」

「現在、教皇庁はもちろん法国におけるゴーレムの開発、製造はサカリアス枢機卿が全て……ここにもサカリアスが顔を出す？　ずっと鳴りをひそめていた男が、なぜこのタイミングで動いている？」

後半は、涼にも辛うじて聞こえるほどの呟き。

もちろん涼は口を挟まない。

「リョウさんがニール・アンダーセンに届けた手紙も、差出人はサカリアス枢機卿でしたよね」

「はい。サカリアス枢機卿は、ゴーレム開発などをしているということは錬金術師なのですね。同じ錬金術師のニールさんとは、確かに話が合うかもしれません」

そんな無邪気な感想を述べて、うんうんと頷く涼。

多くの事情を知るグラハムはそこまで素直にはなれない。とはいえ、情報が少なすぎるのも事実。

「もう少し調べてみる必要がありそうです」

グラハムがそんな結論を出して、ようやく涼は解放されたのだった。


戻ってきたカールレ修道士に導かれて、グラハムから解放された涼は教皇庁の中を歩いている。疲れたので、宿舎に戻ったらラウンジでケーキとコーヒーをいただこうと心に決めていたところに〈パッシブソナー〉が情報を拾ってきた。

それは知った反応。

残念ながらニール・アンダーセンではない。しかしもしかしたら、それ以上に驚くべき情報だ……涼にとっても、グラハムにとっても。

「すいません、カールレさん。グラハムさんの所に忘れ物をしてしまいました」

「え？　忘れ物？」

突然の涼の申告に首を傾げるカールレ修道士。

カールレが知る限り、何も忘れてはいないはずだが……。

「すぐに戻りましょう」

「あ、はい、ではご案内します」

こうして涼とカールレは、再びグラハムの部屋に戻った。

　グラハムの扉にノックの音が響く。

「どうぞ」

　入ってきたのはカールレと涼である。

「すいませんグラハムさん、忘れ物をしてしまいました」

「忘れ物？」

　グラハムもよく分かっていない。だが表情は変わらない。涼が出ていってから、『教皇庁モード』ともいうべき、常に微笑み感情の起伏を出さない……そんな状態になっているからだ。

「カールレ修道士、私とリョウさんにコーヒーをお願いします」

「承知いたしました」

　涼が何も言わない段階から、グラハムは何かを察したのだろう。カールレ修道士を部屋の外に出した。

「それで？」

「ああ、人払いありがとうございます。先に確認したいのですが、グファーチョさんって双子の兄弟とかいますか？」

「いないはずです。現在、大司教以上の方に双子の兄弟は誰もいません」

　教会では、高位聖職者の個人情報も集めてあるのだろう。グラハムは断言する。

「だとしたら、今、グファーチョさん本人が教皇庁の中にいらっしゃいます」

「ほぉ……それは興味深いですね。いえ、リョウさんがどうやってそれを知ったのかは追及しません」

「あははは……」

　乾いた笑いでごまかす涼。

「一度溶けた人物が、教皇庁の中にいる……そういうことですよね」

「はい」

「それは人ではない、ということ」

　グラハムが呟くように言う。

　涼は何も言えない。確かに涼の目の前で溶けた。そんな人物が、教皇庁の中にいるのだ。

謎は深まるばかりであった。

涼はグラハムとコーヒーを飲み、今度こそ宿舎に帰るために部屋を出た。もちろん、カールレ修道士が教皇庁の外まで案内してくれた。

先ほど認識していたグファーチョの反応はない。

どうもこの教皇庁の中には、涼のソナーが届かない場所があるようだ。涼のソナー……〈アクティブソナー〉であろうが〈パッシブソナー〉であろうが、空気中の水分子、すなわち水蒸気を利用する。つまり、完全に密閉された部屋の中にまでは入っていけず出てこられず……。情報を取得することはできない。

《密閉された扉の向こうの情報も手に入れられる、魔法の開発が急がれます》

《そうか。で、なぜそれを俺に言う？》

『魂の響』の向こう側にいる国王陛下は、魔法使いではない。

《現場は大変な状況に置かれているのだということを、偉い人にも理解してもらうためにわざわざ報告しているのです》

《報告ご苦労》

《……それだけですか？》

《それ以外に何が必要なんだ？》

《普通、「よく頑張っているな、飯ぐらい奢ってやる」とか上司は言うものなのですが》

《そうか、リョウが王城にいれば奢ってやったのにな。残念だ》

《ぐぬぬ……》

国王の横暴に悔しがる涼。

だからであろうか、目の前に馬車が止まるまで気付かなかった。

「あれ？　リョウさん？」

「あ、ルスラン様、こんにちは」

涼のすぐ後ろからやってきたルスラン公子と挨拶した。

目の前に止まった馬車は、ルスラン公子お迎えの馬車だったのだ。

「今、お帰りですか？」

午前のこの時間には、あまり使わない言葉を吐く涼。

「いえ、今日も共同研究の予定だったので来たのですが、急にホーリーナイツの演習が入ったとかで……研究相手の方々が、みんな駆り出されてしまったのです。それで今から大使館に戻るところです」

「ああ、それは大変ですね……あれ？」

「どうされました、リョウさん」

涼は別のことに気付いた。

「今、ルスラン様は、僕の後ろから出てこられましたよね？」

「そうですね」

「でも話しかけられるまで、僕は気付きませんでした」

そう、〈パッシブソナー〉は、教皇庁の中では常時ONにしてある。ギリギリまで気付かないのはおかしい。

「今、そこの扉から出てきましたから」

ルスランがそう言って、指さした。

そこは見るからに重厚そうな金属製の扉。もちろん、涼は利用したことはない。

「もの凄い扉ですが……」

「そこの扉を使うと、兵団管理部に直通なのです。あ、もちろん『登録』されてないと通れませんよ。登録されていない人が通ると、『光で切り刻まれる』と言われました。怖いですよね」

「光で切り刻まれる……」

レーザーみたいな何かだろうか。

もちろん涼は、そんな光学兵器を『ファイ』で見たことはない。さすが光属性魔法の本家本元、西方教会と言うべきかもしれない。

「兵団管理部というのは？」

「法国におけるゴーレムの開発や管理を行っている部署です。私の共同研究の相手ですね」

「その年でご立派な……」

「あはは……」

涼が称賛し、ルスランが照れる。

「あ、そうだ、リョウさんが以前言っていた、カフェに行ってみませんか。こういう時間ができるの、滅多にないので」

「おぉ！　それはぜひ……でも、大丈夫なのですか？」

涼が言ったのは、ずっと馬車の前でルスランが乗るのを待っている爺や風な人を見たからだ。

「リョウさんなら大丈夫です。リョウさんは、私と父上の命の恩人……つまりキューシー公の命を救った方なのですから。キューシー公国の中枢で、そのことを知らない人はいませんよ」

「そんな大ごとに……」

そして二人は、王国使節団宿舎に隣接したカフェ・ローマーに入っていった。


涼が『今月のミルクレープ』を頼み、ルスランがモンブランを頼む。コーヒーは、二人とも暗黒コーヒーだ。

「これが暗黒コーヒー……暗黒大陸で採れた豆なんですよね」

キューシー公国の第二公子といえども、西方諸国の中では辺境ということもあって、暗黒大陸産のコーヒー豆は滅多に飲むことができない。

「この西方諸国の南に広がる大陸だと聞きましたが……住んでる人の多くは大陸の沿岸部にいるとか、大陸中央部には入っていけないとか……いろいろ聞きましたけど、どうなっているのか気になります」

「いつか国のお仕事で行く機会があればいいのですが」

涼の言葉に、ルスラン公子が希望を込めて言う。

公子ともなると、勝手に旅に出ることも難しいのだろう。

国のお仕事で海外に、と聞けば多くの人が羨ましいと思うかもしれないが、実際のところ日程はがんじがらめなのだ。よほど無軌道な者でもない限り、好き勝手に観光できるわけではない。国民が納めた税金で行く以上、お仕事なのだから当然ではあるのだが。

それでも、ルスランのような立場の人物にとっては、国外に出ること自体が嬉しいに違いない。

そう、例えば今みたいに、共同研究で法国に来ているように。

「ルスラン様の共同研究って、やっぱりゴーレムですよね？」

「はい」

涼は、ルスランがキューシー公国のゴーレム開発責任者であることを知っているから、当然そう予測できる。

しかしそうなると、涼と会っているのはまずいのではないだろうか？　なにせ、共和国で法国のゴーレムを打ち倒してしまったわけで。

いや、さすがに共同研究とはいえ、他国の公子に国家機密クラスのゴーレムを見せはしないだろう。せいぜいホーリーナイツだろうと涼は思ったのだが……。

「詳しくは言えないのですが、昨日、法国で稼働中のほっそりとしたゴーレムを見せていただきました。リョウさんは『雷帝』を知っているから伝えますが、あんな感じのやつです」

「え……」

言葉を失う涼。

ほっそりとしたゴーレムといえば、暗殺兵団『ジュークダスリモース』のゴーレムが思い浮かぶ。

「その中でも、修理したばかりとかの白いゴーレムがあったのですが、あれはとても凄かったです。勉強になりました。リョウさんもゴーレムを開発されていますよね？　見ることができれば興味を引かれるとは思うのですが……でも、さすがに法国の中でも最高機密扱いとかですから、使節団を通しても見せてはもらえないですよね」

「白……」

再び、言葉を失う涼。

白いゴーレム……どこかで見た覚えがある。いや、どこかで戦った覚えすらある。

もちろんゴーレムであるから、壊れたら修理をすればいい。だから、エルフの森で涼が破壊したゴーレムが、教皇庁で修理されたり、あるいは新たに製造されていても驚く必要はない。

必要はないのだが……。

ちょっと気まずい。

「い、いつか機会があればいいですね」

それしか言えなかった。

涼は話題を変える必要に迫られた。だが、思いつかない。どうしても涼とルスランの間で、最も興味深く共通する話題はゴーレムだ。それでもさすがに、白いゴーレムやグファーチョ大司教の名は出せない。

「実は先日、サカリアス枢機卿という方からのお手紙を、マファルダ共和国に届ける仕事を請け負いまして」

話題の転換先としてどうか……ベストにもベターにも程遠いが、赤点すれすれの及第点ではあるはずだと涼は信じて推し進める。

「共和国の錬金術師ニール・アンダーセンさんという方の所に行ってきました」

「ニール・アンダーセンさん……名前を聞いたことがあります。かなり有名な方ですよね。ああ……そんな有名な錬金術師の所に行けるなんて、リョウさんが羨ましいです」

なんとか、話題の転換に成功したようだ。

そう、涼もルスランも錬金術師。

有名錬金術師のことは、共通の話題になるはずなのだ。

「あれ？　そういえば共和国と法国って戦争になっていませんでしたっけ。先日停戦したという話を聞きました」

「ああ、そうらしいです」

「そうそう、リョウさんのお手紙の差出人、サカリアス猊下とはゴーレム開発に関してよくお話をしています。今日の共同研究も、サカリアス猊下との予定だったのですが、急に演習が入ったそうです」

「え……。そういえば、教皇庁はもちろん法国におけるゴーレムの開発、製造はサカリアス枢機卿が担っているとかは聞いた覚えが」

「はい、全くその通りです。王国使節団には、そんな情報まで入ってくるのですね。すごいです」

「あ、はい、いやあ、あはははは……」

感心するルスランの邪気の無い目にさらされ、言葉を濁す涼。

さすがに、先ほどグラハム枢機卿から聞きましたとは言えない。

「そのサカリアス枢機卿ってどんな方ですか？」

「そうですね……生粋の錬金術師でしょうか」

「ほっほぉ」

「いや、でも一番根本の部分は教会の聖職者です。西方教会のためなら、全てを擲《なげう》っていいと心の底から考えていらっしゃいますね。ですが同時に、錬金術の発展によって教会を守りたいともお考えのようです。ゴーレムに関してもそうですが、話していても楽しいですし勉強になることもたくさんあります」

「なるほど」

涼としては、共和国との戦争にその影がちらつく人物との認識であったため、もの凄く悪い人と勝手に想像していたのだが……別の側面もありそうだ。同じゴーレム開発に携わる人間として、少なくともルスランの成長には寄与しそうである。

「この教皇庁で得た知見を、雷帝やキューシー公国のゴーレム研究に還元できるといいですね」

「はい。この前のように、ヴァンパイアと対峙しても一方的に負けないようにしようと思っています」

「ルスラン様……」

「リョウさんはあえて触れられませんでしたけど、大丈夫です。心折れたりはしませんから」

ルスランはそう言うと笑った。

それは、苦い経験を自分の中で昇華し、一つ上の段階に進んだ者の笑顔……涼にはそう思えたのだった。

◆

涼とルスラン公子がカフェ・ローマーでケーキを食べていたその頃、異端審問庁の長官室では会議が開かれていた。

出席者は三人の異端審問官。

長官ステファニア大司教、第二審問補佐官アッボンディオ司教、第三審問補佐官ルイージ司教だ。いつもなら、この手の会議のまとめ役となる第一審問補佐官は、多くの異端審問官を伴って国外に出ているため、ここにはいない。

「アッボンディオ司教、王国のC級冒険者リョウに対して考えがあると？」

ステファニアが開口一番に問う。

今日集まったのは、第二審問補佐官アッボンディオ司教が、昨日の件に関して提案があるというからだ。

「はい、ステファニア様。C級冒険者リョウに対しては、キューシー公国のルスラン公子を利用するのが有効かと存じます」

「キューシー公国のルスラン公子？」

「はい。現在キューシー公国から、ゴーレムの共同研究のためにルスラン第二公子が来ております。彼の者は、父親のキューシー公と共に、C級冒険者リョウによってヴァンパイアの手から助けられたとのことです。それで誼《よしみ》を通じているとか」

「キューシー公国の襲撃か、それは私も聞いたことがある。そうか、C級冒険者リョウはそれに絡んでいるのか。しかしキューシー公国の公子を利用するのは……」

異端審問は何者にも止めることはできないとは言ったものの、ステファニアも相手というものを考える。

『C級冒険者リョウ』は中央諸国の人間であり、間違いなく教会の教えに従っている者ではない……だから共和国の情報を得る発端としてもかまわないと考えている。

しかし、キューシー公国の公子となると話は変わる。

キューシー公国は西方諸国東の辺境に位置する国家である。教皇こそ出していないが、歴代のキューシー公は教会に深く帰依《きえ》した人物が多い。位置的にも関係の深さからも、法国の数ある同盟国の中で、最も重要な国の一つといえるだろう。

法国最大の仮想敵国である共和国の情報を得るためとはいえ、そんなキューシー公国の公子を異端審問にかけるのは、さすがのステファニアでも躊躇する。

国を挙げて受け入れている使節団の一人とはいえ、中央諸国の冒険者を異端審問にかけるのとはわけが違うのだ。

「ステファニア様、意見よろしいでしょうか」

残る一人、第三審問補佐官ルイージ司教が手を挙げる。

「ルイージ司教、何か」

「私は、ルスラン公子を異端審問にかけるのには反対です」

「ふむ」

ルイージが明確に反対し、ステファニアは軽く頷く。

もちろん反対されたからといって、第二審問補佐官アッボンディオ司教は特に表情を変えたりしない。司教という高位聖職者ともなれば、心の奥底でどのような感情が渦巻いているかにかかわらず、それが表面に出てくる者などいない。

この教皇庁において、そんな者は生き残れないから。

五十歳でがたいのいいアッボンディオと、四十歳にはとても見えない長い金髪の優男ルイージの見た目は対照的だろう。

「ルスラン公子は、もちろんキューシー公国の第二公子です。そして彼を受け入れているのは兵団管理部、ご存じの通り、責任者はサカリアス猊下です。錬金術師として誰も比肩できない結果を残されているサカリアス猊下は、錬金術の天才として知られるルスラン公子を高く評価しているとか」

「つまりルイージ殿は、サカリアス猊下が怖いからルスラン公子に手を出すべきではないとおっしゃりたいのかな」

ルイージの説明に噛みついたのはアッボンディオ。

もちろん表情は微笑みを浮かべたまま……逆にそれだけに、この場に慣れていない人物が見たら恐ろしく感じるであろう。

しかし、それが教皇庁。

「アッボンディオ殿、そうではありません。他に方法がないならともかく、『取っ掛かり』としての利用のためだけに、敵をつくる必要はないと言いたいのです」

答えるルイージも微笑みを浮かべたまま。

声を荒げての議論……そんなものは教皇庁には存在しない。それは異端審問庁も例外ではない。

その後も、アッボンディオとルイージの落ち着いた口調の議論は続いている。

しかし、すでにステファニアの心はここにはない。

結論の出ない議論であることは分かっているからだ。それでも、二人を止めることはない。口に出すことは必要だと考えているから。

異端審問庁は一般の異端審問官にとっては、間違いなく楽園であろう。だが、幹部たちにとっても楽園かどうか。それはステファニアが長官の地位を継いでから、ずっと心の中に存在する疑問だ。

彼女自身に限って言えば……今はもう、楽園ではない。

そんな思考が出てくる時点で、ステファニアの心が乱れているということ。それでも、彼女は異端審問庁の長官だ。部下を御せねばならない。

目の前での静かな議論は、その一環。

ある程度、二人が言い尽くしたところで……。

「少し考えさせてくれ」

そう言って議論を引き取る。

午前の会議は終了した。


その日の昼食後。

異端審問庁を、一般の聖職者が訪れることはほとんどない。

だがこの日の午後、長官室を訪れたのは一般の聖職者ではなかった。ステファニアですら想定していない人物……。

「サカリアス猊下……」

「ステファニア長官、突然訪問して申し訳ありませんね」

十二人の枢機卿の一人、法国全体の錬金術とゴーレム開発に関する一切を取り仕切る男。

「……どうぞ、そちらに」

ステファニアはソファーを示す。

「ああ、いえ、すぐに帰りますので。お願いしたいことが一つあるだけです」

サカリアスは立ったまま話を続けた。

「お願い？」

「ええ。どうかキューシー公国のルスラン公子には、手を出さないでいただきたい」

「！」

あまりにも直接的な要求に、ステファニアですら言葉を失う。

「……おっしゃっている意味が分かりませんが」

「そうですか？　王国のなんとかいう冒険者への取っ掛かりに、ルスラン公子を異端審問にかけようとしていませんか？」

「……やはり、おっしゃっている意味が分かりません」

しらを切るステファニア。

「そうですか。どうも私は早とちりをしてしまったようですね。いえ、ルスラン公子に何もないのであればそれでいいのです。お仕事の邪魔をして申し訳なかったですね」

笑顔のまま、自分の勇み足だと謝罪するサカリアス。

そう、その笑顔こそが恐ろしい。

ステファニアと違い、わずかな乱れもなく完璧に制御された笑顔、そして声。どれほど注意深い信徒であっても、穏やかで優しい聖職者と認識する……。

枢機卿に上がるということは、そういうことなのだ。

仮面？

そんな生ぬるいものでは、誰かに看破される。

次元が違う。

ステファニアは、自分が未だそこに至っていないことを理解している。

「これからも、異端審問庁が判断を誤らないことを祈っております」

サカリアス枢機卿は、最後まで完璧であった。

午前の午後だ。第三審問補佐官ルイージ司教がサカリアス枢機卿に伝えたのであろうことは考えるまでもない。

しかしステファニアは、それを責める気にはならなかった。

むしろ感謝に近い安堵を感じた。

（あんな方と正面から衝突しなくて済んだ……）

ステファニアが異端審問庁長官となって六年。

その間、同格の大司教以上の人物と衝突したことはない。特に、意識的に避けていたわけではない。西方教会における大司教や枢機卿は、善人ばかりなのだ。

いや正確には、『深く掘り起こさなければ善人』ばかりなのだ。

異端審問官となった時、ほんの少しだけあった教会内での出世という望みは霧散した。さすがに教皇にとは畏れ多かったが、何かの間違いで枢機卿になれれば……そんな希望が無かったと言えば嘘になる。

しかし異端審問官の最上位は、長官の大司教。そこが打ち止め。過去に異端審問官が枢機卿になった例は、異端審問庁の創設以来千年、ただの一人もいなかったから。

それなのに、敬愛する人物が……勇者パーティーの聖職者を経由したとはいえ、枢機卿に上がってしまった。その事実は、ステファニアの中から消え去っていた『上昇志向』という欲を、蘇らせてしまった。

ステファニア自身、その欲に、まだ戸惑っている。

美しい感情でないことは理解している。

だが、頭から否定すべき感情だとも思えない。聖典には、上昇志向は悪だとは書いていないのだから。だから、必ずしも聖職者にふさわしくない感情だとは言い切れないのではないか……。

しかし確信が持てない。

だから戸惑うのだ、悩むのだ。

正直に、全てを相談したいと思ったこともある。この六年間のことを、全て聞いてほしいと思ったこともある。

しかし、立場がそれを許さない。先日は、食ってかかるような発言をしてしまったし……。

「私は、なんて未熟なんだ……」

この六年の間、何度この言葉を吐いただろう。

未熟であることは理解している、それを克服する努力はしてきたつもりだ。しかし結果として表れたかと問われれば、まだまだと言わざるを得ない。

もちろん、誰かに面と向かって言われたわけではない。あるいは、陰口が聞こえてきたわけでもない。

だが、分かる。

多くの面において、敬愛する前任者……グラハムと比べるべくもないと。誰あろう、彼女自身が、そう認識している。

グラハムが異端審問庁長官であった当時、ステファニアは、直属の部下であった。最も目の前で、グラハムの手腕を見てきた。

だから、分かる。

違いは歴然。

とても優秀な前任者を持った者の不幸。周囲による評価は、その職位についてきた歴代の者たちではなく、直前にいた者が評価基準となる。

実際ステファニアは、歴代の異端審問庁長官と比べても、明らかに平均以上の能力を有し、結果を出し続けてきた。あと二年もすれば、歴代長官の中でもトップクラスと言われるのは間違いないほどに。

だが、それでも、ステファニアの中では……届かない。

前任者、グラハムの評価に届かない。

グラハムは、異端審問庁長官になる前から、非常に高名な肩書、あるいは二つ名を有していた。

ヴァンパイアハンター。

西方教会とヴァンパイアの対立の歴史は古い。そして、深い。西方教会の歴史上、最大の敵はマファルダ共和国ではなく、ヴァンパイアたちであったと言う者すらいる。

ここ百年、ヴァンパイアそのものへの遭遇例が少なくなったとはいっても、それは一般人に限っての話。表に見えてこないところで、西方教会の聖職者とヴァンパイアとの戦いは続いている。

その争いの中で、グラハムの位置付けは、英雄。

それも、近年まれに見るほどの、英雄。

圧倒的な実績と評価。

そんな人物が、異端審問庁長官となった。新たな部下たる異端審問官たちはどう思うか？

まさに、熱狂的な支持者となった。

グラハム率いる異端審問庁は、完璧なる鉄の統率の下に多くの実績を上げた。優秀なカリスマに率いられた組織。

だからであろうか。当時の教会トップたちは危惧した。その、あまりに強くなり過ぎたグラハムの権力と人気を。そのために、グラハムは勇者パーティーの聖職者へと転出することになったと言われている。

もちろん、必ず一人配属される勇者パーティーの聖職者枠は、あらゆる西方教会聖職者の夢の枠でもある。それは事実。

だが、グラハムである必要性があったのかどうか……。

結局のところ、グラハムはその役割も完璧に全うした。勇者パーティーは、無事魔王を討伐した。グラハムも教会の大司教に復帰し、その勇者パーティーでの功績から、大司教としての序列一位となった。

そして今、異端審問庁長官経験者として史上唯一、枢機卿に上がっている。

ステファニアが敬愛する前任者グラハム……大きな差があることを自覚しながらも、彼女は彼女でその差を埋めようと努力している。

差を埋める方法は？

結果を出す。他にはない。

ヴァンパイアに対しては、まさにこの異端審問庁こそが、その最前線である。それは千年変わらぬ歴史であり、圧倒的な実績。もしそんな異端審問庁が、マファルダ共和国に関しても大きな実績を得ることができたら？　それは教会全体に対して、大きな貢献をなしたことになるはずだ。

それが、ステファニアが選んだ『差を埋める結果』。

それが、C級冒険者リョウに執着する理由であった。

◆

翌日、王国使節団宿舎一階ラウンジ。

涼の前には、イチゴのタルトと暗黒コーヒーが置かれている。だが、珍しいことに、手は付けられていない。

その理由は……。

「もう一度お聞きします。共和国内で、ゴーレム同士の戦闘を見た際、あなたは何も手を出していない、ということでよろしいですか？」

「はい、その通りです」

異端審問庁長官ステファニアの問いに、涼は頷いて答える。

「その後、破壊されたゴーレムに対して、何かされましたか？」

「その仕組みを理解しようと、いろいろ見ました」

「その際に、機密を目にした可能性があります」

「破壊され、放りだされていた物を見ただけです。見られて困る物なら、外に出してはいけないと思います。機密だというのなら、国外への派遣は控えるべきでしょう」

そんなやり取りをしているために……涼はイチゴのタルトに手を付けることができていないのだ。

なんという不幸。

ちなみに、ステファニアの前には、コーヒーだけが置かれてある。もちろん、そちらにも手は付けられていない。

会談の場にいるのは、涼とステファニアの二人だけ。もちろん、他の異端審問官や、王国冒険者たちが遠巻きに見てはいるが……近付かない。そういう取り決めだ。

もっとも、異端審問官たちは、そのことを聞いた時に、多くがホッとしたらしい。

涼の、瞬間冷凍が怖かったらしい。

あの時、「そこのラウンジで話を聞く」と涼が言ったのは、半分以上売り言葉的なものだったのだが、ステファニアはアポを取って、こうして聞き取りに来ていた。

結局ステファニアは、ルスラン公子を利用することなく、正面から『C級冒険者リョウ』に話を聞くことにしたのだった。

「ゴーレムについてもう一つ。壊れたゴーレムを見たのは、あなただけですか?」

「いいえ、ニールさん、ニール・アンダーセンさんもです」

それをそのまま記述しているステファニアを見て、涼は尋ねてみることにした。

「そのニール・アンダーセンさんを、先日、教皇庁内で見かけました。どこに行かれましたかね?」

「機密を見た可能性がある人が、その後、教皇庁内に? それは本当ですか? 見間違いではありませんか?」

「いいえ、確実です。中庭を、四人の修道士に囲まれて歩いているのを見ました」

涼は、はっきりと言い切る。

〈パッシブソナー〉で探っても、反応がないなどというのは、さすがに情報を出し過ぎな気がするので言わないが、中庭で見たというのは言ってみた方がいいだろうと思って開示したのだ。ステファニアの反応から、何か探り出せるのではないかと。

「ふむ。その件に関しては、私の元には報告は上がってきていませんね」

ステファニアのその呟きに、涼は尋ねた。

「異端審問庁長官の大司教様の下にも来ていない情報

って、それは変ではないですか？　ああ、そもそも、僕がニール・アンダーセンさんに会ったのも、こちらの枢機卿……サカリアス枢機卿が出した手紙を届けるようにという依頼ですよ？」

「……え？」

涼の言葉に、ほんの僅かだがステファニアの表情が変わった。

おそらく、サカリアス枢機卿の手紙のくだりであろう。

「それは、本当ですか？」

涼の言葉に、ステファニアは少しだけ前のめりになる。

「ニールさんは、そう仰いました。ただ、これまでにも何度もお誘いの手紙は来ていたそうなのですが、なぜ今さらなのかと驚いていました。そして、そんなふうに言っていた方が、その後、この教皇庁にいたんです。変じゃないですか？」

「……」

涼が言うと、ステファニアは黙った。

何かを考えているようだ。

「サカリアス枢機卿？　ここでも？」

ステファニアのその呟きは、辛うじて涼の耳にも聞こえた。

涼には「ここでも」の意味は分からなかったが。

「今日のところは、これで終了です。ご協力感謝します。またお聞かせいただくことになるかもしれませんので、よろしくお願いいたします」

そう言うと、異端審問庁長官ステファニアと異端審問官たちは、去っていった。

後には、手を付けられなかった暗黒コーヒー……。

涼が一気に飲み干した。

もちろん、自分のイチゴタルトとコーヒーも。

「もったいない、もったいない……」

そう呟きながら。

しかし、その裏では……。

《大変な状況に置かれましたけど、なんとか問題を克服しました》

なんとなく国王陛下に報告していた。

そう、なんとなくだ。
その空気を、報告を受けるアベル王も分かっているらしく……。
《そうか、それは災難だったな》
適当な受け答え……少なくとも涼はそう感じる。
《分かっているのです！　アベルが適当に受け流しているということは！》
《さすが、よく分かったな》
《……そこは嘘でも、そんなことないぞと答えるべきです》
アベルのあんまりな答えに、頬を膨らまして不満を表明する涼。
もちろん『魂の響』の向こう側のアベルには、その表情は見えないのだが。
《先ほどのステファニアさんの前任者は、グラハムさんなのです》
《異端審問庁長官だったか？　そもそも、リョウをかけようとしていた異端審問というのは何なんだ？》
中央諸国には無い制度なので、アベルは知らないらしい。
《なんというのでしょうね……宗教的な裁判が、本来のイメージに近いのでしょうか》
《ふむ》
《とはいえ歴史的に見ると、実は、街の人たちが裁判を取り仕切るのが多いのです》
《街の人？　宗教関係者じゃなくてか？》
《ええ》
《それで……ちゃんと裁判になるのか？》
《だいたいにおいて、すぐ火あぶりにしちゃってたみたいですよ》
《おい……》
涼の歴史学面からの回答に、呆れた声を出すアベル。
《一般の人が持つイメージとしては、宗教関係の怖い人が判決を下したりする密室裁判みたいですけど、歴史上はその辺にいる街の人たちが広場で裁判しちゃっていたのです。そりゃあ最初から火あぶりにする結論が出ていますよね。恐ろしい話です》
《恐ろしいな、確かに》

アベルもその光景を想像し頷く。
《つまりこの世界で最も恐ろしいのは人、というある意味、当然の結論が導き出せます》
《そうなのか？》
《人は、自らが犯した過ちを認めません》
《そんなことはないと思うが……》
《偉い人に騙された、偉い人の言うことに従っただけだ、むしろ自分たちは被害者だ……いつの時代、どんな世界においても繰り返す言葉は同じです。それは仕方ないこと。彼らにだって家族がいます。自らの非を認めて家族を路頭《ろとう》に迷わせるわけにはいきません》
《人が……凄く悪いやつに思えてくる》
涼による、お得意の論理の飛躍が行われているのだが、アベルは気付かない。
《仕方のないことです。ですが忘れてはいけません、この文明を生み出し発展させてきたのも人です。人は最も賢く最も愚かな存在……しかもその間を、一日の間に行ったり来たりすることすらある、とても不安定な存在でもあるのです》
《……》
《不安定な存在を相手にするのは、いつでも誰でも難しいものです。朝は従ってくれたのに、夕方には武器を突きつけて牢獄に入れたりします。そして処刑するのです……王を処刑するのも人……その中でも最も数の多い民です。アベルは王様ですから、民に処刑されないように頑張って政治をしてください》
《ああ……頑張る》
結論として、アベルは政治を頑張るということになった。
終わり良ければすべて良し。
そこで、アベルは何かを思い出したようであった。
《リョウ、いちおう言っておくが、明日から北部の視察に出る》
《視察？》
《ああ。その後、東部に回ってから、王都に戻る。三十日の予定らしい》
《北部と東部を回って王都に戻るのに三十日？　かな

り短くないですか？　冒険者パーティーが移動するのとはわけが違うと思うのですが》
《そうは言ってもな、あまり時間を割けんのだ。仕方ない》
涼の言葉にアベルは肩をすくめる。
元々は五十日の予定が組まれていたのだが、いろいろと削られてこの日程になった……もちろんアベルは細々とした日程、削られた日程も知らない。一番上の立場の人は、だいたいそうなるのである。大きな組織とはそういうもの……。
涼は何かに思い至ったようだ。
《その間、書類は……？》
《あ？　そ、それは……ハインライン侯がやってくれるんじゃないか？》
涼は深いため息をつく。
この前、感心したばかりなのに。
《以前、アベルを応援していると言いましたけど、撤回します》
《え？》
《三十日も旅行するなんて、贅沢です！》
《今、短すぎないかと言ったばかりだろう？》
《それはそれ、これはこれです。下の人たちに仕事をさせて自分は旅行なんて！》
《そもそも、リョウが勧めたんだろうが、視察しろと》
《……そんな気がしないでもないわけでもない気がしないでもないです》
《言ったから！　まあ、その前に、ハインライン侯からも勧められていたんだがな》
《おお、そうなんですか。宰相閣下が言うのならいいです。頑張って視察してきてください》
《その……俺とハインライン侯の評価の違いは……》
《やはりそれは、実績の差でしょう》
《そうか……》
《アベルも頑張って、実績を積み上げてくださいね》
《ああ、頑張る……》
なぜか上から目線で偉そうに言う涼、小さくため息をつくアベルであった。

アベル王の北部行

アベルは、王室専用馬車に揺られていた。

王都を発って、王国北部に向かっている。

途中、いくつかの街に立ち寄り王国民や領主たちとふれあいながら、最初の目的地カーライルへ。

カーライルは、王国解放戦前、当時のフリットウィック公爵領の都が置かれていた街だ。フリットウィック公爵は王弟レイモンドが開いた公爵家で、カーライルは北部第二の規模を誇る街であった。

そんな王弟レイモンドは、王室に対し反逆。

北部ほぼ全ての貴族が、それに加担。

さらに、帝国も力を貸し、王国は割れた。

最終的に、王となったアベルが南部、西部の連合軍を率いてレイモンド軍、帝国軍を破り、王国の再統一を果たした。

当然、フリットウィック公爵家は取り潰され、反逆に加担した北部貴族たちも、ほぼ全て取り潰し。北部全てを王室管理とした後、論功行賞に沿って、解放戦で活躍した者たちに北部の土地は下賜《かし》されていった。

南部、西部貴族の飛び地となった場所もあれば、新たに貴族に取り立てられて北部に領地を持った者たちもいる。

そんな解放戦からまだ三年。北部は、完全に安定しているとはとても言えない。

そのため、アベルの北部行には、王国騎士団が護衛として付いてきていた。それも、団長ドンタン自らが王国騎士団を率いて。

その話がされた時……。

「さすがに、それはやり過ぎだろう？　第一近衛連隊も付いてくるし……」

「第一近衛連隊は陛下の御身を守るのが役目。我ら王国騎士団は、陛下の御身を害しようとするものを排除するのが役目。それぞれに役目が違います」

「お、おう……」

「ですので、王国騎士団もお供いたします」

ドンタンがはっきりと言い切り、隣で聞いていた元王国騎士団長ハインライン侯爵も頷いたとなれば、アベルにはどうすることもできない。

「リーヒャ様とノア様は、ワルキューレ騎士団が命を懸けてお守りいたします」

ワルキューレ騎士団長イモージェンも力強く言い切り、アベルとしては受け入れる以外にはなかった。

「もう少し、気ままな旅がよかった……」

アベルのその呟きは、誰の耳にも届くことなく、執務室の天井に消えた……。


カーライルを領していたフリットウィック公爵家は、解放戦後、取り潰された。フリットウィック公爵家を取り潰して、新たに興されたのはロンド公爵家。

涼が当主。

領地は、もちろんロンドの森。

そのため、カーライルをどうするのかは、アベルも頭を悩ませるところだった。

なんと言っても、反逆者レイモンドの都だった地。

しかも、北部第二の規模を誇る街。王都からもそれほど遠くなく、特にその周辺は小麦の生産地として王国屈指。となれば、誰が治めるかは、王国中の耳目を集めるのは当然。

そんな中、アベルが出した答えは、新たにカーライル伯爵家を興し新たな当主を据えるというものであった。

領地の広さは、フリットウィック公爵領の約半分。

だがそれでも、新興の伯爵家が持つには過分ともいえる領地。

多くの意見が飛び交ったが、カーライル伯爵家当主と奥方が発表されると、それら雑音はぴたりと収まった。それは、新たな伯爵と奥方は、アベル王が最も信頼する人物であることを多くの者たちが知っていたからである。


カーライル城、謁見の間。

「久しぶりだな、ウォーレン、リン」

「アベル陛下にも、ご機嫌麗しゅう……」

アベルが声をかけ、リンが答え、ウォーレンが微笑む。

カーライル伯爵ウォーレン、伯爵夫人リン。

言うまでもなく、アベルがリーダーを務めていた『赤き剣』の二人だ。

元々、ウォーレンもリンも、貴族の家系。

ウォーレンは、代々『王の盾』を輩出してきたハローム男爵家嫡男。リンは、シューク伯爵家次女。

ウォーレンは、ハローム男爵家の嫡男であり唯一の男子であるため、カーライル伯爵家現当主でありつつハローム男爵家次期当主でもある。この辺りは、いろいろと調整されるのであろうが、今のところはそうなっている。

リンのシューク伯爵家は、リンを含めて六人の子供がいるため、リン以外の誰かが継ぐであろう……。

王国は、男子直系が家を継ぐ……と決まってはいない。女性領主もけっこうな数で存在する。誰に継がせるかは、だいたいにおいて現当主が決める。

ハローム男爵家もシューク伯爵家も、王都近郊に領地を持つため、北部とはいえカーライルとはそれほど離れていない。いろいろと行き来もあるようだ。


この日の国王アベルのカーライル入城は、略式とはいえ謁見の間を用いて行われた。北部の貴族と民に、国王は北部を気にかけているのだというのを見せる必要があるために。

国の統治には、パフォーマンスが必要になる場合が多々ある。

この三年で、アベルも理解していた。

リンとウォーレンの謁見の後、参集した北部貴族が、次々とアベルに謁見していく。

これも必要な……いわば手続き。

しかも、この新たな北部貴族たちは、ほとんど全て、アベルが新たに領地を与えた者たちだ。つまり、アベル子飼いの貴族たち。何かあった場合に、アベル王に恩を感じ味方になる者たち。

とはいえ、新たに貴族に封じられた者たちばかりなため、男爵、子爵が多い。上級貴族と言われる伯爵以上は、ウォーレンたちを入れても片手の数を出ない。

（それは仕方ない）

アベルも理解している。

統治というものは、机上では学べない。なぜなら、一人一人が異なっている『民』を相手にするものだからだ。百の領地があれば、百の適正な統治方法が存在するだろう。

机上で学べなければどうするか？

実地で身に付けていくしかない。

その際、広すぎる領地では、見るべきもの、学ぶべきものを見落としてしまう。

何が必要か、何をするべきか、何が不要か、何をしてはならないのか……それらを観察して把握し、理解して行動に移す。

それが領主に求められるもの。

小さな領地であれば、それらを一つ一つ経験していける。それは将来、広い領地を統治する際の指針となり基盤となる。

だから、平民から新たに封じられた者たちは男爵からだ。

男爵や、子爵家の次男以下は子爵からだ。


アベルとしては、彼らがさらに良い結果を出し、爵位が上がることを願っている。

彼らは新たな活力となる。北部復興の中心を担い、帝国に対しての強固な防波堤となっていくはずだと。

そう期待している。


謁見が進む。

アベルは、北部貴族全ての顔を記憶している。それは、自分が爵位を与えた者たちだから。

自らを引き上げてくれた者が自分のことを覚えていてくれた……それは何よりも強い絆を生み出してくれることを、アベルは知っている。

「エイボン男爵、ガス・ハイドにございます、陛下」

「エイボン男爵、久しぶりだな。城のあるセミントンは、北部における交易拠点の一つとして有名になっているようだな。王都にも噂が聞こえてくるぞ」

「もったいなきお言葉……」

「そういえば奥方について話を聞いたのだが……来ておらぬのか。何かあったか？」

アベルは、ガス・ハイドが妻を伴っての謁見でないことに気付いた。

「申し訳ございません、陛下。実は妻は、先日、妊娠していることが分かりまして……」

「なんと！　それはめでたい！」

「身重の状態では馬はもちろん、馬車も負担に……」

「うむ、うむ。謁見に来られないことなど気にするな……ああ、いや、口が滑った」

アベルはチラリと斜め後ろに控えるウォーレンを見て苦笑した。

かつてと同様に、ウォーレンは『王の盾』としてアベルの後ろに控えている。もちろんアベルが口を滑らせても、表情を変えたりはしない。

「まあ体に気を付けてくれと、奥方に伝えてほしい。無事にお子が生まれた暁《あかつき》には、王室から祝いの品を贈らせてもらうぞ」

「ありがたきお言葉……」

ガス・ハイドは深々と頭を下げた。


その夜。

「リーヒャもいればよかったのだがな」

「それは仕方ないよ。さすがに王と王妃、さらにノア王子まで北部に来るには……まだ北部は安定していないし」

アベルが残念そうに言い、リンが仕方ないと言い、ウォーレンが何度も頷いた。

この三人に、現王妃リーヒャを加えた四人は、かつてのA級パーティー『赤き剣』のメンバーだ。幾度もの死線を共に潜り抜け、築かれた絆は何よりも太い。

「でも知らなかった……アベルが死にかけていたなんて」

リンがため息をついて言う。

アベルは、癌《がん》にかかりその命が風前の灯火となっていたことを、ようやく説明した。

「悪かったな、伝えられなくて……。誰にも知られないようにしなくちゃならなかったからな」

アベルは頭を掻きながら苦笑する。

「もしそのまま死んでたら、ノアとリーヒャはもちろん大変だけど、この北部も、また一気に不安定になるんだから。気をつけてね！」

「はい……すいません！」

伯爵夫人と国王陛下である。

伯爵であるウォーレンは小さく首を振る。

それは、夫人に対してだったのか、それとも国王陛下に対してだったのか……。


「そういえば、ガス・ハイド……エイボン男爵の奥さんの妊娠は聞いた？」

「ああ、さっきの謁見でな。ん？　リンは妊娠の件は知ってたんだな」

「うち……このカーライル伯爵家は、北部の中心の一つだからね。そういう情報は集まってくるのよ。それにガス・ハイドの奥さんとは知り合いだったし」

「そう、バックランド伯爵家の次女ケイトだよな」

「え？　アベルって、貴族の奥さんたちの出身まで把握してるの？」

リンが目を大きく見開いて驚く。

ウォーレンも、目を大きく見開いて驚く。

二人とも、そこまでは想定していなかったから。長年パーティーを組んだ二人の想像すら、アベルは時として超えることがある。

「いや、イラリオンの爺さんが言ったからだ」

「ああ、お師匠様。そう、ケイトはお師匠様の研究所にいたからね。優秀な土属性の魔法使いよ」

リンはイラリオン・バラハの弟子である。だからイラリオンのことをお師匠様と呼ぶ。


そんな和やかな談笑は長くは続かなかった。

突然、廊下が騒がしくなる。

思わず、愛剣を引き寄せるアベル。この辺りは、国王になっても変わらない。

強めのノック。

「入れ」

リンの鋭い声。

ノックの強さで、何か問題が起きたことを理解していた。それは、リンだけでなく、ウォーレンも、もちろんアベルも。

「大変です！　エイボン男爵の都、セミントンが襲撃されました」

「襲撃？」

「セミントンからの報告では、盗賊団『黒狼』の頭《かしら》を遠眼鏡で確認したとのことです」

「それでセミントンは？」

「城壁に拠《よ》って抗戦していると」

「つまり門は閉じているし抵抗してもいるのに、『黒狼』は攻め続けている？　盗賊団が攻城戦？」

報告を聞いてリンが首を傾げる。

アベルも首を傾げる。盗賊団が攻城戦など聞いたこともない。そもそも、盗賊団が城壁のある街を襲うというのもめったに聞かない話だ。

つまり普通じゃない。

そこに、新たな報告が入る。

「エイボン男爵は、騎馬の供回りのみで先に出るとのことです」

「待て！」

報告に対して鋭い声を上げたのはアベル。

「リン、このカーライルからも援軍を出すんだろう？」

「ええ、もちろん。騎馬だけの援軍を出すよ」

「エイボン男爵もそれに入れろ。彼らだけで先に出してはダメだ」

「……もしかして罠？　伏兵がいる？」

アベルの言葉からリンも同じ推測をしたのだろう。頷いて呟いた。

次の瞬間、ウォーレンが立ち上がった。そしてリンを見る。

「そうね、急いで出ましょう」

リンもそう言って、カーライル伯爵家は援軍の準備に入った。


「あ、アベル？」

装備を整え、ウォーレンとリンが騎乗しようとした時、見つけてはいけないものを見つけてしまった。

国王陛下が出陣しようとしている絵。

「王国の民と貴族を助けるために国王が出陣するのは

当然だろう？」

「いや、でも……」

アベルの答えに、うろたえるリン。

「俺が行けば、護衛で付いてきている王国騎士団も前線に投入できる。ここにいたら、王国騎士団もここに留まらざるを得ん。それは、戦力的にはもったいないだろう？」

アベルは当然のようにそう言い、後ろに控えるドンタン騎士団長を見る。

ドンタンは、力強く頷いた。王国騎士団は、国王を守る騎士団だが、同時に王国民を守る騎士団でもある。

リンの肩を叩き微笑むウォーレン。

リンも大きなため息をついて、受け入れた。

「分かりました。正直、その戦力はありがたいから」

リンは頷き、後ろを振り向いた。

「カーライルの守りは、いつも通りコーンに任せる」

「はい、お任せを」

恭しく頭を下げたのは、コーンと呼ばれた男。

「コーン？　以前、ゲッコーの元にいた冒険者の？」

アベルは、記憶を呼び起こしながら問う。

「はい、陛下」

コーンは苦笑いしながら答えた。

「コーンはとても優秀よ。では、出発します！」

リンが馬上から言うと、カーライル伯爵領軍の騎馬隊が出発した。その後を、王国騎士団が追う。何よりも速度が重視される今回、全て騎馬のみだ。

ここカーライルから、エイボン男爵の都セミントンまで、騎馬で駆けて一時間弱。

襲撃が行われて、すぐに報告が入った。王立錬金工房のケネス・ヘイワード子爵によって構築された、錬金術を駆使した連絡網によってだ。

セミントンの防備は、決して弱くない。むしろ、男爵領の街とは思えないほど堅い。城壁は石造りであり、城門もある。

そんな堅い街を攻めずとも、簡単に襲撃できる村はいくらでもある。本来盗賊団などというものは、そんな村や商隊といった守りの弱いものを襲撃する。

だが今回は違う。

わざわざセミントンを攻めている。

エイボン男爵が不在で、他の貴族同様にカーライルに集まっているタイミングで。

「十中八九、罠なんだろうが……盗賊団が主体じゃないよな。誰が、なんのために？」

アベルは、そんなことを考えながら馬を駆けさせるのだった。

◆

エイボン男爵領はカーライル伯爵領の北に位置し、三つの大きな荘園からなっている。

本来、ナイトレイ王国の男爵領は一つの荘園……つまり村一つだけの場合がほとんどだ。そのため、男爵とはいっても一般人が想像する『貴族のような』生活ではない。ほんの少しだけ裕福な人……しかも貴族の役目はしっかりある、そんな大変な立ち位置である。

しかし王国北部に新たに生まれた新北部貴族は、多少異なる。男爵であっても最初から二つの荘園を持ち、数十人規模とはいえ防衛戦力も有している。


これはもちろん、すぐ北に最大の仮想敵国であるデブヒ帝国があるからだ。

防衛戦力に関しては、王国政府からの補助が出ている。旧北部貴族から没収した資産は想像を絶する額であったため、現在の王国政府ならびに王室は、歴代で最も潤沢な資産を持つ強力な存在となっていた。

そんな強力な政府の後ろ盾を得て、新北部貴族は領地経営を行ってきた。

とはいえ、三年もすれば地域差が出てくる。

エイボン男爵ガス・ハイドの領地経営はかなり上手くいき、多くの人口流入が起きたために三つ目の荘園を設立した。しかも一つ一つの荘園……村も大きいものだ。屋敷が置かれ中心となっているセミントンの村には、石造りの城壁すらある。

王国の他の地域であれば、子爵級と言ってもよいほどの規模、活況を呈していた。

そんなエイボン男爵領をはじめ、多くの新北部貴族の統治は上手くいっていた。だがそれでも、王国解放戦からまだ三年……北部全体で見れば、治安がいいとはとても言えない。実際、盗賊や山賊の類《たぐい》の活動がやむことはなく、未だに続いている。北部貴族が連携して対処しているが、なかなかに厄介なのだ。

その中でも最も規模が大きい盗賊団が、今回セミントンを襲撃した『黒狼』。

普通、盗賊団などというものは、一度で壊滅させることは不可能だ。それでも、何度も叩き潰し幹部たちを捕らえていけば、だんだんと勢力が弱っていく。代わりに他の盗賊団が力をつけ、結局はいたちごっこにはなるのだが……少なくとも元の盗賊団は勢力が衰えていく。

しかし不思議なことに、『黒狼』は何度叩き潰してもすぐに勢力を取り戻して、この二年間は北部最大の盗賊団の地位にあった。

そんな『黒狼』に襲撃されたセミントンでは……。

「みんな、気をしっかりもって！　一時間よ。一時間耐え抜けば、領主様が援軍を連れて戻ってくるわ！」

「はい、奥様！」

「俺たちゃ北部の民。爺さんのそのまた爺さんの時から、帝国の軍勢と戦ってきたんでさあ」

「盗賊なんぞに遅れはとりませんぜ！」

実際に普通の村人の放つ矢が、非常に威力がある。

それを見てエイボン男爵夫人ケイトは力強く頷いた。

襲撃された街とは思えないほど士気は高い。三年の間に、為政者と民の間に築かれた信頼関係のおかげだ。危機の時になって慌てても遅い。そこに至るまでの、平時にいかに良い関係性を築けるか……それこそが最も重要である。

領主であるガス・ハイドもケイトも、それを知っていた。

◆

街に籠る者がいれば、街を襲撃した者もいる。

「お頭、あれは村や街の塀じゃなくて、ほとんど城壁ですぜ」

「普通は丸太を組んだ程度のやつですか、土の壁だ」

「門なんて……近付いたら地面から土の槍が生えてき

やがったぞ。あれ、土の魔法か？」

「領主の嫁が土属性魔法使いじゃなかったか？」

「ああ、イラリオンの研究所出身だろ」

「バケモンじゃねえか……」

「なんで俺ら、そんな所を襲ってるんです？」

街の中と外では、士気に大きな違いが出ている。

苦虫を噛み潰したような表情の『お頭』と呼ばれた男が、一番よく分かっている。

「そういう契約だ！」

もちろん、ここにいる幹部連中は『契約』の件は知っている。

盗賊団が契約？　おかしいと思うだろうか？

実はそれは普通のこと。

非合法組織であればあるほど、表に出ない仕事を引き受けなければ組織の存続そのものが不可能である。

いつの時代、どんな世界においても、『組織』というものは金食い虫なのだ。

襲撃による利益だけでやっていける者たちもいるが……収入は多ければ多いほどいい。それが組織の存続の可能性を引き上げてくれるのだから。

盗賊団であっても同じ。

かつて連合北方の高名な元男爵の伝承師が、強盗目的の盗賊団に襲撃されて命を落とした。だが実は、貴族の依頼を受けて伝承師の命を奪う目的で襲撃した……それと同じことだ。

そう、よくあること。

だが、今回のケースが『あまりないこと』である理由は、防備の固い街に対する攻城戦のようになっている点だろう。

「くそっ」

お頭は、小さく悪態をついた。

（何から何まで想定外だ……そもそも、盗賊団が攻城戦だと？　なんてばかばかしい！）

そんなことを考えながら、お頭は街を攻めあぐねる部下たちを見ている。

（王国の男爵なんて、たいした戦力を持っていないだろうが。しかも男爵と共に半分は街を離れているんだろ？　盗賊団が攻城戦というのもあり得んが、門の一つも破れんというのはもっとあり得ん！　なんだあれは？　門に近付いたら土の槍が地面から生えてきて突き刺すだと？　塀も塀だ。たかが男爵の荘園が石造りの塀？　マジで城壁じゃねえか。極めつけはこの矢だ。残った守備兵だけで、こんな数は射れやしねえ。住民が射てやがる……なんでそんなに好戦的なんだよ！）

自分たちの行動は棚に上げて、心の中で愚痴るお頭。

（できるだけ早く押し入って、金目の物を盗る……盗ったものは俺たちの物、そして一時間セミントンにいること……そんな契約だが、これじゃ赤字だ、大赤字だ！）

だが、お頭は約束を反故《ほご》にして撤退しようとは思わない。そんなことをすれば、『契約』した相手に殺されることが分かっているから。今回の契約相手が、自分たちがどこに逃げても追ってくる連中であることは分かっている。

この二年間、その契約相手からずっと資金援助を受けてきたのだから。

◆

カーライルからセミントンに向かうカーライル伯爵領軍と王国騎士団らの援軍の中に、エイボン男爵ガス・ハイドはいた。移動を急ぐために　全員騎馬。ガスの供回りも、騎馬の者だけ四人。他の二十人の部下は徒歩であるため、後でカーライルから追ってくる手はずだ。

（セミントンにはケイトがいる。守備隊の半分以上、三十人を残しているし……城壁は強化してある。それを利用して耐えてくれればいいのだが……）

愛する妻を残しているため、心は千々に乱れる。

（『黒狼』……気を付けてはいた。いたが、まさかセミントンを襲うとは。いつの間に、そんな力をつけた？　何度も討伐したが、その度に蘇り、不気味な奴らだとは思っていた）

妻の安否、襲撃者の行動、状況が分からず思考がまとまらない。

ガス・ハイドは現在二十代半ば。ハイド家は騎士の家柄ではあっても、男爵位などは本来望むべくもなかった。それが王国解放戦での功績によって、北部に領地を持つことができた。

未だ混乱の続く北部の男爵ということで、他の地域の王国男爵に比べれば大きい、荘園二つの領地が下賜された。普通は、男爵など荘園一つなのだ。

ガスは頑張った。誠心誠意、領地の統治に心を砕いた。妻であるケイトも協力し、エイボン男爵領ならではの特産品も生み出され、上手く発展したと言っていいだろう。

そんな領地が襲われている。

焦るなという方が無理だ。

そんなガスに……。

「大丈夫だ、ガス。敵の狙いはセミントンを落とすことじゃない」

「陛下？」

騎馬で横に並びながら、アベル王がそう声をかけた。

騎馬で駆けるといっても、一時間、全力で走り通すことなど不可能。時にペースを落とし、馬の負担を減らす時間帯がある。そのタイミングで、アベルがガスに声をかけたのだ。

「おそらく本命は、我々援軍の方だ。気を引き締めよ、伏兵が待っているぞ」

「えっ……」

ニヤリと笑いながら告げるアベル、驚くガス。

それを少し離れた場所から見つけ、小さく首を振ったリン。

「アベルもたいがいよね。王様になったんだから、安全な場所から指示を出してればいいのに。狙われてるの分かってて、こうやって最前線に出てくるんだもん」

リンの言葉を聞いて小さく首を振るウォーレン。同感ということらしい。

「リョウの『戦闘狂』に、アベルも感染していると思うのよね」

不憫《ふびん》な水属性魔法使いは、そこにいないのに感染源にされるのであった。

異常が起きたのはカーライルを出て三十分後。

セミントンとの中間地点。

「前方の街道が、切り倒された大木で塞がれています。

排除は可能ですが、少し時間がかかるかと」

「やっぱり……」

「両脇に丘が連なり、街道が狭くなっているな。兵を伏せて奇襲するならこの辺か」

報告を受けてリンとアベルが呟いた瞬間だった。

「敵襲！」

カーライル伯爵領軍から声が上がる。

「防御陣形をとれ！」

間髪を容れずにリンから指示が飛ぶ。

奇襲を受けたために多少の混乱はありつつも、致命打を受ける前に形を整えることに成功した。

「やっぱり伏兵かよ。盗賊団の後ろにいるのは、間違いなく『国』だな」

「ええ、そうね。三カ国で西方諸国に使節団を送っているこの状況で、ちょっと信じられないけど……あの『国』でしょうね。王国北部にちょっかい出してくるなんて」

アベルとリンの頭の中には、今回の背後にいる『国』の名前が浮かんでいる。

デブヒ帝国という名前が。

「新たに皇帝になったヘルムート八世か。新しくトップに就いた人間は、前任者に負けない人物であることを示すために、とんでもないことをやらかすことがあるから注意した方がいい、ってリョウが言っていたが……当たったな」

「もう少し、内政でとんでもないことをやってほしかったね」

アベルが涼の言葉を思い出し、リンがため息をつきながら同意した。

ウォーレンは、すでにアベルの前に立ち、大盾で矢と魔法の攻撃を弾いている。

カーライル伯爵領軍と王国騎士団で合計二百。

伏兵もほぼ同数。

ただし、伏兵は丘の上という高所からの攻撃であるため、領軍と騎士団は反撃しにくい位置にいる。無理をすれば一気に上がれる丘だが……。

「リン様、魔法団、砲撃準備整いました」

「うん、そのまま待機」

リンが率いる領軍魔法団は詠唱を終え、あとはトリガーワードを唱えるだけとなっている。それは、高所に対して反撃の狼煙《のろし》ともなるものだが……そのためには、何かきっかけがほしい。

「魔法団の砲撃に合わせて、騎士団が突撃する……が、タイミングをどうするか」

アベルも呟き、丘を見上げるのだった。

カーライル伯爵領軍と王国騎士団が奇襲を受けた頃、同じ地域を移動する五人の冒険者がいた。

「わざわざ夜移動しなくても……」

「侯爵様が、くれぐれも北部貴族の注目を浴びないようにって書いてたでしょ」

「それはそうだが……夜は眠いよ」

「たくさんお金貰ってるんだから、いっぱい働かないと！」

文句を言う剣士に、斥候の女性が言って聞かせている。

二人の会話を見守る槍士、魔法使い、神官の三人。

「ヘクターの言い分も分かるけど……」

「オリアナに言われると反論できないんだよね」

「ギルドを通しての冒険者依頼に比べると、何倍もお金が違うもんね」

三人の会話は、剣士ヘクターにも聞こえている。

「俺だって分かってはいるぞ。でも夜は苦手なんだ。オリアナは斥候だから得意かもしれないけど……」

「斥候だからって夜の移動が得意なわけないでしょ！むしろ見えないから仕事しにくい……」

斥候オリアナがそこまで言った瞬間だった。

突然言葉を切る。

「オリアナ？」

「しっ」

ヘクターの呼びかけを遮り、耳を澄ますオリアナ。

それを見て、他の四人も耳を澄ました。

「剣戟《けんげき》？」

「戦っているよね」

「けっこうな人数だよ。数十人じゃきかない」

「盗賊の襲撃とかじゃなくて……軍同士の戦闘じゃないか？」

槍士アイゼイヤが第一印象で述べ、魔法使いケンジーが確信し、神官ターロウが補足し、剣士ヘクターが規模を把握した。

「南南東に距離五百、おそらくは正規軍同士の戦闘。入り乱れてというわけではなく、片方は防御に徹している感じ」

オリアナが、斥候職の本領を発揮する。

「なんでそんなことまで分かるんだよ……」

長くパーティーを組んでいるリーダーのヘクターですら、オリアナの耳の良さには時々驚かされるのだ。

しかし、耳だけではないことを示す。

「数百人規模の戦闘……この周辺で、それだけの戦力を準備できるのはカーライル伯爵家。そこと戦闘する同規模の相手なんて、王国北部にはいないよ」

「つまりカーライル伯爵と戦っているのは他国の軍……場所的に帝国軍ってことだな」

オリアナの説明に、ヘクターも補足して同意する。

「せっかく一緒に、西方諸国に使節団を送ったのに?」

「国同士の関係なんてそんなものです」

ケンジーが嘆き、ターロウが首を振りながら結論付ける。

「ヘクターどうする？　ハインライン侯爵様には北部貴族の注目を浴びるなと言われたけど……」

「これはさすがに当てはまらないだろ。カーライル伯爵は、元冒険者のウォーレン殿だ。国王陛下の元パーティーメンバー。侯爵が言うのは『目立たず密《ひそ》かに探れ』ってことだろうけど、全部国王陛下のためだろ？　新しい北部貴族たちの中に不届き者がいないか探れと。ウォーレン殿が不届き者なわけない。当然助けに行くぞ」

「そうね。まあ、軍同士の戦闘でこの五人が役に立つか分からないけど」

「とりあえず移動して、状況を確認してからだな」

こうして、C級パーティー『明けの明星』は移動した。

「攻撃されているのは……カーライル伯爵の旗があるな」

「向こうにあるのはエイボン男爵の旗だね」

魔法使いケンジーと神官ターロウが、攻撃を受けている陣営にある旗を特定する。

「いや、それより、あれでしょ……」

「白地に赤く輝く剣の旗……」

「間違いなくアベル陛下の旗。国王陛下があそこにいらっしゃるわけだ」

斥候オリアナと槍士アイゼイヤが見つけ、剣士ヘクターが断定した。

「そういえば、アベル王が北部視察で回ってるって話があったね」

「攻め手側は旗一つない……」

「どう見ても盗賊団の類じゃないのにね」

「胡散くさいことこの上ない」

ケンジーもターロウも、オリアナもアイゼイヤも攻めているのがどの勢力なのかなんとなく想像がついている。

盗賊や山賊の類にしては多いし、整然とし過ぎているのだ。そういうものに落ちぶれてしまった貴族の騎士団連中とも違う。

間違いなく……。


「現役の軍隊。やっぱり帝国軍だよな」

ヘクターは確信をもって言う。

それを聞いて頷く四人。

やはり王国にとって帝国は仮想敵国なのだ。

そして、「帝国軍だろう」と推測して見始めると、それを裏付ける情報が目に入ってくる。

「あのハンドサインは帝国軍のやつだ」

「中央諸国語のなまりも、帝国っぽいよね」

「火属性の攻撃魔法の詠唱リズム、帝国魔法軍のだな」

「矢じりは帝国正規軍のものね」

アイゼイヤがハンドサインを確認し、ターロウが耳を澄まし、ケンジーが詠唱を聞き、オリアナが目の良さを活かす。

極めつけが……。

「ふん。雰囲気が帝国軍だ」

剣士でありパーティーリーダーであるヘクターは、顔をしかめて断言した。

それを聞いて、苦笑しながら首を振る四人。その中に、全く論理的ではないヘクターの決めつけを指摘する者はいない。

「とにかく決まりね」

「ああ。帝国軍の後方から奇襲をかける。カーライル伯爵は元A級パーティー『赤き剣』のウォーレン殿、それに国王陛下もいらっしゃる。二人とも多くの修羅場をくぐってきているから、俺たちが生み出す混乱に乗じるだろう」

こうして、『明けの明星』による奇襲が行われた。

丘の上の帝国軍の変化に真っ先に気付いたのはアベルであった。

ほんの少しだけ遅れてリンとウォーレンも気付く。

三人は顔を見合わせ、無言のまま頷いた。

次の瞬間、明確な怒号や悲鳴が丘の上から聞こえてくる。

これこそ、きっかけ。

「砲撃、放て！」

リンの号令の下、領軍魔法団の攻撃魔法……〈ソニックブレード〉のような、分裂し面制圧を行う魔法ばかりが放たれる。

その一撃で、伏兵部隊の前面はほぼ壊滅した。

「騎士団、突撃！」

続けてアベルが号令を出し、先頭を駆ける。

すぐ後ろにウォーレン。

さらに王国騎士団とカーライル伯爵領軍が続く。

一団は一気に坂を駆けあがり、伏兵が潜む丘の上に躍り出た。

そのまま駆け、伏兵をすれ違いざま切り伏せる。

アベルの視線の先に、伏兵たちが混乱している様が見えた。

剣士と槍士、そして斥候が、近接戦で伏兵たちを倒している。さらに、石の槍が飛んでいるところを見ると、土属性の魔法使いもいるようだ。

「助勢感謝する！」

アベルはそう怒鳴ると、馬から飛び降り伏兵の中に斬り込む。すぐ後にウォーレンも続き、シールドバッシュで伏兵たちを吹き飛ばしていく。

そこからの展開は、一方的であった。

制圧が完了し、アベルは助勢してくれた五人の元に歩む。そこには、見知った顔が。

「お前……もしや、ヘクターか？　『明けの明星』か……久しぶりだな」

「アベルさん、いや失礼しました、アベル陛下、お久しぶりです」

ヘクターの言い直しに苦笑するアベル。部下の手前、昔のままでいいとは言いづらい。

元王都所属C級パーティー『明けの明星』。アベルとは、それなりに深い関わりを持つパーティーだ。

また、王国解放戦においては、レイモンド支配下の王都において、抵抗勢力の一翼を担ったパーティーとしても知られている。

確か、今も、ハインライン侯爵の下で動いていたはず……。

「まさかこのタイミングで、この北部にいるとはな」

「はい。まあ、いつものようにハインライン侯爵の命令で」

アベルの問いに、ヘクターは苦笑し、他の四人も微笑んだ。

「おっと、セミントンに向かわなきゃな。『明けの明星』はどうする？」

アベルは五人に問う。

「我々は、ゆっくりとカーライルに向かいます」

ヘクターがそう言い、斥候オリアナが頷いた。

「分かった。道中気を付けてな……というのは、いらん心配か。とても助かった。明日には、俺もカーライルに戻れると思うから、城に寄ってくれ」

「畏まりました」

アベルは言い、ヘクターは頷いた。


攻城戦が始まって一時間。未だ衰えないセミントン城内の士気。

そんなセミントンの物見櫓《ものみやぐら》で。

「奥様、あれを」

そう言ってケイトに遠眼鏡を渡してきたのは、男爵夫人付きの侍女頭だ。文字通り、総出で街を守っている。

「援軍？　ああ、先頭を騎馬で駆けているのはガスね」

ケイトは、エイボン男爵の旗を自ら掲げて援軍の先頭を駆ける夫の姿を見た。

それでこそと、一つ大きく頷く。

そして櫓の下を見て……。

「よし。馬引けぇ！」

ケイトが叫ぶ。

「え？　お、奥様？」

「ガスの援軍に呼応して、打って出ます」

「お腹のお子様は……」

「この子は第二代のエイボン男爵、領地を継ぐ子です。ここで私が躊躇したりすれば、生まれてきた後で叱られるわ」

「えぇ……」

「生まれてきた後も、ちゃんと母親として見てもらうためにも、私は男爵夫人としての役目を果たします」

ケイトはそう言うと物見櫓を下りる。

すでにケイトの馬が引かれ、男衆も槍を持っている。ケイトと共に打って出るつもりだ。出撃するタイミングを今か今かと待っていたのだろう。その表情はやる気に満ちている。

ほとんどは守備隊ではなく村人なのだが……。

自分たちの村は自分たちで守る。それは長きにわたって、強力な帝国と対峙してきた北部民の矜持《きょうじ》の表れなのかもしれない。

そして、物見櫓の上から状況を見ていた侍女頭が報告する。

「奥様、援軍が、包囲している『黒狼』に突っ込みました！」

「よし、開門！」

ケイトが命じると、セミントンの門が開く。

「突撃！」

「うぉーーー！」

後方からガス・ハイドを先頭にしたカーライル伯爵領軍と王国騎士団、正面から打って出たセミントンの民に挟まれて、盗賊団『黒狼』は打ち倒された。

◆

「ケイト！」

「ガス！」

エイボン男爵ガス・ハイドは愛する妻ケイトを見つけて抱きしめた。

そして気付く。

「いや、お腹の子は……」

「男爵領の危機に戦わなかったら、生まれてくる子に合わせる顔がないわ」

「そ、そうか……」

断言するケイト、何も言えなくなるガス。

まあ確かに、体調は問題なさそうだ。

そこで、ケイトは夫に続いて入城してきた人物に驚いた。

「国王陛下！」

「おう、男爵夫人。間に合ったようだな、良かった良かった」

慌てて礼をとるケイトに、笑顔を浮かべて何度も頷くアベル。

さらに続いて入ってきた……。


「ウォーレン様！　リンも！」

「ああ、ケイト……間に合ってよかったよ」

リンはそう言うと、ケイトに抱きついた。

二人は、イラリオンが率いる王国魔法研究所の元同僚だ。

「私が土属性魔法を駆使して造った城壁だからね。そう簡単には落ちないわよ」

「うんうん、さすが」

ケイトの言葉に、半泣きになりながらリンは何度も頷く。

大丈夫だろうと思っていても、もしもということがある。戦いの場では何が起きるか分からない。実際に会えて問題ないことを確認したら、リンは泣きそうになったのだ。


門をくぐり領主館に向かうアベルは、ある物が目に入ってきた。

それは街の中の家や店の軒先に吊り下げられている。

多くは十センチほどの大きさの、四角錐……いや正確には、側面が反っている……。

ある種の塔。

しかしアベルには、実は見慣れたもの。

「あれは、トーキョータワー？」

「あ、陛下もご存じですか、トキョータワ。ありがたいことに、エイボン男爵領を代表する『幸運のお守り』と呼ばれるようになりまして。男爵領の経済発展に貢献してくれているので、住んでいる者にとっては本当に幸運のお守りになっています」

アベルの後ろを、リンと歩いていたケイトが嬉しそうに言う。

正確には、アベルが見慣れた物とは少し違う。涼がアベルの執務室で、魔法の訓練と称して生成したり消去したりを繰り返していることが多いので見慣れているのだが。

ここにあるものは、塔のてっぺんに星がくっついている。さらに塔の真ん中あたりにも、四方向に星が付いている。

そして、青い。

「トキョータワ？　リョウが……ロンド公爵が作るやつだよな？」

「はい、まさにそれです！」

アベルの確認に、ケイトが頷く。

「本家本元！　ああ、私もロンド公爵様が作られるトキョータワ、一度見てみたいです！」

「これは、ケイト殿が作られたのか？　土属性魔法で？」

「恥ずかしながら……男爵領ができた頃、何か売れる、この領地の目玉になるものを探していましたら、妹が描いてくれたのです。時々、王都の城壁で訓練をされているロンド公爵が、氷で作ったトキョータワというものを見せてくれたと」

「ああ……」

「しかもその後、別件で寄ったイラリオン様もご存じで……」

「あの二人は、その訓練……なるものをしていたらしいからな」

「そうなのです！　それで男爵領に戻ってから試行錯誤して……。今では五センチほどのものから、人の大きさのものまで、男爵領内各所で製造販売しております」

「凄いな……」

アベルはそう言いながら、連なる家と店を今まで以上にしっかり見た。すると……多くの軒先どころか、全ての軒先に吊るされているではないか。

風を受けてチリンチリンと音が響く。

涼がいれば「風鈴！」と言ったかもしれない。

「エイボン男爵領のトキョータワは私も聞いてたけど、リョウのアイデアだったんだ。北部の復興に手を貸していたなんて、さすがは筆頭公爵。王国貴族の鑑《かがみ》ね」

リンが頷いている。

絶対、意識しての行動ではないと思っているアベルとしては同意しにくいのだが……それでも結果的に役に立っているために否定するわけにもいかない。

「二週間に一回になっていたケーキ特権を、一週間に一回に戻してやろう」

アベルはそう呟くのであった。

◆

《ええ、ええ。東京タワーはアシュリーさんの前で作ってみせたことがありますね。そういえば、その時は星を浮かべていた気がします。それが今では有名なお土産になってたんですね》
《やっぱりリョウも知らなかったのか》
《それは僕にロイヤリティーは……》
《ろいやて？　なんだそれは？》
涼の言葉にアベルが首を傾げる。
もちろん王国を含めた中央諸国に、そんな概念も法律もない。それどころか、涼はふと思ってしまったのだ。
東京タワーの著作権的にはどうなのかと。星をつけて色も変えて、ぱっと見、東京タワーだと分からなければ……大丈夫？　いや著作権の及ぶ範囲はどうなのか？　地球と『ファイ』は、いわば世界が違うのだが、こういう場合どうなるのか？
当然、法律の側は、世界が違うことなど想定していないであろう……。
《まあリョウは貴族だから、金は入ってこないぞ》
《ですよね……いつものノブレス・オブリージュ、高貴

なるものの義務……貴族って搾取《さくしゅ》されるばかりです！》
《そういうものだ。貴族の役割は民のために尽くすこと。そういう点では、今回の件、リョウはよくやったと言えるだろう。結果的に貴族としての役割をはたして、北部の復興を助けているんだからな》
《結果的に、という部分が引っ掛かりますが……まあ、いいでしょう。アベル、そういう場合、分かっていますね？》
《二週間に一回だったケーキ特権を、一週間に一回にしてやる》
《それです！》
《ちゃんと王国に戻ってこれたらな》
《なんか今、もの凄いフラグが立った気がしました……》

アベル王の東部行

「なあ、ドンタン。王国騎士団、増えたよな？」

「はい、陛下。北部であのようなことがありましたので、急遽《きゅうきょ》、王都から二個中隊呼び寄せました」

「だよな。王都を出発した時にはいなかったはずの、ザックとスコッティーがいるもんな。あいつら、それぞれ中隊長だもんな」

「はい。ザック・クーラーの第九中隊とスコッティー・コブックの第十中隊、合わせて百人が合流しました。これで、北部でのような場面に陥っても御身を守り抜けます」

自信をもって答えるドンタン王国騎士団長。

今回のアベル王による北部と東部への視察は、王国騎士団長ドンタン自らが護衛の指揮を執っている。

視察団はカーライル伯爵領で一泊しただけで出発し、すぐに東部に向かった。

本来なら、伯爵領内を数日かけて回り、北部で十五日、東部で十五日の合わせて三十日の視察予定だった。

しかし北部は結局三日、東部も三日の一週間弱で終わりそうな気配である。

《五十日間の視察予定が三十日になり、最終的には六

日間になりそうですね》
《ああ……》
《アベル王視察反対派の暗躍に、してやられましたね！》
《……視察反対派？　暗躍？》
《アベルのいない王城で、一大勢力にのし上がったに違いありません》
《具体的に誰だ？》
《え？　そ、それは……えっと……北部や東部をアベルに視察されたくない人が……》
もちろんいつもの、涼の適当推測……もとい、妄想にすぎない。
《悪いやつらがいるんだな》
《ええ、ええ、いるんです！》
《俺が王城に戻ったら、そいつらを締め上げないといけないな。首謀者は誰だろうな》
《え……》
《締め上げても何も答えなかったら、「どうせロンド公爵だろう」とかいえば、頷きそうじゃないか？》
《そういうのを冤罪《えんざい》というのです！》
危うく無実の罪で捕まりそうになる涼。
《まあ冗談はおいといて。伏兵はやはり帝国軍だったようだ》
《西方諸国に一緒に使節団を送って、平和な関係になったのに……》
アベルの言葉に小さく首を振る涼。
《セミントンを襲撃した盗賊団『黒狼』に、二年もの間、活動資金を渡していたらしい》
《それは盗賊団がしゃべったのですか？　さぞ恐ろしい拷問が……》
《自分たちからペラペラと喋ったらしいぞ》
《なんという……盗賊団の風上にもおけませんね》
《盗賊なんてそんなもんだろ。自分たちが助かるためなら……》
《自分たちの信念を貫いて、絶対口を割らない盗賊の登場が待たれます》
《いないだろ、そんなやつら》
《ですよね～》
アベルも涼も小さくため息をついた。

《帝国は、ルパート陛下からヘルムート陛下に代わってから、いろいろ揺れている》
《ヘルムートさんって、ルパート陛下の第一皇子、長男だった人ですよね？　皇太子だった人。そんな人が、いわば予定通り皇帝になったのに揺れているんですか？》
《ああ。未だに帝国貴族の中には、先の第三皇子……現在のエルベ公爵コンラートの方が皇帝にふさわしいとみている勢力があるようだ》
《ふむ……あ、でもでも、帝国ってルパート陛下の時に、有力貴族たちはだいたい滅ぼしたんじゃなかったでしたっけ？　つまり残っている貴族たちなんて力の無い人たちばかりでしょう？　そんな人たちの意見なんて無視しちゃえるんじゃないですか？》
《そうもいかん。滅ぼした有力貴族というのも、単独で皇帝にたてつける力のあったモールグルント公爵などだ。例えば王国侵攻の中心にいたミューゼル侯爵家などは残されている。もっとも跡を継いだイグナーツ殿……十八歳になったばかりか、彼などは中央の政治からは距離を置いているようだが》
《貴族を無視できないなんて、皇帝も王様もいろいろ大変ですね》
涼は小さく首を振る。
そんな涼も筆頭公爵という貴族だ。
《まだ支配を固められていないヘルムート陛下の出方によっては、帝国内が割れる可能性もあるからな》
《なるほど。新帝ヘルムート対皇弟コンラートによる内戦を画策するのですね。さすがは謀略王アベルです》
《うん、俺が一番苦手な分野だ》
そう、アベルは謀略や策略は苦手である。
もちろん、現在の話し相手である涼も謀略や策略は得意ではない。
《宰相閣下に任せましょう》
《ああ、それがいい》
涼やアベルを合わせたより何倍も、その方面が得意な王国宰相ハインライン侯爵。
王国は人材が豊富だ。
《もうすぐウイングストンに到着する》

《ウイングストンって、王国東部の一番大きな街ですよね。なんとか公爵家の領都》
《シュールズベリー公爵家な》
《十二歳くらいの男の子が継いだんですよね。公爵家の権限は停止中で、王室が預かっていると》
《よく知っているな。アーウィン殿だ、最近十三歳になりウイングストンに戻った。領地経営を学びたいと言ってな》
涼がハインライン侯爵から聞いた情報を披露し、アベルが補足する。
《僕も王国貴族として勉強しているのです》
《……そうか》
偉そうに主張する涼、アレクシス・ハインライン侯爵から聞いたのだろうと推測したアベル……とはいえ、筆頭公爵である涼が他の貴族家のことを知っておくのは悪いことではないために、あえてそこには触れない。
《でも、そのアーウィンさん、なんで王都から領地に戻ったんですかね》
《ん？　今言ったろ、領地経営を学びたいと》
《でもお父さんとかいないんでしょ？　支えてくれる貴族たちもいないって聞きましたよ。誰も教えてくれないのに？》
《実地で、ということかな》
《まだ若いんですから、王都で系統立てて学んだ方がいいと思うんですけどね。高位貴族だからあそこでしょ、王都騒乱で閉鎖したけど復活したなんとか高等学院》
《王立高等学院な。よく分かったな》
《ウィリー殿下が行くはずだったけど行かなかった……結局、殿下は魔法大学に行かれましたからね》
《そうだったな》
少しだけ寂しい声音になる涼、理由を知っているため同じトーンになるアベル。
《まあアーウィン殿は、本人たっての希望だ。王室としても反対する理由はないから許可した。ウイングストンに戻って以降、特に問題の報告も来ていないから上手くやれているのだと思う》
《それならいいですけどね。きっとそのアーウィンさん、まだまだ慣れていないでしょうから、アベルは迷

惑を掛けないようにしてくださいね》
《迷惑ってなんだよ》
アベルは首を傾げる。なんのことを言っているのか想像できないからだ。
《出された食事を「こんなもの食べれるか！　王が食べるものではないわ！」とか、「こんなベッドに寝られるか！　もっといいものを用意しろ！」とか、いちゃもんをつける可能性があります》
《……言うわけないだろうが》
《もちろん冗談です。でも真面目な話、北部で襲撃されたんですから東部の視察は取りやめても良かったんじゃないですか？　政府の偉い人たちに言われませんでした？》
《言われた……特にドンタンに》
《ああ、ドンタン騎士団長。王国騎士団長ですからね、アベルの身の安全を一番心配してくれる善い人です》
涼の中では、ドンタンは高く評価している善い人なのだ。
決して派手さはないが、真面目に丁寧に仕事をして、誰に対しても威張り散らすことなく公平無私な、騎士というイメージにぴったり合う人……そういう感じなのである。
《ドンタンの言うことも分かるのだが……東部は東部で気になることがあるんだ》
アベルが東部で気になること、それは魔人関連だ。
連合もオドアケル将軍を派遣している……そうなると、王国としても無視していいとは思えない。もちろん宰相ハインライン侯爵が自らの諜報網を使って探ってはいるのだが……。

◆

アベルの視察団は、何事もなくウイングストンに入城した。

東部では、北部のような大規模な謁見はない。アベルが新たに叙任《じょにん》した貴族はほとんどおらず、それでいて代々の貴族位を継ぐべき者たちは未成年者が多い。未成年であるため、王都で勉強中の者がほとんどなのだ。

ほぼ唯一の例外が、今回訪れたウイングストンを居城とするアーウィン・オルティスであろう。

そんなアーウィン・オルティスとの謁見もつつがなく終了し、その夜の食事会も問題なく終了した。


その後の、アーウィンの寝室で。

鏡の前に座るアーウィン。その口からは、独り言だろうか、言葉が紡がれる。

「この地ならいけるかもしれんと思ったが……無理か。この東部でもアベル王の体を乗っ取れんとなれば仕方ない」

鏡に映った自分に向かって話しかけているようだ。

「いやジュク、気にするな。奴が……リチャードの血が濃すぎるのだ。さすが直系の子孫というべきなのだろう。このアーウィンくらい傍系なのが、乗っ取るのにはちょうど良かったということだ」

アーウィン・オルティスが当主を務めるシュールズベリー公爵家は、元々ナイトレイ王家に繋がる家系である。

「もう少しでオレンジュとイゾールダを蘇らせられる。そこまで行けば、いつでも軍団を再生して……俺の完全復活もすぐだな。やはりこの東部に戻ってきてよかった。『本体』のすぐそばにいることは重要だな」

そこでアーウィンは禍々しい笑みを浮かべる。

とても十三歳の少年が浮かべる笑みではない……いや、人が浮かべる笑みではないというべきかもしれない。それほどに、似つかわしくない笑み。

「この視察が三カ月遅ければ……こいつらを襲って俺の完全復活の供物にしたのにな。残念だ」


その頃、シュールズベリー公爵迎賓館に入っていたアベルの元に封蠟《ふうろう》がされた報告書が届いた。

「ハインライン侯爵からの報告書？　しかも錬金術で封がされている？　国王になって三年だが……初めて見たぞ、こんなの」

「滅多に使われることのないものだそうです」

アベルに届けた王国騎士団長たるドンタンも、初めて見るものだ。

「陛下が親指を封に押し当てれば解除されるそうです」

添えられていたメモをドンタンが読み上げる。

アベルが言われた通りにすると……。

パキッ。

封蠟が割れる音がして、錬金術による封が解除された。

「使い捨てか。確かに、滅多に使わんわな。だいたい俺、いつも王城にいるし……」

「他の者の目に触れさせたくないものは、宰相閣下がご自身で運ばれていますからね」

アベルがため息をつき、ドンタンが王城内で時々見る光景を口にする。

ちなみに宰相であるハインライン侯爵アレクシスは元王国騎士団長であるため、かつてのドンタンの上司である。

「うん？　これは……」

報告書を一読して言葉を失うアベル。

もう一度、顔をしかめながら読んだ後、ドンタンに渡した。

ドンタンも無言のまま読んだ後……顔をしかめて問いかける。

「陛下、どうされますか？」

「これはチャンスだな。俺が行くのが一番いいだろう」

「やはり、そうなりますか……」

アベルの決定にため息をつくドンタン。

主を危険にさらしたくないがためのため息だ。

「王都に戻る予定だったが、レッドポストに向かう」

「はい」

「あまり大々的にレッドポストに入りたくはないんだが……」

「陛下、随行する騎士団を減らすのはダメです」

「そう……だよな」

ドンタンが怖い顔になって直言し、アベルも言われるだろうと思っていたので頰を搔いている。

「このウイングストンを出た後、レッドポストに向かうことは公にはするな。途中も他の街には入らず、レッドポストに直行する。レッドポストは王室直轄地だ。領主に迷惑を掛けたりしないだろう？」

「急に国王と王国騎士団二百騎以上が現れたら、レッドポスト代官が苦労するかと思いますが」

「やむを得まい、そこは苦労してもらおう。そもそもレッドポストは東部駐留部隊が配置されているから、騎士団が二百人くらい入っても寝る場所はあるだろ?」

「それはあるでしょうが……」

「俺は代官所のソファーでも借りられれば、それでいいしな」

「そういうわけにはいかないかと……」

アベルの軽口にドンタンが顔をしかめる。

ドンタンは、元A級冒険者であるアベルがソファーで寝ることになんの抵抗もないことを知っているが、いちおう現国王としてそういう姿を他の者に見せるのはどうかと思うのだ。

「とにかくレッドポストに向かう」

「承知いたしました」

◆

ナイトレイ王国東部の街レッドポストは、ハンダルー諸国連合国境に近い国境の街。

北東には連合を構成するヴォルトゥリーノ大公国に属するジマリーノの街があり、南東には元インベリー公国に属していたレッドナルの街がある。この三つの街の距離は等間隔であり、空から見たら正三角形になる。

ちなみにインベリー公国は連合に併合されたため、レッドナルの街は現在では連合に属している。

そんな三つの国境の街は、これまでに何度も緊張をはらむ関係に陥ってきた。王国と連合が、潜在的な敵国同士である点を考えれば当然かもしれない。お互いに、油断できない相手だと認識している。

そのため、『将軍』の肩書を持つ人物が相手国の街にいたりすることは普通ない……。

「オドアケル将軍閣下には申し訳ないが、今日も無駄だろう」

「そうは言っても、ドクター・フランクも魔石の挙動に異常が見られるという報告書を送ってきたのだ。無視するわけにはいかんのだろう? だからこうして毎日潜入しているわけで」

「そのために将軍配下の斥候たちが探っている。俺らよりも本職だぞ。アメリアたち俺の部下もあっちの……レッドナルの街に潜っているが、何か分かるとは思えん」

「確かに、こんなことをするよりも赤の魔王を倒すための訓練をした方がいいのは確かだ」

「そう、アベル王を殺すためにも、いくら訓練しても十分ということはないからな。いつ、その機会が訪れるか分からん以上、常に備えをしておかねばな」

「あの二人は厄介だからな」

炎帝フラム・ディープロードと灰色ローブのファウスト・ファニーニの会話だ。

もちろん二人の前を歩いている、『上司』斥候隊長オドアケル将軍は無言のまま……。ここ数日であまりにも慣れ過ぎて、二人の会話に無反応になってしまっていた。

オドアケルと第三独立部隊は、魔人に関連した調査のために連合西部に派遣された。

連合西部は、王国東部に接している。そのため、ヴォルトゥリーノ大公国に属するジマリーノに拠点を置きながら、今日のようにレッドナルやレッドポストに潜入を繰り返していた。

特にレッドポストは仮想敵国である王国の重要な街であるため、詳細な調査は斥候隊長オドアケルの子飼いの斥候たちが行っている。

そんな斥候たちが集めた情報をオドアケルに上げるのだが、情報を受け取るオドアケル自身がジマリーノにいるよりもレッドポストにいる方が素早く情報を受け取りやすいであろうと、こうやって潜入しているのだ。

炎帝フラム・ディープロードと灰色ローブのファウスト・ファニーニがオドアケルの傍にいるのは、二人を野放しにするとどうなるか分からないからである。

決して、積極的な理由からではない。

オドアケルも最初、レッドポストに入る理由を二人に説明した。

しかし、どうも二人の頭には入っていないようだ。

二人の頭の中では、それぞれの標的が非常に大きな割合を占めている。

『アベル』と『赤の魔王』……元々は、連合西部で活動している義賊『暁の国境団』の人間だと思われていた。しかし時が進むにつれて、それは誤解であることが分かっていく。

もちろん現在では、完全な正体が分かっている。

炎帝フラム・ディープロードの標的『アベル』は、ナイトレイ王国現国王アベル一世。

灰色ローブのファウスト・ファニーニの標的『赤の魔王』……水属性の魔法使い『リョウ』は、ナイトレイ王国筆頭公爵ロンド公爵。

どちらも王国の権力者だ。

見つけたからといって勝手に殺していい相手ではない。そんなことをすれば国同士の緊張を招く……などという話ではなく、確実に戦争になる。

王国解放戦前の、政府中枢が脆弱であった王国の時代ならともかく、現在では力を取り戻し、強力な国家として復活を果たそうとしている。

だから、どこかで、何かの間違いで、二人に会うことがあったとしても手を出してはいけないと、オーブリー卿自らが炎帝フラムと灰色ローブ、ファウストには厳命している。

さすがに無軌道な二人であっても、自分たちの行動が引き金となって戦争が起きると聞かされれば、感情だけで動いたりはしない。

もちろんその心の奥には、ある種の希望……あるいは願望がある。

「今は無理でも、結局王国は敵。いずれ再び連合と王国はぶつかることになる。その時には、自分が倒す」と。

炎帝と灰色ローブを引き連れてオドアケルはレッドポストの中を歩いている。その間に、彼の部下たちが、誰も気付かないうちにオドアケルに接触して、メモのような報告書を渡して去っていく。

「よく働くな」

「さすがは斥候だ」

炎帝フラム・ディープロードと灰色ローブ、ファウスト・ファニーニが意味の分からない称賛を述べる。

そして三人がぐるりと街中を巡り宿に戻ると、そこにも報告が来る。少し大きめの報告書をもってだ。

宿の食堂で、届いた報告書にオドアケルが目を通す。

そこに書かれていたのは、魔人に関する件だけではなかった。

一瞬、顔をしかめた後、オドアケルは呟いた。

「そろそろ、引き上げる潮時かもしれん」

それを受けて残りの二人が、嬉しそうに言う。

「ようやくか」

「これで訓練に戻れるな」

「そう言うなよ、もう少しゆっくりしていけ」

炎帝、灰色ローブの言葉にかぶせられた最後の言葉は、かなり大きかった。

それも当然だろう、食堂の入口から言われたのだから。

「遅かったか……」

「なっ……」

「貴様……アベル！」

オドアケルですら驚きの言葉を吐き、ファウストは言葉を失い、フラムは一瞬で怒りが沸点に達する。

三人の前に現れたのはナイトレイ王国国王、アベル一世であった。

アベルの登場に合わせて、食堂から人がいなくなる。

残っているのは連合の三人と、アベルとドンタン騎士団長だけだ。

「斥候隊長、オドアケル将軍。正式に会うのは初めてだよな。ナイトレイ王国国王、アベル一世だ」

「お初にお目にかかります、アベル陛下。ハンダルー諸国連合軍総斥候隊長を拝命しております、オドアケルと申します」

仮想敵国同士とはいえ、国王と将軍だ。オドアケルは完璧な礼節をもって自己紹介を行った。

だが他の二人は……。

「炎帝と灰色ローブには、紹介の必要はないな」

むしろアベルの方から紹介を拒否。

確かに、何度も戦ってきた相手ではあるので……。

「どうした炎帝、そんな怖そうな顔をして。まるで俺を殺したいように見えるぞ」

「殺したいんだよ！」

むしろ挑発するように笑いながら言うアベル、正直に気持ちを吐露するフラム。

二人は同じ魔剣持ち、何度も真剣勝負を繰り広げてきた。

もちろん立場が変わったために、今までのようにはいかない……主にアベルが国王になってしまったために、フラムとしても感情に任せて襲い掛かることはできない。無軌道、誰も制御できないと言われている炎帝フラム・ディープロードであるが、少なくとも主として認めているオーブリー卿の迷惑になることはしない……ようにしてはいる。

もう一人、ここには無軌道な人物がいるが……。

「アベル王に確認したい」

その無軌道な人物、灰色ローブのファウスト・ファニーニが問う。

「うん？　答えられる質問なら答えてやる、どうした」

「『赤の魔王』……水属性の魔法使いリョウが、王国の筆頭公爵であるというのは事実か」

「ああ……それは答えられない質問だ。悪いな」

「おい！」

「だが灰色ローブ、心配するな。リョウは俺と違って、戦いたいと思ったやつとは立場など関係なく戦う。そしてお前は、間違いなくリョウから見たら敵だぞ、弟子に手を出したからな。会えば戦うことになるんじゃないか」

「そうか。それを聞いて安心した」

ファウストはそう言うと、一つ大きく頷いた。

その様子を見て、オドアケルは小さく首を振る。

オドアケルは斥候隊長であるため、連合内で最も多くの情報に接する人間の一人だ。彼の元に届く情報から分析するに、『赤の魔王』……王国のC級冒険者『水属性の魔法使いリョウ』という人物は、真正の化物である。連合でも一、二を争う魔法使いとの評価を得るようになったファウストですら、戦って無傷とはいかないだろうと思っている。

無軌道かつ扱いづらい人物であるファウストであっても、連合における貴重な魔法戦力であることは確かだ。だから正直、ぶつかってほしくないと思ってるのだが……。

「戦闘狂というのはどうにもならん」

オドアケルの心中を見抜いたかのようにアベルが呟く。

実は、アベル自身が思っていることを口に出しただけにすぎない。涼や目の前のファウスト・ファニーニのような戦闘狂を……。

「他人事みたいに言っているが、アベル、お前だって……いや、あんただって……ああ、陛下だって戦闘狂だろうが」

「敬語は難しいな、炎帝」

剣以外で苦労するフラムを見て笑うアベル。

炎帝も、仕えるオーブリー卿のことなどを考えて、言葉を選んだようだ。

「それで、国王であらせられるアベル陛下が、わざわざここに現れた理由はなんでしょうか?」

ようやくオドアケルは核心を問うことができた。

「すぐにとは言わん。だが『魔人』の件で、オーブリー卿と直接会談したい」

「……その希望を閣下の元に届けろと？　まさかそのためだに、わざわざ陛下自ら接触してこられたのですか？」

「一番確実だろう？　会談を望む俺が、オーブリー卿が最も信頼する斥候隊長に直接言うのが」

「あなたを殺したがっている人物がいるのに？」

オドアケルはチラリと炎帝を見る。

炎帝は目の端がプルプルと震えている。いちおう、湧き上がる感情を抑えているようだ。

「なんだ？　炎帝はその程度の剣の腕で、俺を殺せると思っているのか？」

「アベル！」

微笑みながら言い放ったアベルに、抑えた怒りの声をぶつける炎帝フラム・ディープロード。なんとか先ほどまでの会話でも抑えていた感情が、弾けそうになる。

「炎帝、お前さんとはいつかきっちりと決着をつけてやる。だがそれは今じゃない。帝国を含めて、かなり厄介な状況になろうとしているからな」

「わざわざここで帝国に言及するということは……襲撃されたのは事実なのですな。その情報をここで渡して、我々を信頼させようと」

「オドアケル殿は斥候隊長だ。王国北部で起きたことは、どうせ知っているだろうと思ってな。いろいろ類推してみると、どうも新帝ヘルムート陛下は、先帝ルパート陛下よりも……慎重ではないようだ。これは我が王国にとっても、そちら連合にとっても、戦略の変更が必要になる情報なのではないかな」

「私は政治に関してはよく分かりません」

「そうか？　隣接する大国の新たな君主が愚かな人物であるなら、その国の力そのものを削ぐチャンスだろうと言っているのだ。一番良さそうなのは内部分裂か？　こちらは兵の損耗がなく、相手はどうやっても力が削がれる」

「……誰が、アベル王は謀略が苦手だなどと言ったのでしょうな」

「この程度は謀略とは言えんだろ。俺の周りにいる連中は、もっとえげつない策謀を巡らせるぞ？」

アベルは笑いながら肩をすくめる。

もちろんオドアケルは、この場で、わざわざアベルがそんなことを言った意味を理解している。直接オーブリー卿に情報を伝えることができる自分に、わざわざ言った意味を。

現在、帝国で起きていることの裏に、連合の暗躍がある……それを王国は理解しているぞ。そういう意味なのだ。

「三大国と言われながらも、帝国は頭一つ抜けております」

「圧倒的帝国＋二強だよな……まだ、今のところ」

オドアケルの言葉に、微笑みながら同意するアベル。

「名実ともに三大国に……帝国にも少し『落ちて』いただく方が、隣国である連合や王国は心穏やかになれます」

「圧倒的帝国＋二強より、三強の方がいいよな。ルパート陛下が皇帝では難しいが……ヘルムート陛下なら、なあ」

表情の変わらないオドアケル、笑みを浮かべたままのアベル。

それを横から見る連合のフラム・ディープロード、ファウスト・ファニーニ、そして王国のドンタン騎士団長。三人ともに顔をしかめている。

それは目の前で、政治の『ドロドロ』がこれでもかと展開しているからだ。

こういうものは、普通の人間は敬遠する。

オドアケルは「政治は分からない」などと言ったが、見守る三人に比べれば圧倒的に政治センスがある。もちろんオドアケルの中での『政治に携わる人間』の基準はオーブリー卿であるため、自分は違うと考えているだけだ。

まあ、こんなドロドロとした光景を見て、政治センスがあると言われたとしても、それで嬉しいとは感じないのだろうが。

「とにかく……アベル陛下がオーブリー卿との会談を望んでいらっしゃるということは承りました。私が責任をもってお伝えいたします」

「ああ、よろしく頼む」

こうして、レッドポストにまで足を延ばしたアベルの東部行は、一定の成果を得て終わりを迎えようとしていた。

◆

一方、オドアケルからの報告を受けた連合執政執務室。

「アベル王が直情豪気？　誰が言ったんだ、そんなこと。王国だけでなく我ら連合も動かし、より帝国の力を削がせようとする。思考が、謀略家のそれだな」

執政オーブリー卿は苦笑しながら肩をすくめる。

「閣下との会談は分かります。魔人に関して多くの情報を得たい……場合によっては、二国で連携して対処というのも考えていらっしゃるでしょう。しかし帝国の件にわざわざ触れたのは……」

オーブリー卿の右腕とも言われるランバー補佐官は顔をしかめながら問う。

「今、帝国で起きていることの裏に我々がいると気付いたのだろう。気付いているが、それに手を突っ込む気はないと言ってきたのだ。しかも、もしかしたら王国も、それに連動して動くかもしれんから、まあ頑張れよと煽《あお》っている」

「煽って……。我らと王国が手を結ぶべきだと？」

「いや、そうは考えていないだろう。その必要もないのだ。連合が連合のために動く……その最も効果的な動き方は、帝国の力を削ぐことだ。この先数十年のことを考えても、それは絶対に外せない手。その手を、今、このタイミングで放っていることに気付いていますよ、と言っているのだ。最上の謀略というのは、相手の狙いが分かっていても他の手を打てない……その手を打つしかない、今さら打つ手を変えられない、そういうものなのだ。今回のようにな」

「つまり我ら連合は、アベル王の手に乗ると」

「あらゆる方向から考えて、それが最も連合の利益になる」

意味深な笑みを浮かべるオーブリー卿。

「我らは、すでに帝国の力を削ぐ手を打っている。しかも効果が出つつある。ここまで来て変更すれば、変な結果になる。おそらくはハインライン侯爵あたりがその情報を掴んで、アベル王に進言したのだろう」

「ナイトレイ王国宰相……」

「言ったにしても言わなかったにしても、その影のちらつきを無視できない……恐ろしい男だな」

苦笑するオーブリー卿。

「閣下、どうされるので？」

「もちろん、このまま手を進める」

「はい」

「もうしばらくすれば、帝国全土を巻き込む内乱に発展するだろう。そうなれば、帝国の力は削がれる。問題はどこまでそれを広げるか……」

オーブリー卿はそう呟くと、傍らのコーヒーを飲み干すのであった。

◆

《そんな、平地に波瀾《はらん》を起こすようなことをしなくとも……》
《もう帝国で起きているんだ。それに、王国は何もせんぞ》
《え？　いかにも、王国にも策があるかのような言い方をしてません？》
《ハインライン侯にも確認したが、王国側は、帝国の

内乱を助長するような策は準備していないし進めていないそうだ》
《じゃあ、連合に言ったのって……お前たちが悪さをしているのは分かっているんだぞ！　って言ってやっただけ？》
《まあ、そういうことだな。連合の情報は筒抜けなんだぞ、王国には手を出すなよ、帝国にだけちょっかいを出しておけよと……》
《外交って、高度な交渉ですね》
涼は小さく首を振る。
涼自身は、長い時間をかけて特別に訓練しないと、そういう感覚は磨かれないと思っている。
もちろんどんな世界にもいるように、一を聞いて十を知るような人物であれば……きわめて短い時間で外交感覚を磨けるのかもしれない。
しかし、そんな人物は国全体で何人いるだろうか。
ただ少なくともナイトレイ王国においては、政治中枢にそれに該当する人物がいるようだ。
《宰相閣下がいて良かったですね》
《ああ、全く同感だ》
涼の言葉に頷くアベル。
《そんなアベル王に提案があります》
《うん？》
《宰相閣下の離反を防ぐために、特権を付与するのがいいと思うのです》
《特権？　行政のトップともいえる宰相に特権を付与するのは……正直、怖いぞ？》
アベルは王子時代、多くのことを学んだ。
その中には、国内貴族との距離感、付き合い方のようなものもあった。ある種の権謀術数と言ってもいい内容すらあった。それらを思い出すと……権力中枢に近いものに特権を与えるのは、極めて慎重にすべきだとなっていたはずだ。
《月一ケーキ特権なら、筆頭公爵と同じ特権です！》
《……は？》
《月に一回、あるいは週に一回、アベル王の名でケーキとコーヒーセットをあげるのです》
《それは……欲しけりゃ自分で食べるんじゃないか？》

《分かっていませんね～。そうではないのです。アベルが、国王がくれるから良いのです。人によっては、とても名誉なことだと感じるかもしれません》

《そ、そうか……。そうか……？　いや、まあ、検討してみるか……？》

アベルは、損にはならないかと一瞬思ったが、人によっては馬鹿にされているのではないかと感じる可能性も……無いわけではないと思う。

《そうだ！　筆頭公爵もこの特権を付与されているぞと伝えるのもいいかもしれません。いちおう僕って、アベルに次ぐ国のナンバー2でしょう？　そんな人と同じ特権なら喜んでくれる可能性もありますよ》

《アレクシスが……か？》

アレクシスは、宰相ハインライン侯爵のファーストネームである。

《え？　ダメですか？》

ここまで反対されると、さすがにちょっとだけ不安になる涼。

あんまりお金をかけずに結果が出せそうな、けっこう良いアイデアだと思ったのだが。

《そうだな……王都に戻ったら、直接本人に聞いてみるか》

《それがいいと思います！　以前、イチゴのショートケーキを持っていった時には、けっこう喜んでいたので、甘いものは好きなはずです》

《それは知らなかった……》

涼はハロルドの情報を得ようとした時に、カフェ・ド・ショコラのイチゴのショートケーキを持っていった。その時の反応は、少なくともケーキを嫌いそうな感じではなかった。

《それにしても帝国も大変ですね。ルパート陛下の時には盤石どころか、圧倒的に強かったと思うのですけど……たった二年で、連合が手を伸ばそうとするくらいに弱くなったってことでしょう？》

《国力そのものは落ちていないはずだ。だが……国の中が上手く回っていない、という表現が近いか》

《なんでそんなことに……》

《失政。他に理由なんてないだろ》
《あ、はい……》
アベルが断言し、涼は何も言えず受け入れる。
確かに、それ以外の言葉はない。
国が傾く場合、その理由は百パーセント政治にある。
だが問題は、『誰がその政治の舵取りをしているか』なのだが……。だいたいにおいて、そこを見誤ってしまい修正が利かずに酷《ひど》いことになってしまう。
《力量の無い人間がトップに就くのが悪い》
アベルの言葉は厳しい。
自らが王国のトップであるからこそ、自らを律するという意思表示という意味でも厳しい言葉を吐くのだ。
《そ、それはそうですが……》
《その肩に、何百万、何千万もの民の生活がかかっているんだ。民を不幸にしてまで、力量のない人物をトップに就けておく？　それは変だろう？》
《アベルの言う通りですけど……一度就いたら、なかなか自分からは権力の座から降りないものです》
《それはそうだな。そこは一番難しい》

アベルは大きく頷く。
その思考は数十年後、自らの跡を継ぐであろうノアのことを考えている。
《だからこそ王室の人間は、小さな頃からあらゆることを学ぶ。政治、経済、文芸、外交……もちろん戦争も。理解していなければ、国の舵取りなどできないからな。父上も、兄上と俺がいずれ国の舵取りをすると分かっていたから、小さな頃から多くのことを教えてくれた》
《他の子どもたちが遊んでいる時も、政治や経済の勉強ですか……》
《そうしなければ王にはなれんし、なるべきじゃないだろう？　大人になってからでも学べんわけではないが……権力の座に就く前に学んでおくべきことは多い。権力の座に就いてからでは遅いものも多いからだ》
《僕には分かりませんし、正直、分かりたくありません》
涼は素直に自分の気持ちを吐露する。
地球にいた頃は、いろんな仕事をしてみたいとは思ったが、政治家にだけはなりたいと思ったことがない。

《裏でお金をちらつかせて、好きなように政治家を動かす方が僕はいいです》
《うん、それはそれで問題じゃないか？》
《お金で解決！　素晴らしい言葉じゃないですか。暴力で解決、よりも文明的だと思うのです》
《俺にはリョウの気持ちの方が分からん……》
人が分かり合うことは難しいのだ。

帝国動乱

二年前、デブヒ帝国皇帝ルパート六世が退位し、第一皇子であり皇太子でもあったヘルムートがヘルムート八世として即位。退位したルパートは、帝国北西部にあるギルスバッハの街に屋敷を建てて隠棲《いんせい》した。

新帝ヘルムートの兄弟たち……すなわちルパートの皇子、皇女らは臣籍降下して公爵家を開いた。

当時の第三皇子コンラート・シュタイン・ボルネミッサはエルベ公爵家を、当時の第十一皇女フィオナ・ルビーン・ボルネミッサはルビーン公爵家をといった具合に。

それによって帝国内部が激変する。

新帝ヘルムートも即位直後は、多くの歓呼に迎えられた。それは貴族であっても平民であっても、関係はなかった。

帝国貴族にとっては予定通り、想定通りの即位。

もちろん、第三皇子コンラートの皇帝即位を願う者たちがいなかったとは言わないが、決して大きな勢力ではなかった。当時コンラートが二十一歳、ヘルムートが三十歳という年齢も関係していたかもしれない。

また皇太子時代のヘルムートが、与えられた地において手堅い領地経営を行い少なからぬ実績をあげていたのも、ヘルムートの皇帝即位を後押ししたのだろう。

ヘルムートの領地民からの、領主に対する比較的好意的な評価は、帝国臣民にとっても悪いものではなかった。

もちろん新たな皇帝に反対したからといって即位が無くなるわけではないし、別の人物が皇帝になるわけではない。民だってそれは分かっている。

それでも、重税や厳しい制度で民を虐《しいた》げる人物よりも、幸せな国を造ってくれる人物に支配されたい……そう思うのが当然であろう？

ヘルムートの即位は、帝国民の多くから好意的に迎えられたのだ。

そんな新帝ヘルムート八世による即位直後の帝国の変革は、政治、経済はもちろん、軍制にまで及んだ。

近衛騎士団と皇帝十二騎士を除く全てが、二十個の正規軍と十個の魔法軍に再編され、ルパート時代まで存在していた、他の多くの軍団、師団が解散した。

例えばフィオナが師団長、オスカーが副長を務めていた皇帝魔法師団も解散し、現在は残っていない。

急激な変化は、多くの箇所に歪《ひずみ》を生み出す。

歪は最初は小さく、表からは見えない場所に生じる。

だがそれは確実に存在し、時々刻々と大きくなる。

ヘルムートが求めたのは、強力な軍事力であった。

それは、優先的に軍制の変革に取り組んだことに表れている。

先帝ルパートによるナイトレイ王国侵攻は、いくつかの戦略物資は手に入れたものの失敗であった。すくなくともヘルムートは失敗だと認識した。だから、さらなる強力な軍事力を手に入れようとした。

強力な軍事力を手に入れるには何が必要か？

古今東西、変わらない。

金だ。

そのためヘルムートは、二十の正規軍に徴税権の一部を与えた。それによって、自軍の足りていないと思う箇所を強化せよと。

もちろんこの施策は、政府内にも反対する者を生み出した。

その急先鋒であったのが、先帝ルパートの時代から執政として帝国の政治中枢に居続けたハンス・キルヒホフ伯爵である。

徴税権を持った軍が暴走した場合、大変なことになる……だからハンスは反対した。

新帝ヘルムートは、最終的に、そんなハンスを帝国政府から追い出した。

その結果、ハンスはギルスバッハの街に隠棲していたルパートの元に行き、チェスや剣の相手を務めることになるのだが……。それは別のお話。

最初の一年は、軍もおとなしかった。様子を見ていたのだと分かるまでに時間はかからなかった。

たがが外れる。

多くの帝国正規軍が、皇帝に与えられた徴税権に基づいて帝国全土で金を徴収して回り……もちろんそれ以外にも、領主や代官による税の徴収は行われる。

二重、三重の徴収。

そんな地獄のような光景が広がった。

同じ速度で、帝国全土に怨嗟の声が広がる。

国中から入る報告によって、さすがにヘルムートも失策であったことを理解した。

理解したにもかかわらず……正規軍による徴税禁止が発表され、徴税が停止されるまで半年の猶予がとられた。つまり半年後に停止すると。

そこに生まれるのは駆け込み需要ならぬ、駆け込み徴収。

期限が決まったために、むしろ苛烈な徴税が行われた。

新帝ヘルムートの名声は急速に衰え、代わりに勃興したのはかつての第三皇子、現在のエルベ公爵コンラートを望む声。

正規軍の徴税によって怒りの広がった民衆はもちろん、問題への対処が遅いヘルムートに失望した貴族たちの中にも、コンラート支持層ともいうべき者たちが現れた。

そんな状況の中、最初の反乱が起きたのは、西方諸国への使節団が帝国領内を出た翌日。帝国中枢においては、よくある地方反乱と認識された。

帝国ほど強力な中央集権国家であっても、地方反乱は起きる。歴代屈指の強力な皇帝と言われたルパート六世の治世においてすら、数年おきに起きてはいたのだ。だからそれ自体は珍しいことではない。

問題はその数……反乱というほどではないが暴動という規模のものまで入れれば、わずか十日の間に、大小合わせて百カ所以上で発生した。

これはさすがに異常だ。

しかも発生地は帝国の北部と南部のみ。元々、東部と西部が比較的治安が良いのは事実だが、それでもこれほど偏りがあるのは普通ではない。

誰かが後ろで糸を引いている。

それが、帝国中枢にいる者たちの常識的な考えとなった。

問題は、それが誰なのか。

その情報収集と鎮圧を兼ねて、帝国正規軍が派遣されたのは……正しい判断だったのか。この時点では、誰も分からなかった。

◆

「な～んで民衆の反乱鎮圧に、俺たち第三空中艦隊が派遣されるんだよ」

「帝国軍って、帝国の民を守るための存在なのにな」

「そもそも民衆だって、どっかの正規軍が徴税しまくったから怒ってるんだろ？　俺は、民衆を怒らせるようなことをするなよって思うんだ。そう思わないか、エルマー艦長」

「全く同感だ、ザシャ操舵手。せっかくの新造艦が穢《けが》れる気がするよな」

第三空中艦隊旗艦ギルスバッハの艦橋で、操舵手ザシャと艦長エルマーがそんな会話を交わしている。第三空中艦隊の母港が置かれているクルコヴァ侯爵領を発《た》ってから、ずっとだ。

わざわざ大きめな声でそんな会話を繰り返しているのは、艦橋にいる艦隊司令官に聞かせるためである。

嫌みな調子で。

「いい加減黙れ、エルマー、ザシャ。私だって民衆を攻撃などしたくない。だが……命令だ」

しかめた顔で言うのは、艦隊司令官アンゼルム提督。

この艦橋にいるのは、かつて第一空中艦隊二番艦マルクドルフを操艦していたメンバーだ。彼らは、冒険者パーティー『乱射乱撃』として活動し、九年前の武闘大会では入賞した者もいる。

唯一、艦隊司令官アンゼルム提督はパーティーメンバーではない。三年前の王国への侵攻時には、第一空中艦隊旗艦デブヒで指揮を執った。

最終的に、第一空中艦隊は王国の空中戦艦ゴールデン・ハインドと戦い全滅。艦を失った第一空中艦隊の者たちは、多くの困難を乗り越えて帝国領に帰還した。

それから二年後、クルコヴァ侯爵領において新造された艦でもって、第三空中艦隊が新設された。

第一、第二空中艦隊はどちらも再建されず、欠番。

本来なら、第三空中艦隊に続いて編成されるはずだった第四空中艦隊はつくられず、地上の正規軍に予算を回すために見送られた。

つまり現在、帝国軍の空中艦隊は第三空中艦隊しかない。

その点に関しても、ここにいる『空の船乗り』たちは不満を持っているのだ。

「空を制する者が、これからの戦を制する……確か有名な指揮官が言ったんじゃなかったか?」

「ああ、言ったな。テオ・バーンとかいう、帝国戦略教導官だ。指揮官になる連中の先生で、まだ二十代の時に、帝国軍のお家芸をつくったんだろ?」

「軍と魔法団が揃った時にやるやつな。魔法団による一斉砲撃で敵戦列をボロボロにして、軍による錘行陣《すいこうじん》形突撃《けいとつげき》。そんなすげー教導官様が『空を制する者が～』って言ったのに、帝国軍は地上の正規軍に金をかける。お先真っ暗だ」

結局、黙れと言われて黙るようなエルマーとザシャではない。

だが今回の話題は、空中艦隊の司令官であるアンゼルム提督も乗ってきた。

「二人とも……まずテオ・バーン殿は貴族だ、キュルナッハ子爵。れっきとした貴族だから敬意を払え。それから、子爵がその戦術をつくったのは十代の時だ。十八歳の時だから……三十年近く前か」

「十八歳って……」

「天才かよ」

アンゼルム提督の説明に驚くエルマーとザシャ。

無言のまま聞いていた双子の右舷監視員ユッシ、左舷監視員ラッシ、一等航空士兼哨戒員《しょうかいいん》アン、そして副長ミサルトの四人も驚きの表情である。

「天才なのは当然だろう。だいたい帝国戦略教導官というのも、子爵がいくつも持つ肩書の一つにすぎん。まあ、ヘルムート陛下が即位されてからは、中央政府と軍関連の肩書は全て返上したらしいが」

「そういう優秀な人がいなくなったから、こんな反乱がたくさん……」

「その子爵様は、今は何をされているので？」

絶望的な表情になって首を振るエルマー、天才の行方を尋ねるザシャ。

「キュルナッハ子爵は、アラント公爵領の最高執政官だ」

「アラント公爵領って、帝国の西側で最も芸術的な領地なのよね」

「クルコヴァ侯爵領が、帝国の東側で最も芸術的な領地なのよね」

アンゼルム提督の返答に、ここぞとばかりにユッシとラッシが言葉を重ねる。

「アラント公爵領は、とても平和な地域だとクルコヴァ侯爵夫人がおっしゃっていたわ」

「いつか行ってみたい」

ミサルトがうっとりした表情で言い、アンが無表情だが希望を述べた。

アンは希望を述べながら、艦長のエルマーをじっと見ている。たいてい冷静なアンが、刺すような視線を向ける場合……誰も抵抗できない。

「きゅ、休暇が貰えたら、みんなで行こうな」

「うん」

エルマーは抵抗を諦めて約束し、アンが頷いた。

もちろん、他の女性三人も頷いた。

元『乱射乱撃』の六人は、今でも仲が良いようだ。

その様子を見ながらアンゼルム提督は心の中で小さく首を振る。

(休暇か……いつ、次の休暇が貰えるか、正直分からん状況だがな)

さすがに思っても口には出せない。

なんだかんだ言っても、彼は艦隊司令官で、ここは旗艦の艦橋なのだ。艦橋員の士気を下げるようなことは口に出せない。ただ小さくため息をつくだけだった。

◆

旗艦ギルスバッハを中心とした第三空中艦隊は、帝国北部中心の一つラムリンゲンに到着する。そこに、船に乗せてきた第十正規軍を降ろした。

「栄光ある第三空中艦隊が、ただの移動船でしかないとは」

「悲しい話だな」

「栄光あるって、できたばかりの艦隊だろうが」

ザシャが嘆きエルマーが同意し、アンゼルムが顔をしかめる。

実際のところ、第三空中艦隊の役割は第十正規軍を移動させるためでしかない。

「空から民衆を攻撃、ってならなくて良かったよ」

「陸から艦隊に反撃、ってなる可能性もあったからね」

ユッシとラッシが述べ、無言のままアンとミサルトが頷く。

空を飛ぶことが楽しくなってしまったために、前の船が沈められても『空の船乗り』を続けることを希望した元『乱射乱撃』のメンバーだが、戦争そのものが好きなわけではない。

まだ王国の空中戦艦相手なら気分が高揚することも、ないとは言わないが……暴動の鎮圧などやりたいとは思わない。

彼らギルスバッハ艦橋員で元『乱射乱撃』のメンバーは、今回の作戦に非常に不満を持っている。そして現在の情勢を招いた皇帝にも、篤《あつ》い忠誠を抱いているとは……とても言えなかった。

もっともそれは、彼らだけではない。

帝国軍の中にいても、正規軍の徴税時の振る舞いに怒りを抱いている者は多く、必然的にその命令を出した新帝ヘルムートへの不満にも繋がっていた。

その裏返しが、エルベ公爵コンラートを望む声と言えるのかもしれない。

元『乱射乱撃』は、武闘大会で入賞するほど有名なパーティーである。そのため現在でも、偉い人から『お仕事』を頼まれることがある。

実は今回も……。

「クルコヴァ侯爵夫人……マリア様からの命令書？」

「ええ、ですのでちょっと出かけます」

命令書を見せられたアンゼルム提督は顔をしかめ、エルマー艦長は肩をすくめる。

もちろん第三空中艦隊は、帝国正規軍付きだ。

しかし現実的には、船の整備はもちろん、元『乱射乱撃』のように操艦している者たちも、クルコヴァ侯爵領の者たちばかり。

これは、空中戦艦の建造が実質的にクルコヴァ侯爵領でしか行われておらず、操艦できる者たちもクルコヴァ侯爵領で長く訓練をしてきた者たちだから……現実的にそうなってしまう。

あまり関わりのない新帝ヘルムートよりも、長く付き合い彼らのことも非常に気にかけてくれる、クルコヴァ侯爵夫人マリアの方に忠誠心が向くのは仕方のないことであろう。

そんなマリアからの依頼とあれば受けないわけがない。


それが、反乱勃発地域における調査であったとしても。

いちおう艦を離れるため、直属の上司である艦隊司令官アンゼルム提督には報告しなければならない。それで伝えたのだ。

エルマーら元『乱射乱撃』のメンバーは、なんだかんだ言いながら、アンゼルム提督のことを悪い人間だとは思っていない。むしろ、真面目過ぎるくらいの善い人間なのではないかとすら……時々思ってしまうくらいであった。

元『乱射乱撃』一行が合流したのは、第十正規軍第一連隊。そこには連隊長と共に、第十正規軍司令官もいた。

第十正規軍フローラ・ライゼンハイマー司令官。

帝国が王国であった時代からの、武家として知られるライゼンハイマー伯爵家の長女にして次期当主。未だ二十代でありながら、先帝ルパートの時代から数多の戦場で武勲を重ねてきた歴戦の指揮官だ。

背中まであるパールピンクの髪を後ろで束ね、武の女神もかくやと言われる美貌《びぼう》と凛々《りり》しさは、指揮される者たちの士気を最高に引き上げるカリスマでもある。

第三空中艦隊は帝国軍付きであるため、もちろん一行もフローラ・ライゼンハイマーのことは知っている。そもそも今回の第三空中艦隊による移送は第十正規軍が対象であったため、旗艦の艦長であるエルマーや他のメンバーは、顔合わせをしている。

「クルコヴァ侯爵夫人から連絡が行っていると思いますが、反逆者ランタン男爵の拠点攻撃に同行させていただきます」

「エルマー艦長ですよね？　それにギルスバッハ艦橋員の方々。クルコヴァ侯爵夫人からは、冒険者を送るからとうかがっていたのですが……」

フローラは移動時、旗艦ギルスバッハに乗っていた。そのため、艦長のエルマーをはじめ艦橋員の顔は知っている。しかし、彼らが元冒険者であることは知らないようだ。

「む、昔、冒険者をしていまして……」

エルマーは苦しそうに答える。

「現役を退いて、もう長いですから」

「時間の流れは早い」

治癒師ミサルトが苦笑しながら言い、斥候アンが表情を変えずに言う。

「侯爵夫人から、お金は貰えるんだから、いいじゃん」

「侯爵夫人から、お金さえ貰えれば、いいじゃん」

「そういう問題じゃない。心の問題だろうが」

ユッシとラッシの言葉に、小さく首を振るザシャ。

「足を引っ張らないように付いていきます……」

いたたまれない表情で、エルマーはフローラに答えるのだった。


第三空中艦隊が降りたラムリンゲンの街からランタン男爵領まで、強行軍で駆けて六時間。

現役を退いて長い元『乱射乱撃』のメンバーであるが、問題なく付いていくことができた。

ランタン男爵の屋敷が置かれているランタンブルクを遠くに望む南側の森に一団が到着したのは、日没間近の時間であった。

「クルコヴァ侯爵夫人からは、冒険者のことは気にせず作戦を遂行してもらって構わないと聞いているのですが……」

「はい、我々のことはお気になさらずに。ただ、どういう手順で攻撃するのかお聞きしてもよろしいですか？」

「まず、降伏勧告を行います」

「え……」

フローラの言葉に驚くエルマー。

正直、問答無用で正面から攻撃すると思っていたからだ。それだけの装備、戦力があるわけで……。

「反逆したとはいえ、元は我らと同じ帝国臣民。無傷で投降してくれるのであれば、それに越したことはありません」

「おっしゃる通りです」

フローラの言葉に、大きく頷くエルマー。

エルマーたち元『乱射乱撃』も、この先に起き得るかもしれない帝国を二分しての内戦を避けたいという侯爵夫人の思いを受けて、一時的に冒険者稼業に戻ったのだ。どこかの双子姉妹は、お金が目的なことを言っていたが……。

「それでも投降しない場合は、あれを使います」

フローラはそう言うと、一行の後ろで組み立てられている攻城用の錬金道具を見る。

「帝国錬金協会が造った破城槌、ですよね」

「はい。おそらく、三回ぶつければランタンブルクの門は破壊されるでしょう。その後、突入します」

「そうなると、あまり時間的猶予はありませんね」

「ええ。降伏勧告で一時間は返答を待ちますので、できればその間に……」

「承知いたしました」

エルマーが頷く。

その後ろで、元『乱射乱撃』のメンバーも頷いた。

◆

元『乱射乱撃』の六人は、大きく迂回《うかい》してランタンブルクの北側城壁下にいた。

剣士でリーダーのエルマー、双剣士ザシャ、斥候アン、弓士のユッシとラッシ、そして治癒師ミサルト。

六人の気持ちは、完全に冒険者に戻っている。

かがり火が焚かれてはいるが、それほど多くない。

侯爵夫人からの事前情報で、ランタン男爵の主力は、分散して多くの街に出払っているという情報が入っている。その辺りが、かがり火の多くない理由だろう。

「どうだ、ユッシ、ラッシ」

「いけるよ」

「簡単だよ」

城壁は高さ三メートルほどで、分厚くもない。

大貴族の街のように、城壁の上を兵士が巡回できる、そんな大きなものではないのだ。所々に立っている、五メートル程度の物見櫓から兵士は見ているので、巡回にさえ気をつければ問題なく入れる。

その確認が終了した瞬間だった。南門の方が騒がしくなる。

「第一連隊が街の前に着いた」

「よし。街の中も騒がしくなっているな。降伏勧告が出されたら、城壁を越えて潜入するぞ」

斥候アンの報告に、剣士エルマーが頷いた。


しばらくすると、第一連隊が大音声で降伏を促すのが聞こえてきた。

それが、さらにランタンブルクの街を騒々しくする。

「ユッシ、ラッシ」

エルマーが促すと、双子の姉妹は軽業師もかくやと思える身のこなしで城壁を越えた。そしてすぐに、二本のロープが城壁外で待つ四人の元に垂らされる。

元『乱射乱撃』は、現役冒険者と全く遜色ない速度で城壁を越えた。

「男爵の屋敷は、街の北側にある白い二階建て」

「あれだな」

斥候アンが、クルコヴァ侯爵夫人から伝えられた情報を述べ、ザシャが建物を特定する。

それは帝国男爵の屋敷としては普通規模の大きさ。街中にある他の建物と比べても、かなり慌ただしく人が出入りしている。

「見てくる」

エルマーが指示を出す前に、斥候アンが屋敷の裏側に走っていった。人の出入りが多いとは言っても、さすがに正面から入るのは難しいだろうからだ。

　待っている間、他の五人は屋敷や街中の人の移動を確認する。

「さすがに重装備の連中はいないな」

「屋敷より……街の中央にある『塔』の方が、出入りが多くないか？」

「あの『塔』なら城門の南、第十正規軍の姿も見えるでしょう」

「屋敷は空《から》？」

「屋敷は何？」

　エルマーが呟き、ザシャが感じたことを述べ、ミサルトが指摘し、ユッシとラッシが思ったことを言う。

「俺たちの目的は『赦免状《しゃめんじょう》』だ。男爵が『塔』にいるのだとしても、大切な『赦免状』は屋敷に置いてあるだろう」

「だがその『赦免状』も、そもそも存在するかどうかも分からないんだろう？」

「そうだが……同じ反乱を起こした者たちであっても、民衆の所よりは貴族の所にある可能性が高いだろう？　噂では何十枚もばらまかれているらしいし」

　ザシャの言葉に、顔をしかめながら答えるエルマー。

「コンラート様が出したと言われる『赦免状』……ここにあるといいけど」

「私が皇帝位に就いた暁には……」

「反乱に関する全ての罪を許す……」

　ミサルトが希望を言い、ユッシとフッシが『赦免状』に書いてあるらしい文章をそらんじる。

　今回、元『乱射乱撃』がクルコヴァ侯爵夫人から受けた依頼は、先の第三皇子エルベ公爵コンラートが出したと言われる数十枚もの『赦免状』を手に入れてくること。

　その現物を侯爵夫人の元に持ってくることである。

反乱を起こした貴族たちの間でかなりの数見られているため、存在しているのは確か。それもかなりの数が。

　しかし、クルコヴァ侯爵夫人は納得がいっていないのだ。「よしんばコンラート様がヘルムート陸下に大逆するのだとしても、そんな分かりやすい証拠をばらまくはずがない」と。

そう、エルベ公爵コンラートは皇子であった頃から、英邁《えいまい》で有能と知られていた。新帝ヘルムートも決して愚鈍ではないが、個人の能力の高さという点ではコンラートにはかなわない……それは帝国中枢はもちろん、高位貴族たちの間でも言われていた。

そんな人物が、これほど分かりやすい『大逆の証拠』をばらまくはずがない。

しかしクルコヴァ侯爵夫人が心配したのは、新帝ヘルムートが『大逆の証拠』に、わざとのる可能性であった。

即位して二年、未だ盤石とはとても言えない権力基盤のヘルムートにとって、弟コンラートは無視できない存在になりつつある。その理由の多くは、正規軍への徴税権付与などヘルムート自身の失政が原因なのだが……。

しばらくすると、アンが戻ってきた。

「屋敷内、一階に護衛らしき者四人、侍女五人。二階に二人、多分そのうちの一人が男爵。出入りは多いけど護衛たちに報告しているだけ。街の戦闘指揮は『塔』にいる守備隊長が行っている。降伏勧告は男爵に届けられたけど、明確な命令は出されなかったみたい」

信じられないほど詳細な報告をするアン。

「そんなことまで探ってきたのかよ……」

「凄いねアン」

「さすがねアン」

ザシャ、ユッシとラッシが驚く。

「よし。一階の護衛を倒して二階に上がる。男爵に直接『赦免状』について聞こう」

「アンの完璧な情報に比べて、エルマーはとても雑な作戦」

「アンは完璧な情報を届けたけど、エルマーには使いこなせなかった」

「おい……」

エルマーの作戦に文句を言うユッシとラッシ、ちょっと可哀そうになってつっこむザシャ。

当のエルマーは小さく首を振ってこう言った。

「うちの連中は、これくらい雑な作戦の方がいいんだよ」

誰も、何も言えなかった。


バタンッ。

突然、扉が開く。

「なんだ?」

「貴様ら……」

「おい!」

「待て……」

文字通り、あっという間に四人の護衛が打ち倒された。

「侍女たちは?」

「奥の控室に五人固まっていて、男爵に呼ばれない限り出てこない」

エルマーの問いに、アンが完璧に答える。

「なら放置だ。二階に上がるぞ」

エルマーの決定に、六人は階段を駆け上がる。

「一番奥、左の扉」

斥候として完璧な情報を収集しているアンの指示。

扉を蹴破り、六人は躊躇なく飛び込んだ。


そこには、執務机の前に座る三十歳前後の男性、その斜め後ろに立つ六十歳前後の白い髭の男性の二人がいた。

「来たか」

執務机の男性が呟く。

「ランタン男爵だな」

エルマーが、聞いていた人相から確認する。

「いかにも、私がランタン男爵アインリッヒだ」

アインリッヒは立ち上がると、後ろにいた白髭の男から剣を受け取った。

「待て! 俺たちは戦いたいわけじゃない!」

「悪逆非道な暴君ヘルムートの軍隊のくせに、戯言《ざれごと》を言うな」

エルマーの言葉に、皮肉な笑みを浮かべて答えるアインリッヒ。

「俺たちは、コンラート様から出されたという『赦免状』を渡してほしいだけだ」

「赦免状? 手に入れて暴君に差し出し、コンラート様を大逆罪で捕まえるのか?」

「違う！　逆だ！　その『赦免状』を出したのはコンラート様ではない可能性が高い。それを明らかにしたいんだ」

「断る」

エルマーが言葉を尽くして説明するが、アインリッヒは一言の下に斬って捨てた。

「なぜだ！　このままでは、コンラート様が無実の罪に問われることになるかもしれないんだぞ」

「もし『赦免状』が、別の誰かが出したものだったら……今、立ち上がっている帝国の民はどうなる？」

「どう、とは？」

「彼らが立ち上がり、戦い続けているのは、コンラート様が後ろに付いていてくださっていると思っているからだ。だから家族を置いて、自らの身を犠牲にして、この戦いに参加できている。その心が拠《よ》って立つものが失われたら？」

「反乱が無くなるならいいじゃないか！」

「暴君はますます暴君となる」

アインリッヒは小さく首を振る。

その様子から、アインリッヒ自身も『赦免状』はコンラートが出したものではない……その可能性を考えていたのだろうとエルマーには思えた。

ついに、アインリッヒは鞘を払う。

それを見て、エルマーは苦し気に問うた。

「どうしても、渡してはもらえないのか？　こんな反乱、成功しないぞ。いや、成功しようが成功しまいが、コンラート様が帝位に就かれることはない。そうであるなら、『赦免状』は意味がないだろうが」

『赦免状』には、「コンラートが皇帝になった暁には」という条件が付いているはずだ。

つまりコンラートが皇帝ヘルムートに捕らえられ、大逆罪に問われて死刑となれば、『赦免状』が有効となる条件が満たされなくなる。

むしろ、大逆罪の片棒を担いだ証拠となる。

もちろん、反乱を起こしている現在でも、降伏したところで無罪放免とはならないだろうが……。

「コンラート様の『赦免状』は、帝国臣民の希望なのだ」

そう言ったアインリッヒの表情は、むしろ穏やかであった。

エルマーは、皇帝ヘルムートが犯した失政の、本当の罪の重さを感じた。決して、帝国に背きたかったわけではない……そんな貴族まで、反乱を起こさねばならない状況に陥らせた失政。

絶対に、政治は失敗してはいけないのだ。

あまりにも多くの人を、不幸にしてしまうから。

間違いに気付いたらやり直せばいい？　何万人が、何十万人が、何百万人がその『やり直し』で犠牲になる？

多くの人が大変なことになっても、間違ったまま進むわけにはいかないだろう？

その通りだ。

犠牲になった人に、あるいはその遺族に向かってそう言えるか？

自分が、その遺族になってしまった場合も言えるか？

まともな感性なら言えない。

全ては、政治が間違えたのが原因。間違わなければ、そんな不幸になる者たちは生まれなかったはずだ。

だから、政治は間違ってはいけない。

それができないのなら……すぐに政治の世界から退くべきだ。行政から身を引くべきだ。

今、エルマーの目の前に、犠牲になった貴族がいる。

それまで遠い存在であった『皇帝』ヘルムートをエルマーは初めて身近に感じた。極めて邪悪な存在として。

もちろん新帝ヘルムートも、民を虐げようと思って正規軍への徴税権を与えたわけではないだろう。それは分かる。

だが結果として、民は虐げられた。

最も近くでそれを見た領主は心を痛めた。

だから反乱を起こした。

一刻でも早く、民を虐げる皇帝を廃位に追い込みたいと思って。より良い人物に、至高の座には就いてほしいと思って。

エルマーは、アインリッヒらが立ち上がったその気持ちを完全に理解した。

これまでは『なんとなく嫌な皇帝』くらいであったものが、明確に『廃位すべき皇帝』に変わった瞬間だったのかもしれない。

しかし……依頼された仕事が別にある。

「それでも、『赦免状』を渡してほしい」

「ふっ……頑固な襲撃者だな」

エルマーが顔をしかめて願い、相好を崩して笑うアインリッヒ。

「私を倒して持っていけ」

「なに？」

「私、ランタン男爵アインリッヒは誓う。敗れし時は、件の『赦免状』を目の前の者たちに渡すと。ボランス、よいな」

「はい、アインリッヒ様」

アインリッヒが誓うと、後ろに立っていたボランスと呼ばれた白髭の男が恭しく頭を下げた。

「この机の引き出しの中にある。私を倒したら手に入るぞ」

「くそっ。いいだろう、俺が相手をする」

「エルマー！」

「あまり長い時間はかけられんが……ちょっと強そうなんだよな」

双剣士ザシャが声をかけ、エルマーがしかめた顔をさらにしかめながら剣を抜く。

「エルマー？　聞いたことのある名だ。九年前の記念武闘大会で入賞した男の名がそうだったな。その後、パーティーを解散して冒険者を引退したと聞いたが」

「今回みたいな場合は、冒険者の仕事も請け負うんだよ」

「そうか……あのエルフとの戦いは、私も会場で見ていた」

「え……」

「勇敢だったと、思う」

「……」

勇敢だったと言いながら少しだけ視線を下に逸らすアインリッヒ、それを見て本当にいたたまれなくなるエルマー。

他の元『乱射乱撃』メンバーは、全員首を振るだけだった。

「ランタン男爵アインリッヒだ」

「『乱射乱撃』エルマーだ」

名乗り合い、室内での剣戟が始まった。

エルマーは、九年前とはいえ、有名な帝国武闘大会でベスト8に入った剣士だ。それは帝国全土でもトップクラスに強いということ。

それなのに……。

「エルマーが押されてる」

「男爵に押されてる」

「男爵は実際に強いね」

「でも、それ以上に」

「ああ、この部屋の狭さだ」

ユッシとラッシにも分かるほど劣勢であり、ミサルトは相手を評価し、アンとザシャは劣勢な理由を分析した。

障害物が多く、剣戟をするのに十分な広さとは言いにくい男爵の執務室。

エルマーの剣は決して大剣というわけではないが、剣の動かし方の問題で苦労している。

大きく振りかぶれば天井から吊るされたシャンデリアに当たり、大きく横に薙げば机やソファーに当たり……。

翻《ひるがえ》ってランタン男爵アインリッヒは、片手突きを中心に戦っている。打ち下ろしや横薙ぎを行う際にもコンパクトに。

まるで室内戦闘に特化した剣……。

「男爵様は、室内での戦闘がお得意のようだ」

エルマーの軽口に、アインリッヒは無言のまま剣を合わせる。

しかし、ほんの少しだけ口角が上がる。エルマーという強敵相手に、狙い通りの戦いを進めることができて、手ごたえを感じているかのように。

（まずいな……）

軽口を叩くエルマーだが、実は心の中ではかなり焦っていた。

もちろん冒険者歴もそれなりに長かったエルマーは、室内での戦闘経験がある。だがそれは、会議室や食堂といったある程度開けた場所。エルマーが剣を振り回しても問題ないような。

あるいは、場所を気にする必要もないほど弱い相手。

しかし今回は違う。

（かなり狭い……特に障害物が多い。そして、強い）

剣戟を室内で行う場合、防御側への影響は少ない。

そもそも防御において、剣の動く範囲は自分の体の近くだ。足を使って逃げ回るならともかく……細かなステップを刻むタイプの剣術であっても、足はそれほど広い範囲にまで出ていかない。

厄介なのは攻撃側だ。

剣が打撃力を得るには、ある程度動かさなければならない。慣性力がどーのこーのという説明はあえてここでは言うまい。簡単に言えば、振り回す空間が必要なのだ。

しかし、この男爵執務室は狭い。

（伯爵とかの執務室なら、もう少し広いんだろうな）

世の男爵たちに怒られそうな感想を持つエルマー。

王国男爵ほどではなくとも、帝国男爵もびっくりするほど豊かというわけではない……上級貴族たる伯爵以上と比べれば、雲泥の差だ。そのため、屋敷にも広大などという枕詞はつかないし、その執務室も広くはない。

（この剣では長すぎる。刃渡り七十センチくらいの、短めの剣が欲しいんだが……）

エルマーは戦いながら周囲をチラチラと見始める。

もちろんこの執務室に、そんなちょうどいい武器は落ちていない。

（剣じゃなくても……いっそ武器じゃなくてもいい……棒でもなんでも……）

そんな得物で、目の前の強敵に勝てるかどうか正直分からないのだが……現状では、効果的な攻撃がほとんどできていない。仕方があるまい。

そんなエルマーの視界の端に、求めていた物が入った。

（あるじゃねえか！）

そう、なぜ気付かなかったのか。

あとは、タイミングだ。

アインリッヒは片手突きが中心だ。狙いはエルマーの頭や喉だけでなく、肩付近の革鎧の隙間の場合もある。

その突きは極めて鋭いが……。

（リズムがあるんだよな、いや癖というべきか）

頭、喉、喉、右肩……。

「ここっ！」

エルマーの右肩を狙った突きを、剣で大きく逸らす。

わずかに体が泳ぐアインリッヒ。だが、反撃される前に体勢を整える。

しかし、エルマーの狙いは反撃ではなかった。

剣で逸らした瞬間、左に大きく跳び、観客となっている人物の元に……。

「借りるぞ！」

「は？」

ザシャの双剣の一つを手に取り、代わりに自分の愛剣を預ける。

ザシャは双剣士。

双剣士は両手にそれぞれ剣を持つため、エルマーのような一本だけの剣に比べて短い。その剣を借りたのだ。

ザシャの剣は、刃渡り七十センチ。

「おお、これこれ。ちょうどいい長さ」

エルマーは軽く振りながら、再びアインリッヒの前に立つ。

「狭い室内戦闘のために得物を替えるとは、面白い」

戦闘開始以来、初めてアインリッヒが口を開いた。

「面白い俺に免じて、手打ちにしないか？　俺たちは『赦免状』さえ手に入れられればそれでいいんだ」

「断る」

「頑固だな！　渡してくれれば、コンラート様の不利になる使い方はしない」

「エルマー、あなたはただの冒険者だろう？　依頼主の行動を保証できないはずだ」

「いや、俺の依頼主は……そんなことはしないから」

さすがに依頼主がクルコヴァ侯爵夫人だとは言えない。依頼人に関する秘密厳守は、依頼を引き受けた冒険者として初歩の初歩である。

「判断がつかない以上、私は全力で戦う。どうしても欲しいのなら、私を倒して持っていけ」

「ええい、分かったよ！」

絶対譲らないアインリッヒ、交渉を諦めるエルマー。

同時に間合いを詰め、再びの剣戟が始まる。

しかし、今までとは展開が違った。

攻めるエルマー、守るアインリッヒ。

「ついにエルマーが攻めたよ」

「ついにエルマーの攻めだよ」

嬉しそうにユッシとラッシが言う。

「剣が短くなっただけで、こんなに変わるのね」

「戦いやすそう」

ミサルトが感心し、アンも頷く。

だが……エルマーが持つ剣の、本来の持ち主ザシャだけが違う意見のようだ。

「一見そう見えるが、エルマーは攻めさせられている」

そう見ていた。

「ザシャは剣を取られたからすねてる」

「ザシャは剣を奪われてすれてる」

「すねてねえし、すれてもいねえ！」

ユッシとラッシに混ぜっ返されて怒鳴るザシャ。

「エルマーは積極的に攻めるしかねえんだよ」

「どうして？」

「長く真剣勝負をしていないから、持久力が落ちてる。真剣勝負ってのは、訓練とは全く違って神経を削りながら戦うんだ。それは普段の、何十倍もの疲労を蓄積させちまう」

ミサルトの問いに、顔をしかめながら答えるザシャ。

エルマー同様に前衛職であり、エルマー同様に『空の船乗り』となって剣での戦いから離れた。もちろん、時々は戦う必要に迫られて剣を振るうこともあった。

しかし、強敵との戦闘はあまりなか……。

「あったわ、赤い魔剣の剣士……。いや、あれは例外として、あまり厄介な相手との戦闘もしていないからな。自分の体力が尽きる前に決着をつけたいと思うだろう」

「大丈夫、エルマーが力尽きたら、私たちが倒せばいいんだよ」

「大丈夫、エルマーの敵討ちで、私たちが復讐すればいいんだよ」

「うん、二人は剣士のプライドとかそういうのを学んでくれ」

ユッシとラッシのあんまりな言葉に、ザシャはため息をつきながら苦言を呈した。

戦力の差としては双子の言う通りなのだが、さすがに一騎打ちに水を差す行為だとザシャは思うのだ。それが古い、あるいは勝手な美意識である自覚はあるが……。

「パーティーリーダーで剣士なら、きちんと一騎打ちで倒したいだろ」

ザシャは言う。

無言のまま頷き同意したのは、斥候のアンであった。


その間も、エルマーが攻め、アインリッヒが守る剣戟は続いている。

剣戟においては、攻める方が剣を動かす距離は長い。つまり肉体的疲労は大きくなる。

守る方が精神的消耗は大きい。なぜなら相手の剣の動きを常に把握し続けなければならないから。

結論として、どちらも疲れる。

疲れたらどうなるか？

ミスが出る。

エルマーは、左からの横薙ぎのために大きく右足を踏み出した。

「くっ」

上手く床をグリップできない。

何か小さな物を踏んでしまったのだ。

それが、剣で削ってしまった椅子の破片であると気付く……気付いてしまった。

今は必要のない、戦闘には関係のない余計な思考。

エルマーが剣を替えて以降、ずっと守勢に立たされていたアインリッヒにとっては、千載一遇の好機。

当然、片手突きがエルマーの喉を狙う。

ズブリ。

アインリッヒの剣が貫いた。

だがそれは、エルマーの喉ではなく、大きく広げた左掌。

自分の左手を犠牲にして相手の動きを止めたエルマーは、大きく右足を踏み込む。

ゴンッ。

剣を握ったままのエルマーの右拳が、アインリッヒの顎を下からかち上げる。

吹き飛ぶアインリッヒは……床に落ち、動かなくなった。

「ふぅ……ふぅ……うおっ」

エルマーは息を整えてから、掌を貫いた剣を抜き取る。

それを見て、ザシャは執務机に近付いていった。

「エルマーの勝ちだ。『赦免状』を渡してもらおう」

「はい。主の言葉に従い、お渡しいたします」

白髭の男ボランスはそう答えると引き出しの中から一枚の紙を取り出し、ザシャに渡す。

受け取った『赦免状』を一読するザシャ。確かに一番下に、エルベ公爵コンラートのサインがある。

とはいえ、ここにいる者たちでは、それが本物なのか偽物なのかの判断はつかない。

依頼通り持ち帰れば、クルコヴァ侯爵夫人が鑑定の専門家を準備しているはずなので、そこで判別がつくだろう。


ザシャは一つ頷いて、『赦免状』をアンに渡した。

そしてボランスの方を向いて言う。

「余計なお世話なのは分かっているが……表の軍の降伏勧告を受け入れた方がいい」

「私では判断がつきません。決めることができるのは、アインリッヒ様か守備隊長だけですので」

「ああ……。包囲しているのは第十正規軍だが、司令官のフローラ・ライゼンハイマー殿自らが率いている。あの方は、正規軍の中でかなりまともな人物だと言われている。降伏する相手としては最上の部類だろう。街を荒らしたりはせんと思う」

「……そうですか。守備隊長には、アインリッヒ様が倒されたことは伝えます。それによって降伏勧告を受け入れる判断をするかもしれません」

「そう願う」

ザシャは寂しい表情で頷いた。

「撤収する」

息も絶え絶えながら、リーダーであるエルマーが宣言し、『乱射乱撃』は部屋を出た。

「〈ヒール〉〈ヒール〉〈ヒール〉」

治癒師ミサルトによる連続〈ヒール〉で、左手を治療してもらいながら階段を駆け下りるエルマー。

しかし大きく損傷しているため、回復の速度がゆっくりだ。

「〈エクストラヒール〉ならすぐなのに……」

エルマーが呟く。

ミサルトは治癒師として優秀であり、〈エクストラヒール〉も使える。

使えるのだが……。

「私、魔力量の問題なのか、〈エクストラヒール〉を使うと倒れる一歩手前になっちゃうのよ。普段はそれでもいいけど、この後、城壁を越えて逃げるんでしょう？　そんな状態になったら、皆の足を引っ張っちゃうんじゃないかなと思って、連続〈ヒール〉にしてるんだけど」

「さすがはミサルト、いい判断だ。だいたいエルマーが、左手を犠牲にしないで勝っていれば問題なかったんだ。エルマーが悪い」

「それはあんまりだろう……」

ミサルトが連続〈ヒール〉の説明をし、ザシャがその判断を褒め、エルマーが顔をしかめる。

しかめたまま言葉を続けた。

「それにしても、たった一つの失政でここまで酷いことになるとはな」

「税を誤れば国が滅びる」

エルマーの呟きに反応したのはアンであった。

「酷い法律が作られても、大国であれば揺るがない。でも重税を課せば、どれほど大国であっても傾く。それは国土全てに、民の全てに、影響するものだから」

「アンが長文を……」

「すごく珍しい……」

アンが珍しく長い言葉を紡ぎ、ユッシとラッシが衝撃の大きさからバラバラな言葉を吐き、他の三人は何も言えない。

しばらく無言のまま走り、屋敷を出たところでエルマーが口を開いた。

「アンの言う通りだな」

「正規軍の徴税はあと……二カ月後くらいにはなくなるが……」

「すぐにやめるべきだったんだ。それに一度やってしまったら、民はこう思う。『また、やるんじゃないか』と」

「そうだな。ヘルムート陛下に対する民の信頼は、完全に失われてしまったな」

エルマーもザシャも小さくため息をついた。

暗い話だ。しかも、ここで話し合っても何も変わらない類の。

こんな時、『乱射乱撃』で雰囲気を変えるのはこの二人。

「私たちができることをするしかないよ」

「私たちだけができることがあるよ」

ユッシとラッシが明るい声音で言う。

それを聞いてミサルトとアンが頷く。

男性組のエルマーとザシャは首を傾げる。

「エルマーが生きて戻ったからこそ、できることがあります」

「うん」

ミサルトとアンがそう言っても、やはり男性組にはピンとこない。

「エルマーが死んでたら、アラント公爵領への旅行に行けなかったね」

「エルマーが死ななかったから、アラント公爵領で豪遊できるね」

「うん」

ユッシとラッシが彼女らなりにエルマーの無事を祝い、アンも彼女なりに喜んで頷く。

「あ、ああ、ありがとう」

エルマーは感謝するが……素直に受け入れられないようだ。その理由は、聞こえてきた言葉にあったらしい。

「旅行はいいんだが……豪遊とかいう言葉が聞こえた気がした」

「エルマーが貯えている金でってことだろう」

「第三空中艦隊の出発は、明後日の朝九時。クルコヴァ侯爵領には夜までには着けるでしょう。『赦免状』を侯爵夫人に渡したら、旅行ね」

「わ～い」

エルマーが震え、ザシャが補足し、ミサルトがスケジュールを考え、皆が喜ぶ。

いつになっても『乱射乱撃』は仲の良いパーティーであった。

◆

「やはり偽物か……」

クルコヴァ侯爵夫人マリアは一つ大きく頷いた。

報告書と共に、件の『赦免状』を見る。

侯爵の地位にあるマリアからすれば、それなりに見慣れた物であるため、少し注意してみれば偽物であると分かる。

それでもいちおう、専門家に鑑定してもらった結果、やはり偽物。

しかし、民衆では見分けがつかないであろうほどの偽物。

いや、子爵以下の下級貴族であっても、帝室に連なるコンラートの書類を見慣れてはいないであろうから本物だと思うかもしれない。

「誰がこんなものをばらまいたか」

「隣国ですね」

「十中八九、連合でしょう」

マリアの言葉にフィオナが絞り込み、オスカーが断定する。

『赦免状』を手に入れたという連絡をマリアから貰い、フィオナとオスカーは自領から馬車を飛ばしてやってきたのだ。二人が治めるルビーン公爵領は、マリアのクルコヴァ侯爵領の南に隣接している。

「せっかく、西方諸国に協力して使節団を送っているのに……」

フィオナが小さく首を振る。

「外交……国同士のせめぎあいとはそういうものじゃ。見えるところで握手し、見えないところで力を削り合う。むしろそこを怠ると、自国だけが力を失っていく。政治に携わる者たちは……貴族はもちろん、官僚たちもその辺りは理解しておる」

「はい……分かってはいますが……」

マリアが優しく説明し、フィオナが頷く。

二人とも理解してはいるのだ。国家の政治中枢にかかわる者にとっては常識だから。

だが人として、気持ちのいいものでないのもまた事実。

「もっと正面から正々堂々とぶつかり合う方が、私は好きです」

「……そうね」

フィオナにはっきり言われて、マリアは受け入れた。

「そういえば、『乱射乱撃』の連中は？」

「休暇を申請して、アラント公爵領に旅行に行ったようじゃ」

「……この情勢下に、休暇？」

「エルマーも、メンバーの心の調整に苦労しておるようじゃな」

「心の調整……なるほど」

マリアもオスカーも、『乱射乱撃』の六人を思い出して小さく頷く。

決して悪い者たちではない。ただ、女性組の押しが強く、リーダーのエルマーはその押しに弱い……それだけだ。

ちなみにそういう時、もう一人の男性ザシャは気配を消す。だから『押し』をエルマーが一人で全て受け止めることになる。

冒険者時代、何度か臨時パーティーを組んだことのあるオスカーはそのことを覚えていた。

「しかしこの情勢下で、よく彼らに休暇の許可が下りましたね」

「我が許可した」

「え？　マリア様が？　彼ら……第三空中艦隊は正規軍付きなので、帝都の正規軍本部が許可を出すのではないのですか？」

「うむ、正規軍付きなのだが、第三空中艦隊は母港のある『クルコヴァ侯爵領預かり』とかいう立ち位置らしい。法律や軍制上でどうなっているのか、詳しくは知らんが……まあ、クルコヴァ侯爵である我が、ほとんどの裁量権を持っておる」

「よく、陛下が許可されましたね」

「ヘルムート陛下は、第三空中艦隊に重きを置いておらんのじゃ。その目は、陸上にばかり注がれておる」

「ああ、そういうことですか」

少しだけ寂しそうな表情で答えるマリア、理解して頷くオスカー。

重きを置いていないからこそクルコヴァ侯爵預かりにしているし、使い方も今回のように正規軍の移動用船としてだけなのだろう。

それは変な使われ方をしないという安心感と共に、軽く見られているのは寂しいと感じる……空中艦隊は、十数年にわたってこのクルコヴァ侯爵領で開発してきたものでもあるから。

そんな時に、扉がノックされてノルベルト騎士団長が入ってきた。

「マリア様、大変です。コンラート様が、大逆罪で逮捕されたとのことです」

「なんじゃと……」

絶句するマリア。

言葉を発することができないフィオナとオスカー。

この場にいる者たちが恐れていたことが起きた。

しかし、言葉を発することができなかったのは、数瞬。

フィオナが真っ先に動く。

「マリア様、私は帝城に行きます」

「ヘルムート陛下に会いにですね」

「はい。できればお二人に会いたいですが……」

ここで言う二人とは、新帝ヘルムートと逮捕されたコンラート。二人は、フィオナの同母兄なのだ。

話せば分かる……とまでは言わないが、フィオナの心の奥底には兄たちに対する理屈ではない信頼がある。少なくとも会って話せば、何かが変わる可能性があるのではないかと。

マリアは、フィオナのその心根を美しいと思いながらも、悪い可能性も考える。

だからオスカーの方を向いて言った。

「オスカーもフィオナ様に付いていった方がいい」

「はい」

間髪を容れずに頷くオスカー。

オスカーもマリアと同じことを考えていたのだ。フィオナに対しても、何かあるかもしれないと。何かあってからでは遅いと。

完全に客観的に見た場合、新帝ヘルムートにとって逮捕したコンラートの次に気にかけるのはフィオナだ。この気にかけるは、必ずしも良い感情ばかりではなく、ライバルと言い換えてもそれほど違わない言葉。

そんなフィオナを一人で帝都に、それどころか帝城に行かせるのはあまりに無謀。しかし、少なくともオスカーがいれば……フィオナとオスカーを同時に相手にして倒せる者など、そう多くはない。

「ノルベルト、一番速い馬車を用意して。帝都まで、途中で馬の交換も手配を」

「畏まりました」

「ありがとうございます、マリア様」

頭を下げるフィオナ。

そんなフィオナの手を取ってマリアは言う。

「フィオナ様、絶対に無事にお戻りください」

◆

デブヒ帝国帝城。

その廊下を歩く一人の女性。皇帝ヘルムートの執政マルティナ・デーナー。

ハンス・キルヒホフ伯爵が去った今、帝国の行政を取り仕切る立場にある。その高い能力を疑う者はおらず、執政になるまで、その評価に値する結果を出してきた。

表情の浮かばない彼女の顔からは、何を考えているのか第三者にはうかがい知れない。

しかし、その頭の中では……。

(また陛下の暴走！　あれだけ、コンラート様には手を出すな、放っておくべきだと言ったのに……。ああ、あの時の納得していない目は、こういう意味だったってことね。確かに、コンラート様が怖いのは分かる。本人の能力はもちろん、エルベ公爵領軍は強力。何より指揮官の質が高い……高すぎる。領軍主力は三万と言われているけど、これだって実数はもっと多い。それを優秀な指揮官たちが率いれば……十倍の三十万の帝国正規軍でも不覚を取るかもしれない。ええ、厄介

な相手、それは認める）

いろいろ考えながらも、マルティナの表情はほとんど変化しない。

足取りも変わらない。

（でも強力で厄介な相手だからこそ、今、手を出すべきではないと何度言ったか。西方諸国への帝国使節団の団長にしようとしたのも、途中で殺すためだった。ルパート陛下が、団長に名乗りをあげられたので頓挫したけど……当然ルパート陛下は、コンラート様を殺す狙いを理解されて手を挙げられた。そりゃあ、バレバレよね）

心の中だけでため息をつく。

人目につく場所でため息をついたりはしない。彼女は帝国執政……新帝ヘルムートに次ぐ権力者だ。常に誰かに見られていると考えるべき立場なのだから。

（今回の、帝国各地で起きている反乱。コンラート様による『赦免状』とかいうものが出回っている……もちろん偽物でしょう。おそらくは連合、オーブリー卿あたりの策動。やった方も、それほど本気ではなかったはず。上手くいけばラッキー、上手くいかずとも損にはならない……おそらくはその程度。だけど、陛下はコンラート様を逮捕した。策に乗った……策だと分かっているのに）

そこが大きな問題なのだ。

策だと分かっているのに、ヘルムートはそれに乗った。乗って自分の最大のライバルである弟コンラートを逮捕した。

実は、皇帝による弟の逮捕、処刑はデブヒ帝国においてはよくあることでもある。

先帝ルパート六世も二十代で帝位に就いて以降、多くの兄弟を死に追いやった。反逆する可能性があるから、先手を打った……当時も今も、ルパートはそう答える。

しかしルパートは、状況を整えた上で行った。

それに対してヘルムートは、状況を整えた上でとはとても言えない。マルティナは執政であるから、最もそのことを知っている。

皇帝が弟である公爵を、大逆の罪で逮捕した。

その事実は、帝国全土はもちろん、中央諸国全体に影響を及ぼす。策を仕掛けた連合は、次の段階の手を打ってくるだろう。もう一つの大国、王国もなんらかの動きを見せる可能性が高い。

帝国の軍事力が連合や王国よりも頭一つ抜け出ているとはいえ、もしも内戦状態になったりすれば厄介なことになる。

今の反乱は、まだいい。実は、帝国全体から見れば大したことではない。

民衆や下級貴族たちが、散発的に暴動を起こしている……その程度の話。確かに数は多いが大丈夫だ。

(まとめる者が出てくる前に鎮圧する)

それが基本方針。

もちろんマルティナも、この反乱の根本原因が正規軍による徴税にあることは分かっている。

正規軍による徴税導入前、ヘルムートからその考えを聞いた時、当時の執政ハンス・キルヒホフ伯爵と共に反対した。

マルティナ自身は、十年以上ヘルムートに仕えている。第一皇子として皇帝ルパートから領地を任された頃から、ヘルムートを支えてきたと言っても過言ではない。

昔から、ヘルムートの行政能力、バランス感覚は優れていた。将来、皇帝となれば、もしかしたら名君とさえ呼ばれるかもしれない……それほど高く評価していた。

そんな時代を知っているマルティナからすれば、ヘルムートが正規軍による徴税案を導入しようとしたのは何かの間違いだと思った。

そんなことをすれば、貴族からも民衆からも反発される。

それも尋常ではない反発を受ける。

ハンスと共に、言葉を尽くして説明した。考え直してくれるように懇願した。

だが、勅令として発せられた。

……絶望した。

ヘルムートはハンス・キルヒホフ伯爵を執政から解任し帝城から追放したが、マルティナもその時、帝城を去ろうと思った。ヘルムートは、もう自分が知っている、長く仕えてきた人物ではなくなったのだと感じて。

しかし、去れなかった。

彼女が去っても、誰かが執政の座に就き、このヘルムートを補佐しなければならないのだ。

その誰かよりはまだ自分の方が、ヘルムートが誤るのを修正できるのではないか……そう考えた。

そう考えてしまった。

考えるしかなかった。

だから残った。

案の定、正規軍による徴税は悲惨な結果となりつつある。

さらに彼女の知らないところで、王国のアベル王にも襲撃の手を伸ばしていたらしい……。

度重なる暴走。

もちろん、今では、なぜヘルムートが無謀とも思える暴走をしたのか、その気持ちは分かっている。

偉大なる先帝を超える……そのために、先帝が成し得なかった王国領土を手に入れる。

ただこの一点。

この一点のために、強力な軍隊を、できるだけ早く構築したい。

この一点のために、アベル王を亡き者にし、王国を揺るがせたい。

この一点のために……ライバルであるコンラートを消しておきたい。


二日後。

執政執務室で仕事をしていたマルティナに、補佐官が報告した。

「ルビーン公爵フィオナ様とご夫君ルスカ伯爵オスカー様が、陛下に面会を求められました。ですが陛下は、お会いにならないとのことです」

「ああ……フィオナ様。そうね、フィオナ様なら真っ先に来られるでしょうね」

マルティナは小さく何度も頷く。

先帝ルパートの第一皇妃フレデリカが産んだのは三人。新帝ヘルムート、逮捕されたコンラート、そしてフィオナだ。

　第十一皇女であるフィオナを産んだ後、フレデリカは亡くなった。だから先帝ルパートはフィオナを溺愛していたのだが……。

「フィオナ様だけじゃなくて、オスカー殿……爆炎の魔法使いも一緒に来ている辺りが、重いわね」

　オスカーが、フィオナの護衛的立場で来ているとマルティナは理解した。

　そしてそうであるなら、ヘルムートの思考もこの後の展開も、彼女らは読んでいるのだと分かる。

　あるいは……。

「お二人だけではなくて、クルコヴァ侯爵夫人マリア様も動かれているのでしょう」

　フィオナとオスカーが、マリアと深い縁があることはマルティナも知っている。

　フィオナは十歳で、マリアが主宰していたサロンにデビューし、その頃から冒険者であったオスカーはマリアに護衛として雇われていた。どちらも有名な話だ。

　そして、フィオナが治めるルビーン公爵領は帝国南東部、マリアが治めるクルコヴァ侯爵領は帝国東部にあり、この二つは隣接している。

「この状況で、陛下も東を敵に回すつもりはないのでしょうけど……」

　マルティナはそう呟くと、立ち上がった。

「ヘルムート陛下の所に行ってきます」

　新帝ヘルムート八世は、いつものように書類にサインをしていた。

「どうしたマルティナ」

「陛下、フィオナ様の面会を断られたとか」

「ああ」

　マルティナが確認すると、すぐにヘルムートは視線を逸らした。

　ヘルムートにとって、好ましい話題ではないということだ。

「陛下……」

「分かっている、フィオナに会えと言うのだろう。だが、会わぬ」

ヘルムートは頑なに拒む。

「今回の各地での反乱、出回っているコンラートの『赦免状』は偽物だと言うであろう」

「はい」

「それは分かっている」

「陛下……」

「分かったうえで、コンラートを逮捕した。全ては、帝国の安定のためだ」

ヘルムートの表情は変わらない。

決断を下したのだ。今更後悔したりはしない。

「マルティナ、改めてフィオナに、会わぬと伝えてくれ」

「……畏まりました」


帝城内、フィオナの部屋。

第十一皇女であった時代の部屋が、今もフィオナの部屋として残されている。臣籍降下したとはいえ、現皇帝の妹であり公爵でもあるため、専用の部屋はあるのだ。

「申し訳ございません、フィオナ様。陛下はお会いになれないとのことです」

「そうですか」

マルティナの言葉に、寂しそうな表情で頷くフィオナ。

一度面会を断られたものの、人脈を生かしてなんとか面会を取り付けようとしていたのだが……執政であるマルティナに、改めてそう言われれば諦めるしかない。

「陛下も……いえ、ヘルムート兄様も分かっていらっしゃると思いますが、出回っている例の『赦免状』なるものは偽物です」

「はい……」

「各地で頻発している反乱も、連合のオーブリー卿が裏で糸を引いています」

「はい……」

「それでも、コンラート兄様の逮捕は覆らないということですね？」

「申し訳ございません」

そう繰り返すしかないマルティナ。

その言葉を聞いて小さくため息をつくフィオナ。

事ここに至っては、フィオナも認めざるを得なかった。本気でヘルムートが、コンラートを処刑しようとしていることを。

どうしても認めたくなかったのだが……。

「帝国が割れて喜ぶのは、連合と王国なのに」

フィオナはそう呟くと、オスカーを伴って部屋を出ていった。

後に残されたマルティナは、何も言えなかった。

◆

帝都からルビーン公爵領に戻る馬車の中、フィオナとオスカーが話し合っている。

「コンラート兄様の領地、エルベ公爵領は元のウォーラタール伯爵、ゲミュンテン伯爵の領地です。そこは帝国西部の要。直接外国に接してはいないけど……」

「西方の抑えとしてエルベ公爵領は非常に重要だ。よしんば、陛下がコンラート様の誅殺《ちゅうさつ》を計画されているのだとしても、今このタイミングでやるのは良くない」

「師匠、今だろうがいつだろうが、コンラート兄様を死なせるのはよくありません」

「あ、いや、そうなんだが……」

フィオナが怖い顔になって指摘し、オスカーは受け入れる。

そう、フィオナにとっては、ヘルムートもコンラートも大切な兄だ。

「まあ、とにかくエルベ公爵領は、北西部のアラント公爵領と並んで帝国西の要だ」

「はい。そのアラント公爵領に隣接して、お父様が隠棲されたギルスバッハの街があります」

「先帝ルパート陛下も重要な地域であることを理解されていたから、ギルスバッハに隠棲されたのだろう」

「そういえば北西部のアラント公爵領に、師匠の知り合いの方々が行かれてるんですよね」

「ああ……『乱射乱撃』の六人だな。騒がしくなるのはエルベ公爵領だろうから、大丈夫だとは思うが……」

フィオナの指摘に、首を傾げるオスカー。

しかしそれ以上に……帝国の西方といえば考えるべきものがある。

「西方への使節団が巻き込まれた騒動がある」

「そうですね。これまでは、帝国とは関わらなかったので、あまり考える必要がなかった回廊諸国」

「そうだ。王が代わり支配階級も代わった。新たな支配階級となった騎馬の民なら、回廊諸国最東アイテケ・ボから帝国領まで、決して届かない距離じゃない」

フィオナの言葉に、オスカーも同意する。

以前の回廊諸国とは違う。

強力な王。機動力のある支配階級と新たな民。

そこに隣国たる帝国が隙を見せたとなれば……。

「帝国ほどの力を持つ国に、強力な騎馬の民とはいえ攻撃してくるでしょうか？」

フィオナの副官兼侍女長であるマリーが疑問を呈する。

「そう、普通ならあり得ない。でも、騎馬の王……アーン王が帝国への復讐心を抱いているのは公然の事実らしいの。彼のおひざ元、シュルツ国では一般大衆すら知っているそうよ。復讐心は、決して甘く見ていいものではないわ。時に、理性を上回ることもあるから」

「一国の王が、感情に流されるのは愚かだという者たちがいる。だが、王の感情は民に伝染する。民の激情は、国を大きく動かす契機となり得る。そんな民の激情を率いて、分裂した王国を再統一した国王がいるだろう？」

「ナイトレイ王国のアベル王……」

オスカーの説明と問いに、マリーは生唾を呑み込みながら答えた。

あの戦争の最終盤、目の前のオスカーと、王国の水属性の魔法使いとの激戦を思い出したからだ。

あれこそ、人外の戦い。

「アーン王……伝え聞く限り、決して隙を見せていい相手ではない」

オスカーの言葉に、フィオナもマリーも頷くのであった。

◆

帝城第三尖塔……別名、囚人の塔。

高貴な身分の者を捕えておくための牢獄。そこには、エルベ公爵コンラートが捕えられている。

もちろん、鎖などで縛られているわけではない。それどころか、魔力を封じるための物も設備も、何も準備されていない。

「コンラート様……」

「ランド、そんな顔をするな。まあ思った以上に強引ではあったが、いずれはこうなるだろうと言っておいたろう?」

コンラートの補佐官ランドが悔しそうに言い、コンラートは全く反対にあっけらかんと言い放つ。

コンラートにとっては、あるかもしれないと思っていた新帝ヘルムートの行動である。

もちろん何も起こらずに時間が過ぎ、コンラートは自領経営に専念し、ヘルムートは帝国の運営に専念する……それが理想ではあった。

別にコンラートは、積極的に皇帝位を手に入れようと思ったことはない。

もちろん向こうから勝手に転がってくれば、手に入れるのもやぶさかではなかったが、例えば兄であるヘルムートを弑逆《しいぎゃく》してまで手に入れたいかといわれれば、明確に否だった。

しかし、状況はコンラートの考えなど無視して動いた。

帝国各地で暴動がおこり、それらがやがて反乱になり……コンラートが署名したと言われる『赦免状』なるものが出回る。

そして、帝都にいたコンラートは大逆罪……つまり皇帝への反逆の罪で逮捕された。

「それにしても策がかぶったな」

コンラートは苦笑しながら言う。

「策?」

「帝国各地での反乱、後ろで糸を引いているのは……いや、もしかしたら焚きつけただけか? まあ、連合のオーブリー卿の策だろう。私が出したと言われる『赦免状』なるものも見た。わざわざ持ってきた貴族がいたからな。微妙に本物っぽく……だが見慣れた者なら、すぐに偽物だと分かる程度のやつだった」

「オーブリー卿ほど策略に長けた人物であれば、専門家以外にはばれないような物を作れましょう?」

首を傾げるランド。

「そう。つまりわざと、そんなちょうどいい品質にしたということだ」

「わざと、ですか？　なぜでしょうか」

「陛下を策に乗せるためさ。帝国の上級貴族たちは、『赦免状』が偽物であると見抜ける。だから、それを根拠に私を逮捕した陛下は、全てを分かったうえで逮捕した……私を排除することをついに決断したのだと判断できる。まあ陛下は、私を排除する機会をずっと探していたからね。一番シンプルなのは、西方諸国への使節団として送り出して、国外で死なせることだったんだけど……父上のせいでそれは失敗した」

「コンラート様……」

「大丈夫だランド。いろいろと機会を探し、準備してきたのは陛下だけではない。私も準備してきた……その策が、オーブリー卿とかぶったが」

「ですが、この囚人の塔の中では……。本当に脱出されないのですか？」

「当然だろう。陛下が狙っているのは、私が脱獄することだ。そうすれば、大手を振って討伐できるからね。そのために、魔力を封じることなく、脱獄しやすい環境になっている。そんな手に乗るのはもったいないだろう？」

「しかし……」

「今の状況だと、帝国内の有力者たちは、陛下が私を排除しようとしている……そう理解しているはずだ。そして、他はどう動くかと探っている。勝ち馬に乗ろうとな」

コンラートは、むしろ面白そうに解説する。

自らの命が、いつ絶たれるともしれない状況なのに。

「これが、ヘルムート陛下でなく父上であったなら……一瞬の躊躇もなく、帝国貴族全員が父上側についたろう。でも陛下の影響力と評価は、まだそこまではない」

そこで、コーヒーを一口飲む。

聞いているランドは、何も口を挟まない。

「陛下が、私を西方諸国への使節団に入れたかったのは、途中で殺すためだ。だけど、父上が名乗りを上げた。そして、私は帝国に残った。邪魔者である私を消すには、使節団が戻ってくるまでに全てを終わらせる必要がある。だから、このタイミング。まあ分かるけれど……処刑されるのは、ちょっとまだ嫌だね。だから、使わないですめばそれに越したことはないと思ったけれど……私にも準備していた策がある。それを発動させることになりそうだ」

◆

フィオナとオスカーが帝都を去って二日後。帝城に急報が届いた。

「申し上げます。北部において先のクルーガー子爵、リーヌス・ワーナーが反乱を起こしました」

「リーヌス・ワーナー？　前ミューゼル侯爵の嫡男か。三年前の戦争で……ああ、連合と戦いその捕虜になっていたな。生きていたか」

報告に、新帝ヘルムートは苦虫を噛み潰したかのように顔をしかめる。

三年前の、ナイトレイ王国への帝国軍侵攻を指揮したのが前ミューゼル侯爵であり、作戦を立てたのが息子のクルーガー子爵リーヌス・ワーナーであった。

前ミューゼル侯爵は戦争の終盤、連合が占領したイブン・バンクの街を襲撃し、『黒い粉』と精製所が連合の手に渡らないように戦った。その際、自身は戦死し、リーヌス・ワーナーは連合に捕まった。

帝国は、戦死した前ミューゼル侯爵に帝国最高勲章を授与し、次男イグナーツにミューゼル侯爵家の相続を認めた。新たなミューゼル侯爵となったイグナーツは、争いごとを好まない穏やかな性格であると言われ、中央の政治から距離をおいている。

「北方に、正規軍はいるか？」

「はい。第十五正規軍が配されてございます」

新帝ヘルムートの問いに、執政マルティナ・デーナーが答える。

「よし、その第十五正規軍にリーヌスを攻撃させよ。できる限り速やかに排除せよ」

「畏まりました」

その時は誰もが、この反乱は簡単に鎮圧されると思っていた……。

四日後。

「報告いたします！　第十五正規軍、壊滅……」

「なんだと？　どういうことだ！」

報告に、思わず怒鳴った新帝ヘルムート。

当然であろう。

リーヌスの反乱軍は、七百人程度と報告を受けている。それに比べて、第十五正規軍は一万五千人。

それも正規軍だ。

装備も練度も一流。

万が一にも負けることなどあり得ない！

だが、その万が一が起きた？

「未確認の報告ですが、第十五正規軍から裏切り者が出たとの情報が……」

「馬鹿な……」

ヘルムートは絶句した。

帝国軍から裏切り者が出た？　そんな馬鹿なことがあり得るか。この数十年、そんな話は聞いたことがない。

しかし……。


帝国軍は、まだ自分には完全に従っていないのではないか？　帝位について二年。完全に軍を掌握したと、自信を持って言えるかと問われれば……。

確かに、父である先帝ほどではない。であるならば、裏切り者が出るのも……。

まさか、他の帝国軍にも……？

その疑念は、ヘルムートの心を少しずつ侵食していった。


さらに二日後。

「申し上げます。帝国南部において、先のモールグルント公爵の遺児ロルフを旗頭に、反乱が起きたとのことです」

「またか……」

執政マルティナ・デーナーの報告に、うんざりとした表情でヘルムートは呟いた。

未だに、先に起きたリーヌス・ワーリーの反乱は、片付いていないのだ。第十五正規軍が敗れ、新たに帝都に駐留していた第二正規軍をまわしたばかり……。

そこに、また同じような反乱が起きた。

モールグルント公爵は、三年前の王国侵攻の終盤、帝国内で反乱を企てたとして、先帝ルパート自らが亡ぼした最後の大物ともいえる大貴族であった。

そのモールグルント公爵領は帝国南東部であり、その一部は現在、フィオナが治めるルビーン公爵領に入っている。

「どの軍をまわせる？」

「位置的には、第九正規軍が適当かと……」

ヘルムートの問いに、マルティナは答える。

彼女の頭の中には、全正規軍と全魔法軍の配置、ならびに内情が詳細に記憶されている。

「なら、第九軍をまわせ」


リーヌスの反乱、第十五正規軍の壊滅、さらにモールグルントのロルフの反乱情報は、全て捕らわれているコンラートの元にも入ってきた。

「ふむ、悪くないな。オーブリー卿の策と相まって、ここまで情勢が不安定化すれば、そう簡単には私を殺せないだろう」

「ようございました」

コンラートの言葉に、ランド補佐官は嬉しそうに頷いた。

この状況下で、もしコンラートを処刑すれば……間違いなく、コンラートの領地エルベ公爵領は反乱を起こす。

公爵領には、コンラート子飼いの部下たちが多くいる。彼らが、敬愛する主人を殺されて唯々《いい》諾々《だくだく》と従うわけがない。おそらく、積極的にリーヌスやロルフの反乱軍と連携をとるだろう。

さすがにそれは、新帝ヘルムートとしても避けたいはずだ。

問題が多発している時に、さらに問題を増やそうとする為政者などいない。少なくともある程度落ち着くまでは、おとなしくしている者に手を出すことはないだろう。

それがコンラートの読みであった。

「ロルフの対処に回されるのは想定通り、第九正規軍。

さて……兄上の心、どこまで耐えられるか」

コンラートが浮かべた笑みは、とても無邪気なものであった。


さらに二日後。

「報告いたします！　第九正規軍が消滅いたしました」

「……は？」

理解できない報告に、ヘルムートは思わず間の抜けた返事をした。

「消滅、だと？」

「はい。全軍が霧散し……誰も残っておりません」

「そんな馬鹿なことが……」

裏切り、霧散……。

ヘルムートは、帝国軍への信頼を完全に失ってしまった。

◆

「ルビーン公爵領軍、全ての配置が完了いたしました」

「ご苦労」

オスカーの副官兼ルビーン公爵領軍司令官代理であるユルゲン・バルテルの報告に、短く頷くフィオナ。

「ですが、本当によろしかったのですか？　領内全て完全臨戦態勢となると、ヘルムート陛下から何か言われるのでは？」

フィオナの副官兼侍女長である、マリーが問う。

「問題ない。リーヌス・ワーナーとロルフの反乱への備えと共に、新たな反乱が起きるのを抑止するためと言っておけばいい」

オスカーは表情も変えずに答えた。

「盤石に見えた帝国が、わずか数週間でこんなことになるなんて……」

フィオナは小さく首を振りながら呟く。

「こうなると、皇帝十二騎士が揃っていないのも痛いな」

「皇帝十二騎士？」

オスカーの呟きに、フィオナが反応する。

皇帝十二騎士とは、皇帝が任命する、皇帝を守る十二人の最高の騎士たちである。その一人ひとりが、まさに一騎当千。

いつの時代においても、全ての帝国民の憧れと言っても過言ではない。

「皇帝陛下の身に迫る危険を、力によって打ち払うのが皇帝十二騎士。今の状況が進めば、必ずや皇帝陛下に直接の害を及ぼそうと考える者たちが出てくるはずだ。それを守る者が……少ない」

「父上の……先帝ルパート陛下の皇帝十二騎士は、慣例により全員外れました。皆、貴族となって領地へ。新たに任命されたのは……まだ四人？」

フィオナは、新たな皇帝十二騎士を思い浮かべながら答える。

「本来、急いで選ぶようなものでもないからな。数年かけて、ふさわしい騎士が見つかれば任命するという形で問題なかったのだ。これほどに荒れなければ……」

オスカーは小さく首を振ってから、今後の予想を述べ始めた。

「この先、帝国全土の治安が悪化するだろう。おそらく、東部とこの南東部を除いて」

「え？　それはどういう意味……」

オスカーの言葉に、首を傾げるフィオナ。

帝国全土の治安が悪化するのは分かる。だが、なぜ東部と南東部を除くのだろうと。この二地域だけが例外になる理由が、フィオナには思いつかないからだ。

「南東部は、このルビーン公爵領が中心を占める。東部は、隣接するクルコヴァ侯爵領が中心ともいえる地域。クルコヴァ侯爵夫人とフィオナの関係を知っていれば、侯爵領にも手を出してこないだろう」

「関係を知っていれば？　反乱者がそんなことを考えるとは思えませんけど？」

オスカーの説明に、やはり首を傾げたままフィオナは問いかける。

「今回の反乱、後ろで糸を引いているのは、おそらくコンラート様だろう」

「まさか！　あの冒険者たちが手に入れてきた『赦免状』は、コンラート兄様の筆跡ではありませんでした。それなのに？」

「そう、それなのにだ。これまでの各地の反乱と、リーヌス・ワーナーならびにロルフの反乱は性質が違う。

先の多くの反乱は、帝国全体の力を削ぐためのものだ。

だが後の二つの反乱は、明確にヘルムート陛下とその軍を狙ったもの。第十五正規軍の敗北も、第九正規軍の消滅も、最初から計画されていたものだろう。そんなことができる人物は、帝国広しといえどもそう多くはない」

「それが……コンラート兄様」

オスカーの説明に、フィオナは顔をしかめる。

ヘルムートがコンラートを捕らえて、『囚人の塔』に入れたのは知っている。

いずれ処刑するつもりであろうことも分かっている。

だがそれでも……ヘルムートを憎むことはできないし、コンラートを糾弾することもできない。

どちらも、フィオナにとっては兄であるから。

「コンラート様が糸を引いているのなら、フィオナを敵に回すことは避けるだろう。ここルビーン公爵領はもちろん、クルコヴァ侯爵領でも、手を出せばフィオナは敵に回るだろう？」

「もちろんです」

オスカーの問いに、フィオナはすぐに頷く。

クルコヴァ侯爵夫人は、フィオナが昔から慕っている人物であり、帝国で最も信頼する貴族ですらある。彼女のためなら、フィオナは全力を尽くすだろう。

さらに侯爵夫人は、オスカーが若かりし頃、お世話になった人物でもある。そうであるならオスカーも、フィオナを助勢こそすれ止めたりはするまい。

もちろん、クルコヴァ侯爵領の戦力は、決して弱いものではない。

帝国内でも有名な騎士であるノルベルト騎士団長率いるクルコヴァ侯爵領騎士団は、精強で知られる。侯爵夫人の薫陶を受けて、侯爵領の騎士は、武、知、教養を身に付けたものばかり。

多くの貴族が憧れる騎士団の一つでもある。

そんなクルコヴァ侯爵領には、帝国でも唯一の身分不問の学校群があり、大学まで存在し、一種の学術都市を形成している。学術都市サンスーシーと呼ばれ、十年かけて侯爵夫人が私財を投じて造った。

三年前の王国侵攻終盤、隣接するモールグルント公爵領は、公爵領軍と皇帝率いる帝国軍の激しい戦いの戦場となった。

しかし、クルコヴァ侯爵領は戦火を免れた。そのため発展は止まらず、今では帝国東部で最も発展した地域となっている。それは、フィオナのルビーン公爵領すら上回る。

「この公爵領とクルコヴァ侯爵領は、絶対に守ります」

フィオナの固い決意に、オスカーも頷くのであった。

◆

帝城第三尖塔……囚人の塔。

コンラートは、未だ捕らわれの身だ。

「コンラート様、一つお尋ねしたいことがあるのですが」

「どうした、ランド」

コンラートの補佐官ランドは、何か分からないことがあるらしい。

コンラートが補佐官に任じているのだから、頭の回転が速く仕事ができるのは当然。しかし基本的に、ランドは善人だ。そのため、いわゆる権謀術数には詳しくないし、そちらをあまり得意としない。

もちろん、コンラートとしてはそれで全く問題ない。

むしろ好ましいとすら思っている。

魑魅魍魎《ちみもうりょう》が跋扈《ばっこ》する帝城。領地に戻ってからも、常に安全が保証されているわけではないコンラートの立場。

そんな環境に置かれているコンラートにとって、ランドの、場合によっては抜けたとすら言える善人な部分は、傍らに置いていても心休まるものだから。

「はい。先日、帝国第九正規軍が『消滅した』との報告があったのですが……。戦って壊滅でも、敗走でもなく、消滅というのは……どうやって消滅したのかと」

「ああ、それか。別に、魔法などで消えたわけではないぞ。金をばらまいただけだ」

「お金を、ばらまいた？」

「ああ。軍を抜ければ大金をくれてやると言ってな。それで、全員が軍を抜けた。結果、第九軍は消滅した」

ランドの問いに、コンラートはなんでもないことのように答える。

「なるほど。ですが、帝国軍の給金は、それほど低くはないでしょう？　軍を抜けたら、これから先の収入は無くなるわけで……」

「そうだな。四十五歳までは軍に所属できて、給金は貰えるからな。だから、給金で貰える以上の金額はくれてやったな。確か、一人一億フロリンだったはずだ」

「い、一億フロリン……」

ちなみに、帝国軍一般兵士の年間の給金が、二百万フロリン。

その五十年分。

「第九軍は一万五千人……つまり一兆五千億フロリンものお金を……」

ランドは息も絶え絶えに言う。

「なんだ、計算したのか？　さすがランドだ」

コンラートはあっけらかんと笑っている。

「その……お金は、コンラート様ご自身の……？」

「ああ、もちろんだ。公爵領の金には手を付けていないから安心しろ」

「コンラート様の補佐官を五年以上務めておりますが
……失礼ながら、それほどのお金をお持ちとは知りませんでした」

「まあ、母上の遺産を投資して増やしたものの一部だ。大した額ではない」

「いやいや……公爵領の年間予算ですら三兆フロリンですぞ？」

「なんだ、たった半分じゃないか。やっぱり大した額じゃないな」

冷や汗をかきながら言うランドと、笑いながら答えるコンラート。

「金は使ってこそ、その価値が生まれる。貯め込むのは……何かあった場合でも対応できると安心はできるが、それだけ。使ってこそ金は生きる。その辺りは、父上は非常に上手かったよな。好景気と不景気を、必要に応じて使い分けていらっしゃった。帝国臣民の感情を上げる時には好景気を、戦争に向かわせる時には不景気を。ヘルムート兄様は、そういう使い分けが上手くないよな」

コンラートは、口をへの字にしながら言う。

帝国にしろ公爵領にしろ、金が上手く回るように運営することが肝要なのだ。稼いだり貯め込んだりすることが目的ではない。

税として取り立てて分配という、公爵領が間に入る方法も悪いとは言わないが……。

理想は、民や商会に喜んで金を使わせること。

嬉しい、楽しいと感じさせながら自発的に使わせること。

公爵領の介入なしに金が回る仕組みをつくる。

それが、本来の統治者の役割。

コンラートは、そう理解していた。

「ヘルムート兄様はその辺りの理解が乏しい。だから、人から好かれない……」

その呟きは、傍らのランドにも聞こえなかった。


弟コンラートから、厳しく評価されている新帝ヘルムート八世。

だが彼は、決して無能ではない。無能な人間が、皇帝位に就けるわけがないのだ。二年間といえども。

もちろんヘルムートは、生まれて物心ついた時から、いずれは皇帝にと考えていた。

それは否定しない。

当然であろう。

父は皇帝ルパート六世、母はその第一皇妃。そして、自分は第一子、しかも第一皇子。

これで帝位を望まぬ者など、いるはずがない!

その後も、望むに値するだけの実績を出してきたつもりだ。

しかし、それでも必ず言われる言葉があった。

『ルパート陛下は偉大な皇帝』。

そう、父は偉大な皇帝だ。それは事実だ、認めよう。

問題なのは、その先だ。

言った人間は、心の中でこう続けている。『それに比べて、ヘルムート陛下はまだまだ』。

それは、ヘルムートの被害妄想だったのかもしれない。

だが、ヘルムート自身が、嫌でも理解していた。父である、先帝ルパート六世には遠く及ばないと。

どこが、ではないのだ。

何が、でもないのだ。

全てが……なのだ。

決して、ヘルムートは無能ではない。おそらく、歴代の皇帝たちと比べても、十分平均以上の能力、資質を有している。

だが、周囲が比べる相手は歴代の皇帝ではない。部下、民、周辺諸国が比べる相手は、先帝ルパート六世。

だからこそ、ヘルムートは焦った。

評価を変えるにはどうすればいいか？

先帝ルパートができなかったことをやる、失敗したことを成功させる。

そう、それが基本。

偉大なる先帝ルパート六世は多くのことを成し遂げた。

失敗らしい失敗もなかった。

側近の者たちだけが知っている、成し遂げられなかった例はあるだろう。失敗もあるだろう。しかし、それでは意味がないのだ。

帝国臣民、全員が知っている失敗が必要……そんなものは、長い治世の中でもたった一つしか思い浮かばない。

王国への侵攻。

そう、それしかない。

ならば新帝ヘルムートが先帝ルパートを上回るには？

ルパートですらなしえなかった、ナイトレイ王国の征服、あるいは領土奪取。

これを成せれば、先帝ルパートを上回ったと言える。

だがさすがに、力ずくで現在の王国に攻め込むのが無謀であることは、ヘルムートでも分かる。

だからこそ、アベル王を襲わせた。

殺せれば、未だ盤石とはいえない王国は揺らぐはずだ。後継者はまだ三歳。王室を支えるべき貴族たちも、まだ育ちきっていない。

征服までいかずとも、いくらかの領土は奪えるはず！

ルパートですら、王国の領土は一ミリも奪えなかった。もしわずかでも奪えれば、自分への評価も……。

だから、正規軍に徴税権を与えて、軍事力の強化を優先させた。

だから、アベル王を襲撃させた。

……だが、失敗した。

そうなると、帝国内の情勢が気になり始める。

ヘルムートの地位は、盤石には程遠い。

自分のライバルたちが、アベル王襲撃の失敗をあげつらって、帝国貴族たちを煽るのではないか。自分に、反旗を翻すのではないか。

その最右翼は、弟コンラート。

エルベ公爵コンラート。未だ二十三歳でありながら、多くの子飼いの部下たちを抱えている。先帝ルパート六世の第三皇子で、自分同様、第一皇妃の息子。

他に第一皇妃の子供は、末の妹フィオナのみ。フィオナは、明確に皇帝位を望まないと先帝ルパート六世に告げたという報告を受けている。

そもそも、フィオナを敵に回すのは絶対に避けなければならない。

なぜなら、フィオナを敵に回すということは、夫であるオスカー・ルスカ伯爵を敵に回すということだから。冗談抜きで、帝国全軍を敵に回すよりも、オスカーを敵に回す方が恐ろしい。

だから、フィオナが帝位を争う相手にならなかったことを、ヘルムートは心底喜んだ。

そこで、ヘルムートの思考は途切れた。

「申し訳ございません、陛下。火急の報告が……」

珍しいことに、執政マルティナ・デーナーの声が、僅かながら震えている。

「申せ」

「本日正午、アラント公爵ジギスムントが反逆。公爵領政庁に赴いていた第三正規軍司令官イーヴォ将軍らが、殺害されたとのことです」

「なん……だと……」

これは、完全にヘルムートの想像外の報告であった。

正直、リーヌスやモールグルントのロルフのような、新たな反乱の可能性は考えていた。

だが……ジギスムント？

あり得ないだろう。

絶対にあり得ない。

ジギスムントが反逆するくらいなら、むしろフィオナが反逆する可能性の方が高いくらいだ！

「その情報は、確かか？」

ヘルムートは、あえて尋ねる。

問われた執政マルティナも、ヘルムートが何を考えてそんな問いをしたのかは理解している。彼女だって最初に報告を受けた際、あり得ないことだと思ったから。

「はい。第三正規軍からの報告と、隣接するジュワー子爵からの報告、両方で確認が取れております」

マルティナは、そう報告した。

アラント公爵ジギスムント……先帝ルパート六世の第二皇子。

つまり、ヘルムートの弟、コンラートの兄。ただ、母が第三皇妃であり身分も高くなかったため、第三皇子コンラートが誕生すると同時に、次期皇帝レースから外れていた。

ジギスムント自身も中央政治には全く興味がなく、文化、芸術の発展と保護に、その資産と立場を使った。

それは臣籍降下してからも変わらず、帝国北西部にある彼のアラント公爵領は、帝国の西半分において、最も芸術振興の進んだ地域であると認識されている。当然、争いごとも好きではなく、抱える軍事力も決して大きくない。

お金は、軍備に使うくらいなら芸術に使う……そう公言するような男なのだ。

そんなジギスムントが、反逆？

しかも、政庁を訪れていた第三正規軍司令官を殺害？

どう考えてもジギスムントのイメージに合わない。

ヘルムートは何度も首を振る。

彼は皇帝であるが……自分の帝国で、何が起きているのか全く理解できなくなっていた……。

「コンラート様、大変です！」

帝城第三尖塔……囚人の塔。

慌てて入ってきたのは、コンラートの補佐官ランド。

「どうした？　ヘルムート兄様が、突然自害でもしたか？」

コンラートは、笑いながら問う。

もちろん、そんなことが起きないことは分かっている。

「冗談を言っている場合ではありません！　本日正午、アラント公爵のジギスムント様が、政庁を訪れていた第三軍正規軍司令官イーヴォ将軍を殺害して反逆したとのことです」

「なんだと！」

ランドの報告に、驚愕するコンラート。

さすがのコンラートにしても、ジギスムントの反逆は予想外であった。

それも、完全な予想外。

「最もあり得ないことが、最もあり得ないタイミングで起きた？　あのジギスムント兄様が反逆？　いったい何をしたヘルムート兄様……イーヴォ将軍。いや、それはいい。今考えるべきことは、そこではない。リーヌスやロルフの反乱とは訳が違う。異母弟とはいえ、皇帝の弟が反逆したのだ。国内にも国外にも、与える影響が違い過ぎる。しかもこれは……私の命が危うくなるな。私がヘルムート兄様なら、真っ先に、捕らえている私を殺す。担ぎ出される御輿《みこし》は少ない方がいいからな。まったく……完全に状況が変わってしまった」

そこまで呟くと、コンラートはランドに向かって言う。

「ランド、すぐに帝城を脱出して公爵領に戻る。ヘルムート兄様に知られぬように、急いでここを出るぞ」

いちおう、脱出するための準備は全て整っている。

元々の想定通りならば、脱出する必要はなく、コンラートは囚人の塔に居ながらにして、問題は解決されるはずだった。

だが、予想外のことが起きた！

その後、囚人の塔を脱出したコンラートは、自らの領地に向かう馬車の中で小さく呟いた。

「何事も、思い通りにはいかぬものだ」

◆

アラント公爵ジギスムント反逆の報が帝都を揺るがす、四日前。

帝国東部のクルコヴァ侯爵領を発ち、帝都を通り、北西部のアラント公爵領に入った馬車があった。

「なあ、やっぱりこの状況で旅行に来たのって間違い

「……」

「しっ！　エルマー、死にたいのか！」

エルマーの口から思わず出た愚痴を、鋭いが小さな声で遮るザシャ。

彼ら元『乱射乱撃』の六人は、クルコヴァ侯爵夫人マリアから休暇を貰い、馬車を借りて予定通りアラント公爵領に旅行に来ていた。

今は領都エラーブルクに向かう途中の街で、女性陣が馬車を降りて買い物に出かけている。男性陣二人は、馬車の外でのんびり話していたのだが……。

「四人が楽しそうにしているんだ、それでいいじゃないか。余計な波風を立てて、それに俺を巻き込まないでくれ」

「お、おう……悪かった」

ザシャの必死な言葉に、謝罪するエルマー。

そう、一番大切なのは自分の命、仲間の命。それに比べれば、情勢など二の次……。

「実際、俺たちが抜けてきた街は……この街もそうだが、平和そのものだったぞ？」

「そうなんだよな。確かに、反乱や暴動が起きているのは帝国の北と南だけ。リーヌス・リーナーの反乱は北部、ロルフの反乱は南部。帝都やその周辺はもちろん、クルコヴァ侯爵領のある東部も、このアラント公爵領がある北西部も平和なんだよな」

ザシャの指摘に、同意するエルマー。

一行は帝国を東から西に横断しているが、そこは平和なのだ。

もちろん第三空中艦隊旗艦ギルスバッハに乗っていた時は、北部に派遣されたこともあり、そこでの悲惨な状況を見てきた。そのため、帝国全土が平和なわけではないことは知っている。

だからこそ、帝国内でこれほどの差が出ていることに心を痛めているのだ。

同時に、こんな状況を引き起こした新帝ヘルムートに憤りを感じている。

「全部、ヘルムート陛下のせいだ」

「正規軍の徴税な。たった一つのひどい政策のせいで、これほど国がめちゃくちゃになるんだな」

4
April 2024
ーニューアイテムラインナップー
New Item Lineup
TOブックス
じゃがバター
ILL.▼塩部縁
▶ドラマCD
Ver.3.0
CAST
ホムラ：置鮎龍太郎
お茶漬：寺島拓篤
ペテロ：石川界人
シン：武内駿輔
菊姫：佐倉綾音
レオ：藤原夏海
白：岡村明美
カル：小野大輔
一心：高木 渉
段蔵：関 智一
比佐世：渡辺明乃
司会者：越後屋コースケ
助六：鳩岡大輔
女の子：坂東明香里
運営A：高橋伸也
運営B：遠藤広之
運営C：財満健太
新しいゲーム始めました。
▶ WE'VE STARTED A NEW GAME.
《～使命もないのに最強です？～》
新しいゲーム始めました。
ティーバッグセット
We've Started a New Game
紅茶派の主張
イングリッシュブレックファスト
雑貨屋のある日のお茶
マスカットワインティー
4/20
発売！
商品のご購入はTOブックスオンラインストアへ！

穏やか貴族の休暇のすすめ。
A MILD NOBLE'S VACATION SUGGESTION
穏やか貴族の休暇のすすめ。
迷宮品テディベア
レプリカ（リゼルver.）
ドラマCD5
岬
さんど
穏やか貴族の休暇のすすめ。
ドラマCD 5
【キャスト】
リゼル：斉藤壮馬
ジル：梅原裕一郎
イレヴン：柿原徹也
スタッド：福山 潤
ジャッジ：山下大輝
レイ：鳥海浩輔
シャドウ：安元洋貴
ヒスイ：小林千晃
ナハス：増田俊樹
宿主：KENN
ヴァーミリオン=ピケ：井上麻里奈
オリバー：遠藤広之
アメリア：稲垣 好
ケビン：河西健吾
4/15 発売!
A MILD NOBLE'S VACATION SUGGESTION
COFFEE SET
穏やか貴族の休暇のすすめ。
ドリップコーヒーセット
穏やか貴族の休暇のすすめ。
陛下即位記念マグカップ
穏やか貴族の休暇のすすめ。
POP UP SHOP @SHIBUYA TSUTAYA
2024.4.25［thu］ START!
詳細はこちら！
SHIBUYA TSUTAYA
POP UP SHOP
2024.4.25［thu］ START!
TSUTAYA POP UP SHOP
先行販売グッズ続々!
詳細はこちら!
4/20 発売!
●水属性の魔法使い
ポストカードセット
Audio Book 配信中!!
断罪された悪役令嬢は、逆行して完璧な悪女を目指す
TOブックス
Audio Book
朗読 志田有彩 内匠靖明 引坂理絵 呉よしたか
第1巻
NEW! 4/15 配信!
転生したら皇帝でした
TOブックス
Audio Book
朗読 平川大輔 成塚衣和美 熊谷貴弘
第3巻
NEW! 4/25 配信!
攻略対象の異常
TOブックス
Audio Book
朗読 志田有彩 水島大宙
第5巻
NEW! 4/25 配信!
TOブックス
Audio Book
朗読 山口勝平 羽飼まり
第10巻
好評配信中!
※諸般の都合により、配信日時が変更になる場合がございます。

「民の金に手を出したから、民は怒ったんだ。これが金の問題じゃなければ、民だってそうそう怒りはしない」

「そうか？」

「毎週日曜日は、全ての帝国民が家族と過ごせ……そんな法律が作られたとしても、反乱は起きないだろう？」

「そ、そうだな……大変そうだがな」

エルマーの大胆な仮法律に、ザシャは驚きながらも反乱は起きないだろうと感じる。

そう、民を怒らせるのはお金……。

「強大な帝国の皇帝といえども、民が大切にしている金を奪えば反発される……単純な話だ」

エルマーはそう言うと、小さく首を振った。

一度広がった反乱の火は、そう簡単には消えない。

反乱を起こした者たちは、悩んで悩んで悩みぬいた末に立ち上がったのだ。自らの身はもちろん、場合によっては家族や家臣たちを犠牲にすることも分かったうえで。

それなりの結果が出ない限り、火の手は収まらない。

一行が向かう北西部は、まだ平和だ。


それだけが救いだった。


「さすがアラント公爵領ね。売ってる小物までおしゃれだったわ」

「エルマーも来ればよかったのに」

「ザシャも来ればよかったのに」

「領都エラーブルクが楽しみ」

治癒師ミサルトが感激し、双子弓士ユッシとラッシが男性陣に文句を言い、斥候アンがこの先の楽しみを表現する。

エルマーは女性陣が楽しそうなのを見て、ザシャと話していた時の落ち込んだ気持ちは無くなっていた。仲間が嬉しそうなのを見れば、自分も嬉しくなる。

素直に、来て良かったのかもしれないと思った。


翌日午後。

一行はアラント公爵領の中心、領都エラーブルクに到着した。

「凄いな……」

「なんつーか、華やかだな……」

エルマーとザシャが、馬車から見る街並みに驚き呟く。

他の女性陣四人は言葉などない。無言のまま、あっちを見て、こっちを見て……言葉を失ったまま馬車の窓にかじりついて外を見ている。

六人は、クルコヴァ侯爵領に長く住んでいる。

移り住んだのは武闘大会で入賞後。開発途中だった空中戦艦の操艦に携わるためだ。空中戦艦が完成した後も、ずっとクルコヴァ侯爵領に住んでいる。

そんなクルコヴァ侯爵領は、帝国の東半分で最も進んだ地域であり、芸術の中心地ともなっている。それは自他ともに認めるところ。

帝国全土で見た場合、そんなクルコヴァ侯爵領と双璧を成す地域が、このアラント公爵領である。

しかし、どちらかといえば大学群などもあり技術における先進地域であるクルコヴァ侯爵領と比べ、アラント公爵領は芸術の先進地域。もちろん芸術の集まるところには、商人が集まり、お金も集まる。お金が集まれば、さらに芸術家の卵たちも集まってくる……それは、街全体に反映されていた。

「建物一つ一つがおしゃれ……」

「みんなの服もおしゃれ」

「女性が綺麗」

「男性も綺麗」

ようやく言葉を取り戻した女性陣。ミサルトが建物を褒め、アンが服を褒め、ユッシとランシが服以外も称賛する。

「この街を、空から見せたいと思うのは分かる気がする」

「遊覧飛行船」

「操船を学びに、クルコヴァ侯爵領に来てましたね」

「難しいとぼやいてた」

ミサルトとアンが頷き合う。

その会話に加わろうとする男性陣二人。知らない内容らしい。

「遊覧飛行船?」

「操船を学びに?」

「ギルスバッハとかの空中戦艦の飛行技術を使って、空から街やアラント公爵領を見る飛行船を造っているらしいの。それを操船する予定の人たちが、クルコヴァ侯爵領に訓練に来ているってマリア様が教えてくださったわ」

ミサルトが答える。

ギルスバッハでは副長で、艦長エルマーに次ぐ立場のミサルトは、実は誰よりも空への憧れが強く、飛ぶことが好きなのだ。

軍事から民間への転用。

かつて描かれた……どこまでも続く空が『帝国の海』となる飛行技術が、このアラント公爵領において、ついに軍事から民間に広がろうとしていた。

これらは、新帝ヘルムートが空中戦艦を重要視していないからこそ許可されたと考えると、関わっている者たちはいろいろ複雑な心境になるかもしれない。しかし結果的に、飛行技術の平和利用は進もうとしている。

「でも、肝心の船の方が、よく原因不明の故障をするらしいの」

「ん？　俺らのギルスバッハとかの技術を使っているんだろ？　それなのに故障？」

「そう。アラント公爵領とクルコヴァ侯爵領で正式に技術提携して、空中戦艦を造った錬金術師たちも来てるそうよ。時々上手くいったり、時々上手くいかなかったりなんですって」

「不思議だな。気候とかそういう違いなのかな」

「まあいずれ解決するだろ。こっちにも俺らと同じ『空の船乗り』が増えるのは楽しみだな」

ミサルトが事実を補足し、エルマーが首を傾げ、ザシャが楽観的に述べた。

一行は、そのまま準備されていた宿に入った。

そこは、領都エラーブルクでも最上級宿の一つとして知られる『エラーブルク　ほほ』。

領都エラーブルクで最上級ということは、つまりアラント公爵領で最上級宿の一つ……ひいては、デブヒ帝国で最上級宿の一つと言ってよいだろう。

「変わった名前よね、お宿の名前」

「『ほほ』って名前のお宿が、昔からあるらしいよ」

「『ほほ』って名前のお宿は、昔から超一流らしいよ」

「期待大」

女性陣四人が期待を込めて言葉にする。

しかし男性陣は現実的だ。

「明日、預かった手紙を政庁に持っていくからな」

「偉い人に渡せるといいんだがな」

エルマーが言い、ザシャが懸念を表明する。

もちろん女性陣も理解している。

「その手紙を運ぶという『お仕事』を受けたから、この宿泊費含めた旅費全てを、クルコヴァ侯爵領が出してくれたのよ。持っていくのは当然でしょ。むしろ、今日のうちに届けようとしなかったことに驚きました」

「長旅で、エルマーも疲れてるんだよ」

「長旅で、ザシャはさぼってるんだよ」

「おい！　しれっと俺を貶めるな！」

ミサルトが理解を示し、ユッシとラッシが混ぜっ返して、ザシャがつっこむ。

次の瞬間、小さく鋭い声が聞こえた。

「あっ」

声のした方を一行が見る。

アンである。壁の一点を見つめながら立ち尽くしている。それはとても珍しいこと。

「アン？」

エルマーが声をかけるが、アンは反応を示すことなく見つめた壁の方に寄っていく。彼女が近付いていく壁には、一枚の絵が掛けられている。

「画聖マヌンティの……『花の精霊』？　うそ……本物？」

アンの呟きが一行の耳にも届く。

フラフラと寄っていったアンは絵の前に辿り着くと、顔を近付ける。じっくりと見る。

それはもう、本当にじっくりと。

ふと気付くと、アンのすぐそばには宿の従業員と思われる女性が笑顔を浮かべて立っていた。

「『花の精霊』……本物？」

「はい、真作です」

アンの少し震えながらの問いに、笑顔で頷く従業員。

その答えを聞いて、アンは再び絵に顔を近付ける。

「アンって……絵が好きだったっけ？」

「特定の画家が好きなの。マヌンティ、ボーザ、アン・ラッシャとかだったかしら」

「ああ、俺には全然分からん」

ミサルトの答えに、首を振るエルマー。

もちろんザシャも首を振っている。

「アンは満足したら戻ってくるから……」

「先に宿泊手続きをするか」


その後、一切のストレスなく宿泊手続きが終了した。

「すげーな、高級宿って」

「ああ」

ザシャとエルマーが、あまりのスムーズさに驚く。

あまりのスムーズさのために、まだアンはマヌンティの絵を見続けている。

二人を見ながら、ミサルトがちょっとだけ首を傾げた。

「どうしたミサルト」

「エルマー、預かったお手紙って、政庁の偉い人に直接渡してほしいって言われたのよね」

「ああ。一番いいのは最高執政官だが、その補佐官あたりでもいいと。クルコヴァ侯爵の名前を出せば、なんとかなるはずだとマリア様はおっしゃっていたが」

「ならいっそ、この宿で聞いてみたらどう？」

「宿で聞く？」

ミサルトの言葉に、今度はエルマーが首を傾げる。

そんなエルマーを置いて、ミサルトは再び受付に行った。

「すいません。私たち、クルコヴァ侯爵夫人からのお手紙を預かってきているのですが、明日、公爵領政庁にその手紙を届ける予定です。その際、侯爵夫人から、責任ある立場の方に直接渡してほしいと言われています。もし可能ならですが、最高執政官であるキュルナッハ子爵テオ・バーン様に直接お渡ししたいと考えております。取次ぎをお願いできますか？」

「畏まりました。子爵様への取次は確約いたしかねますが……政庁のしかるべき立場の方にはお会いできるよう手配いたします」

「はい、よろしくお願いします」

受付とミサルトの会話を聞いていた一行。

「マジか」

「さすが高級宿」

「凄いね高級宿」

「え？　いや、嘘だろ？　え？　ほんとに？」

ザシャが驚き、ユッシとラッシが称賛し、エルマーが一人事態を受け入れられていないが……。

とにかく、一行のお仕事は順調に進みそうであった。


翌日、アラント公爵領執政府。

「昨日、『ほほ』から連絡を受けた時には驚きましたが……本当に、第三空中艦隊旗艦ギルスバッハ艦橋員の皆様が届けてくださるとは」

「い、いえ、急な面会でご迷惑をおかけして申し訳ありません、キュルナッハ子爵様」

「いやいや、高名な冒険者『乱射乱撃』であり、しかも旗艦ギルスバッハ艦橋員の方々にお会いできるなどめったにないことです」

そう言いながら嬉しそうに頷くのは、アラント公爵領最高執政官キュルナッハ子爵テオ・バーンその人。

四十代半ばだが未だ若々しく、人によっては二十代と勘違いするかもしれない。

くすんだ金髪に、茶色の瞳、柔らかさと穏やかさが表情全てから表れるような。間違いなく高い地位にあるのだが、それを感じさせない……。

一行の前で手紙を読む。

「なるほど。クルコヴァ侯爵領に訓練で送り出している者たちは順調と」

「それって、遊覧飛行船の？」

「はい、よくご存じで。皆さんのように軍船を動かすわけではありませんが、空に浮かぶ船を動かしますからね。ミスをすれば落ちる可能性があります。落ちれば自分たちだけでなく……お客様として乗せている人たちの命も奪ってしまう可能性があります。軍船乗りにも引けを取らない、厳しい訓練を受けているみたいですよ」

「俺たちの訓練なみ……」

「あの頃は大変だった……」

エルマーとザシャが、まだ慣れていなかった訓練時代を思い出し、他の四人も少し震える。

どんな世界でも、訓練というのは大変なものなのだ。

話は動かす人たちから、動かされる船の方に移っていった。

「失礼ながら遊覧飛行船は、上手く飛ばない時期があったと……」

「ええ、恥ずかしながら警備が甘かったようです。破壊工作を受けていたことが分かりました」

「破壊工作……」

「警備部門も、軍用船ならともかく、遊覧用の船にそんなことをされるとは思っていなかったようで。現在では、軍用船なみの警備になっていますので、問題なく飛びます。クルコヴァ侯爵領に訓練で行っている者たちも二カ月おきに戻ってきて、こちらを飛ばしたりしています。もうすぐ、領民にお披露目できるかもしれませんね」

そう言うテオ・バーンは、本当に嬉しそうだ。

かつて帝国戦略教導官として、軍の指揮官を鍛え上げた人物とは思えない笑顔である。

思わず女性陣四人も一緒に頷いている。

ちなみに女性陣ではないザシャも頷いている。

「そうだ。もし皆さんのお時間があるのならですが、遊覧飛行船を見てみませんか？」

「え？　いいのですか？」

「旗艦ギルスバッハの艦橋員でもある皆さんの感想を……いや、もちろん飛ばすことはできません。係留している状態ですが、それでも感想をいただけると嬉しいです」

「ぜひ！」

これには、六人全員が乗り出した。

六人とも、『空の船乗り』であった。

「こちらが遊覧飛行船、一番船エラーブルク号です」

紹介したテオ・バーンの奥に、その船はあった。

「これは……」

「なんて美しい……」

「なんて綺麗……」

「優美」

厳重に警備された奥のドライドックで、光に照らされたエラーブルク号は、美しく輝いていた。

全長五十メートルと、一行が乗るギルスバッハと同じ長さであるが、外装が美しい。ガラスか水晶かは分からないが、中に乗る人から外が見えるようにだろう。透明な素材がかなり多く使われている。

見るからに頑丈そうに見えるギルスバッハに比べれば、耐久性に劣る気がするが……そう、遊覧飛行船なのだから問題ないのだ。

「全長はもちろん、速度においてもギルスバッハら空中戦艦と同じほど出ます」

「それは……遊覧飛行船には速すぎる気が……」

「ええ、おっしゃる通りです。最初の一隻ですので、空中戦艦の技術をそのまま転用しました。訓練している者たちはクルコヴァ侯爵領の空中戦艦で訓練していますので、同じ大きさ、性能の方が扱いやすいだろうということで。もちろん武装はされていませんが」

「なるほど」

「二番船以降は、速度を落としたり乗員数を増やしたり、より『遊覧』に寄せた船になっていく予定です」

テオ・バーンは誇らしげに説明する。

アラント公爵領最高執政官の彼にとって、空から街を見てもらうというのは、目指す到達点の一つである。

公爵領は街中にも芸術が溢れ、美しい領地となっている。だが、街の計画そのものが、実は空から見ても美しいものになる……それを前提に計画されたものなのだ。

しかしそれは、実際に空から見なければ誰も気付かない。

「今は無理でも、数十年後には誰もが空から見られるようになっているかもしれないから」……テオ・バーンが仕える主は、そう言って嬉しそうに、そして楽しそうに街の建設を計画した。

それが、もうすぐ形になろうとしている。

帝国中央において、いくつもの功績をあげてきたテオ・バーンだが、それらは彼にとっては全て些事《さじ》。この公爵領の発展こそが、その願いの中心となって久しい。

嬉しそうなテオ・バーンに対して、エルマーが尋ねる。

「武装が無い以外は同じですか？」

「他の大きな違いは……ああ、『スカイコントラスト』の機能がありませんね」

「なるほど。確かに遊覧船には必要ないですからね」

『スカイコントラスト』は、船の光反射率を変えて、地上からは空を飛ぶ空中戦艦が見えないようにする技術だ。

古くから帝国にある空中戦艦ハルターの、有名な外装として知られている。それを完全模倣することは未だにできていないが、同じような効果を得られる技術として、帝国の新たな空中戦艦群には備え付けられた。

一行は遊覧飛行船エラーブルク号の艦橋に案内された。

動かすことはできないが、ぜひ中も見てほしいとテオ・バーンに言われてだ。

「大きさも配置もほとんど同じだな」

「操船も同じだ。これなら、侯爵領で訓練している連中はすぐに飛ばせるだろう」

艦長エルマーも操舵手ザシャも、いつも自分がいる位置に進んでから言う。

「軍用の空中戦艦同様、問題さえ起きなければ艦橋員だけで飛ばすことが可能です」

「ああ……それなら、少ない人員でお客さんを空に連れていける」

テオ・バーンの説明に頷くエルマー。

彼らが駆る軍用の空中戦艦は、戦場に出ることが前提だ。攻撃を受け、問題が起きるのが前提であるため、機関部など艦内の多くの場所に技術員が配置されている。

だが、問題さえ起きなければ、ほぼすべてのコントロールを艦橋から行える。

この遊覧飛行船は戦場には出ないために、整備さえしっかりしていれば問題は起きにくいだろう。少ない人数で飛ばすことができれば、安い料金でお客を乗せることができる。

つまり、貴族だけでなく平民も乗れるかもしれないということだ。

「こんな遊覧飛行船がアラント公爵領の空を飛び回る……素敵ね」

「戦場に出なくなったら、こっちで雇ってもらおう」

「戦争がなくなったら、こっちで働こう」

「素敵な未来」

「ああ、いいですね！　遊覧飛行船は、二番船と三番船の開発に取り掛かっています。この先も順次増えていく予定です。数年後……あるいは数十年後、空中戦艦を飛ばしていた皆さんのような方々が、今度は遊覧飛行船を飛ばす。ええ、素晴らしいですね！」

ミサルト、ユッシ、ラッシ、アン、そしてテオ・バーンまでも、夢のある未来を頭の中に想像した。そんな未来を描かせる力を、遊覧飛行船は持っているのだ。

「皆さんは、一週間ほど滞在されると聞いています。どうぞ、アラント公爵領を楽しんでいってください」

美しい未来を語りながら、元『乱射乱撃』のお仕事は終了したはずだった。

後は、観光を楽しむだけのはずだった。

しかし三日後、破局が訪れた。

◆

その日、お昼ご飯を食べた元『乱射乱撃』の六人は、アラント公爵領政庁に向かっていた。言い出したのは、アン。目的は……。

「政庁にあるマヌンティが見たい」

アンの力のこもった目で見られたエルマーは、頷くしかなかった。

政庁は、先日一行が訪れた執政府の隣にある。執政府を訪れた時には知らなかったのだが、政庁には画聖マヌンティの大作が飾られているらしいのだ。

そんな話を聞いて、マヌンティファンのアンが黙っているはずがない。

まあ、ここ三日、一行は領都エラーブルクの観光を楽しんでいるし、もうしばらくは滞在する予定なために政庁に寄るくらいは問題ない。

常に冷静沈着なアンが、見るからにウキウキしている姿を見るのは、なぜか見ている方も嬉しくなるために全員で政庁に向かった。

政庁前に到着すると、何やら武装した者が多い。

「帝国正規軍？」

「旗からすると第三正規軍だな」

「なんで？　アラント公爵領では反乱は起きてないよ？」

エルマーとザシャが確認し、ミサルトが事実を確認する。

ユッシとラッシとアンも、無言のまま首を傾げた。

その時だった。

「キャーーー！」

政庁の中から悲鳴。

さらに怒号。

それに重なって、更なる悲鳴……そして、多くの市民が政庁の中から走り出してくる。

それが、『アラント公爵の反逆』と呼ばれた混乱の、最初だった。

◆

帝国は、完全に分断された。

帝都を抑え帝国軍の過半を握る、新帝ヘルムート八世。

第三正規軍司令官を殺し帝国に反逆した、北西部のアラント公爵ジギスムント。

帝城を抜け自領に戻って守りを固めた、西部のエルベ公爵コンラート。

先帝の三人の息子が、帝国内で争う構図。

それを中心に……。

北部と南部で頻発する暴動と反乱。

北部で反乱を起こした、先のクルーガー子爵リーヌス・ワーナー。

南部で反乱を起こした、モールグルント公爵の遺児ロルフ。

多くの帝国貴族は、じっと動かずに情勢を注視している。もっとはっきり言うなら、動きようがない。

新帝ヘルムート八世は、貴族たちに対して何も要求していない。

彼は皇帝であるため、当然、貴族たちの忠誠は彼の下にある……はずである。

問題を解決しうる最も強力な方法は軍事力によってであるが、帝国内最大の軍事力である正規軍と魔法軍そして近衛騎士団は、基本的に彼の指揮下にある。

だから、貴族たちの助勢は必要ない。

だから、帝国貴族には何も要求しない。

それでは帝国貴族は、動きようがない。


アラント公爵ジギスムントは、第三正規軍司令官イーヴォ将軍を殺害して以降、自領の守りは固めたが、それ以外は全く動いていない。

声明文も出していない。

それでは帝国貴族は、動きようがない。


最後にエルベ公爵コンラートであるが……確かに、帝城の囚人の塔を抜けて自領に戻った。それは、皇帝の命令に背いたことになり、大逆の罪に問われる可能性もある。

しかし、具体的に行動を起こしたわけではない。


帝国内におけるコンラートの声望は、非常に高い。

また、その能力の高さも良く知られており、子飼いの部下たちも優秀、エルベ公爵領軍の精強さも有名……となれば、その動きを多くの貴族が注視しているのは当然かもしれない。

もし彼が、明確にヘルムート八世への反逆の旗を翻せば、その下に集う勢力はかなりの数に上るだろう。

だが、まだ動かない。

だから帝国貴族は、今はまだ動けない。


リーヌスの反乱軍は、現在四千人にまで膨れ上がっている。

それに対して帝都から第二正規軍、第一魔法軍が派遣された。

両者は膠着状態となっている。

リーヌスは、要害の地として知られるリッカラ砦を占拠しているため、帝国軍も簡単には手を出せないのだ。


そして、モールグルントのロルフだ……。

彼に対して帝国軍は、何も行動を起こしていない。

そう、何もだ。

以前、第九正規軍が派遣された。

しかし、派遣された第九正規軍は消滅した。

それ以来、ヘルムートは、帝国軍を信じることができなくなっている。ヘルムート自身が帝国軍の最高司令官であるが、最高司令官が軍を信じることができない。

しかし唯一、ヘルムートが信じることができる者たちがいる。

それは、第一正規軍と第一魔法軍。

これらは、ヘルムートが皇太子時代から抱えていた部隊を中心に編成された軍のため、ヘルムート子飼いの部隊といっていいものだ。その一万五千人＋二千人は、ヘルムート自身、多くの者たちの顔すら知っている本当に信頼できる部下たち。

彼らだけは信頼していた。

だから帝城の守りも、彼の即位以来、近衛騎士団と共に第一正規軍が担っている。

ヘルムートは、いざとなれば、この第一正規軍と第一魔法軍だけでけりをつけることすら考え始めていた。

信頼できない部隊を動かして、作戦行動中に裏切れたりしたら、敗北は必至。それくらいなら、少数精鋭で、完全に信頼できる者たちだけでやるべきだと。

数として足りない分は、司令官を討たれた第三正規軍を第一正規軍の指揮下に入れればいい。

第三正規軍は、ジギスムント反逆の報告を受けた後、アラント公爵領を出て帝都に向けて移動させている。

これを途中で吸収すればいい。

問題は、第一正規軍と第一魔法軍を動かした場合、帝城の守りをどうするのかという点だ。

近衛騎士団がいるが、その数は二百人。一人一人の強さは確かだが、いかんせん数が少ない。

敵が多い現状では、一方の敵に当たっている間に、別の敵が帝城を攻撃してくるということもあり得る。

「私自身が率いるのが一番か」

ヘルムートは、そう結論付けた。

ヘルムートは、決して臆病ではない。

魔法は得意ではないが、剣の腕は近衛騎士団の中に入っても、十分水準以上。

そのため、自身が先頭に立って第一正規軍と第一魔法軍を率いて、敵を撃滅するのがいいだろうという結論に達していた。

そうすれば、はっきり言って帝城を守る必要性もない。自分は、帝城にいないのだから。

◆

アラント公爵領政庁の一室で、アラント公爵ジギスムントは頭を抱えていた。

「なんでこんなことに……」

あの時から、何百回、いや何千回と呟いた言葉。

「殿下、失礼いたします」

入ってきたのは、ジギスムントの執事長マインツ。

ジギスムントが幼い頃から、ずっと付き従っている。

だからであろうか、今でもジギスムントへの敬称は、殿下だ。それに合わせて、周りも皆……。

マインツはすでに七十歳を超えており、本来なら引退している年齢。そう、来年には、引退するはずであった。だが、今回こんなことが起きてしまっては……。

「マインツ……私は、なんてことをしてしまったんだ……」

ジギスムントの声は、か細い。

普段は、明るく朗らかで、誰にでも分け隔てなく接する好青年だ。

それが……。

「全てはイーヴォ司令官がいけないのです。殿下のせいでは……」

「だが、正規軍司令官を殺してしまったのは曲げられない事実だ……」

マインツの言葉に、小さく首を振って嘆くジギスムント。

確かに、イーヴォ司令官は芸術を馬鹿にした。そんなものがなんの役に立つのかと。

しかも、第三正規軍に糧食や金、女を供出しろと要求した。

あり得るか？

栄えある帝国正規軍の司令官がそんな要求を？

ジギスムントは、仮にも皇帝の弟だ。

先帝の第三皇妃の子供とはいえ、先帝ルパートによって『皇子』と認められた。そして現皇帝の弟であり
……そもそも、公爵だ！

その公爵に向かって……糧食と金、女を供出しろ？

もちろん断った。

金は分からないではない。新帝ヘルムートによって、正規軍による徴税を認める布告が出された。しばらくして布告は停止が宣言されたものの、実際の停止は六カ月後となったため、まだ三カ月は猶予がある。

その間に、各地の正規軍が徴税して回っているという話は、ジギスムントにも聞こえてきていたから。

もちろんその布告が出されて以降も、彼のアラント公爵領で徴税しようとする正規軍などはいなかったが……。

まあ分からんではないと言ったのだが、イーヴォ司令官は徴税ではないと言う。要求したのは裏金。正規の徴税記録に残らない金。

意味が分からない。

なんのために、そんな金が必要なのか？

理由など一つしかない。司令官たち幹部が懐に入れるため。

ふざけるな！

さらに女も供出しろ？

これもだ。軍隊に必要か？

街に出ればそんな施設はいくらでもある。普通に使えばいい。今までもそうしてきただろうが。

本来は、全て断っていい。だが糧食だけは譲歩して、出してやると言った。

それなのに！

席を蹴って出ていったイーヴォ司令官と部下たち。

だが、政庁一階ロビーで再び騒動を起こした。

いちおう、ジギスムントも一階まで下りた。その目の前で、笑いながら、壁に掛けてあった絵を切り裂いた。「これで少しはマシな絵になっただろう」などと言って。

画聖マヌンティの傑作『踊る木々』だぞ？

その瞬間、ジギスムントはキレた。

イーヴォ司令官の部下が、慌てて〈魔法障壁〉を張ったが全く意味がない。簡単に切り裂かれ、イーヴォ司令官と部下たち四人は、見えない風によって切り刻まれた。

ジギスムントの意識はそこで途切れている。

おそらく、魔力切れに陥ったのだろう。

政庁にある領主専用室に運ばれ……眠りから覚めた時には、全てが手遅れだった。

以来、こうして政庁に籠ったままだ。

「やはり、それしかない」

ジギスムントはそう呟くと、立ち上がった。

「殿下？」

「マインツ、帝都に行き、この身を皇帝陛下に差し出す」

「殿下……」

ジギスムントの言葉に、マインツは涙を浮かべた。

マインツも、それ以外にないということは理解している。

「この身を差し出し慈悲を乞えば、民や家臣らは許してもらえるやもしれぬ。願わくは、新たな領主には、芸術を解する心を持った者に就いてほしい……」

そこまで言って、ジギスムントは外が騒がしいことに気付いた。

窓の外は、バルコニーだ。その外には、広場がある。

ジギスムントは窓を開けて、バルコニーに出た。

一瞬だけ、音が消える。

バルコニーの向こう、広場には何千、何万もの民衆が……。

彼らは、バルコニーに出てきた人物を見て、声を出し始めた。

「公爵様だ！」

「ジギスムント様が出てこられたぞ！」

「ご領主様～！」

民衆は、ジギスムントを心配して集まっていた。

「これは……いったい……」

思わず呟くジギスムント。

その傍らに跪《ひざまず》く者がいた。

キュルナッハ子爵テオ・バーン。

テオは、ジギスムントの下でアラント公爵領の一切を取り仕切る最高執政官。四十代半ばであり、執事長マインツと共に、二十年に亘ってジギスムントの傍らにあって、彼を支えてきた忠臣中の忠臣。

テオ・バーンがいるからこそ、ジギスムントはやっていける……第二皇子であった時から、ジギスムントは陰でそう言われていた。

だが、テオが一番知っている。そうではないと。ジギスムントの能力の高さを、最も知る者の一人が彼であった。

「殿下。民は、皆、殿下を心配して集まってきたのです」

「私を……心配？」

テオの言葉に、首を傾げて問うジギスムント。

「民は、政庁で起きたことを知っております。ロビーには、多くの者がおりましたので」

「ああ……」

「それで、口づてに広がり、こうして……」

「それは、皆にも心配をかけたな」

ジギスムントは、少しだけ微笑んだ。

「先ほど、帝都より布告が出されました。アラント公爵ジギスムントは、至急登城して事情を説明せよと。布告でしたので、そのことも、民は知っております」

「そうか」

ジギスムントはそう答えると、バルコニーの一番前まで進んだ。

民衆は、皆、口を閉じる。静かに、ジギスムントの言葉を待つ。

「皆の者、心配をかけた。だが、見ての通り、私は大丈夫だ。ありがとう」

一瞬の沈黙の後……。

「うぉーーーー！」

怒号のような歓声が上がった。

いくつも、いくつも。

ジギスムントは手を上げる。

すぐに、民衆は静まった。

「帝都より布告が出されたとのこと。だが案ずることはない。私が帝都に行き申し開きをする。そうすれば、帝国が皆に責任を取らせるようなことは起きない。約束しよう」

　ジギスムントが言葉を切る。

　今度は、民衆の声はほとんど聞こえない。

　だが、少しずつ、本当に少しずつ、声にならない声が聞こえ始める。

「嫌だ」

「そんなの間違ってる」

「悪いのはあいつらだ」

「公爵様は悪くない」

「あいつらを送ってきた皇帝が悪い」

「俺たちの領主はジギスムント様だけだ」

「帝都にいったら殺されてしまいます。行かないで！」

　そんな声が、波のようにうねり、広場中に広がり、さらには、広場から街中に広がっていく……。

　最も驚いたのはジギスムントであった。

「これはいったい、どういうことだ……」

　理解できない現象に思わず呟く。

「殿下、民は、帝都に行くなと言っております」

「いや、だが、そんなことをすれば、帝国軍が……」

　テオの説明にうろたえるジギスムント。

　帝国軍の強さはよく知っている。なんと言っても、第二皇子だったのだから。

「皆の者、私が行かねば、皇帝は帝国軍を派兵してくる。そうなれば、街は焼かれることになる」

　ジギスムントの言葉に、一瞬だけ静まる民衆。

　だが、すぐに声が広がる。

「それでもいい」

「私たちは戦うわ！」

「西の民、五千万の力を見せてやる！」

「皇帝を倒せ！」

「皇帝を倒せ！」

「皇帝を倒せ！」

「皇帝を倒せ！」

　街を覆い尽くす声。

「これは……」

　ジギスムントは絶句する。だが、彼はどうしても同意できなかった。

帝国軍は精強だ。それに比べて、アラント公爵領軍は、お世辞にも強いとは言えない。

数だけは二万人と、それなりにいるが、これは領内全域の治安維持に必要な最低数だからいるだけで……。

正規軍と戦える装備、練度ではない。

「殿下……民にとって、領主は殿下だけなのです」

テオがはっきりと言いきる。

思わずそれを見るジギスムント。

ジギスムントはテオの両眼に見た。決意を。

「私にとっても、命を懸けて仕えるべき方は、殿下だけです」

テオが言った瞬間。

バルコニーにいた全員が頷いた。

ただ一人立つジギスムントは、目を瞑る。

その耳に聞こえる民衆の声。

「皇帝を倒せ！」

そして……。

見なくとも分かる、跪き控える者たちの決意に満ちた目。


ジギスムントは、ゆっくりと目を開ける。

理解している。彼の命は、彼だけのものではないと。

上に立つ者の命は、下にいる者たちのものでもあるのだ。

勝手に死ぬことすら許されない。

死ねば家は取り潰され、家臣たちは路頭に迷う。

死ねば別の領主が取って代わり、民たちは虐げられる。

自分の生死を、自分で決めていい立場ではない。

もう一度だけ、ゆっくりと目を瞑り、ゆっくりと目を開ける。

ジギスムントの表情には、一切の迷いは無くなっていた。

そして、頷き、一言だけ答えた。

「分かった」

◆

アラント公爵領最高執政官キュルナッハ子爵テオ・バーン。

ジギスムントに仕えて二十年。その有能さから、ジギスムントの家臣のまま、中央政府でのいくつもの役職をこなすことを許された。

先帝ルパートは、何度も帝国政府あるいは自らの直属にしようとしたが、テオ・バーンは頑として断り続けた。「私の主はジギスムント様です」……ルパートに対して、はっきりとそう言い切ったと言われている。

それほどまでに求められた才能は、ジギスムントの下、いかんなく発揮された。

アラント公爵領が正式に発足したのは二年前。新帝ヘルムートが即位し、ジギスムントら先帝ルパートの皇子たちが臣籍降下して、それぞれ公爵家を興してからである。

だが帝国の皇子は、十歳になると領地を与えられ、そこで統治を学ぶ。

第三皇妃の子であり次期皇帝位争いからは早々に外れたジギスムントも例外ではなく、帝国北西部に領地を与えられた。現在のアラント公爵領の領都エラーブルク周辺がそれである。

つまり、ジギスムントがエラーブルク周辺を領地として与えられて十五年……その発展にテオ・バーンは力を振るってきた。

主であるジギスムントが、テオ・バーンの政策に反対したことは一度もない。

しかし、盲目的に従っていたわけでないことをテオ・バーンは知っている。

テオ・バーンが行ってきた政策について、おそらく全てをジギスムントは理解している。理解した上で許可し、自らの望みをその政策に乗せた。

テオ・バーンは知っている。ジギスムントには夢があることを。

将来、何代後になるか分からないが、彼の領地が中央諸国一の芸術の都と呼ばれるようになること……そんな夢。

そのためジギスムントは、自領における文化、芸術の振興に邁進《まいしん》した。

だが、テオ・バーンは知っている。ジギスムントがバランス感覚に秀でていることを。

目先の結果ではなく、計画的に物事を進めることを自然とできる。

ジギスムントは、テオが予算を割り振った範囲内で、芸術の振興を行っていった。つまり、インフラの整備や商業の振興など、本来やるべき統治にお金を費やす……そこは削らない。削れば、領地の発展に支障をきたすことを、ジギスムントは理解していたのだ。

その上で、余剰金ともいえる資金で芸術の振興を行う。それも十年後、二十年後を見越して。計画的に。

それは、テオ・バーンが行った商業の振興と相まって、領地をとても豊かにした。

多くの商人が集まった。

人が集まれば物も集まる。

人と物が集まればお金が集まる。

お金が集まれば、芸術家が集まる……パトロンたる後援者を求めて。

ジギスムントの領地における芸術は、貴族だけのものではもちろんなかった。

彼は、芸術家の才能と作品を愛した。当然、出自など関係ない。それは近隣の、芸術を志す者たちの目に、魅力的に映った。

多くの芸術家、芸術家志望の者たちが街に集まれば、自然と、街のいたるところで芸術の機運が芽吹きだす。

領主様は芸術好き……その噂は完全な事実であり、領民の間に広がっていった。

そんな領主様は、よく街を出歩いた。街のいたるところに芸術があるのだ、当然であろう？

その結果、民と領主様との距離は近くなった。

政庁一階という、それなりに多くの領民が訪れる場所に、貴重な画聖マヌンティの傑作『踊る木々』が飾ってあったのも、ジギスムントの意向だ。

飲み屋に飾った絵に目を留めた領主様が、主人と絵の話をする。

軒先で、食べ物と交換して代金代わりに置いていった絵を飾っていた店主に、領主様が声をかける。

広場で一心不乱に絵を描いている絵描きに、領主様が寄付をする。

ジギスムントの領地で、昔からよくある光景だった。

結果、ジギスムントが望む形の領地が、少しずつ生まれた。さらに、アラント公爵家を開くと、その成長は指数関数的に増えていった。


そんな中に起きたのが、今回の出来事である。

テオ・バーンは憎んだ。

イーヴォ将軍を憎んだ。

彼を送ってきた皇帝を憎んだ。

ジギスムントの純粋な思いを踏みにじる全てを、憎んだ。

彼は、全力でジギスムントを守ると決めた。そのためなら、皇帝を、帝国軍を、帝国全体を敵に回しても構わないと。

幸い、現在の帝国は、驚くほど乱れている。先帝ルパートの時代であれば、想像すらできなかったほどに。

これは、ある意味幸い。

これだけ、情勢が複雑であれば、必ず『紛れ』がある。

本来なら、情勢を複雑にするための策を打って、そこに『紛れ』を求めることになるのだが、今回はすでに複雑な情勢。それを利用するだけでいい。


確かに帝国軍は巨大で強力である。それに比べれば、アラント公爵領が抱える戦力は小さく弱い。

だが、問題はない。

戦力の多寡など、戦場で対峙《たいじ》しなければ関係ない。

戦いは、戦場に出る必要などなく、兵など一兵も動かさずとも完結させることができる。

テオ・バーンは、自らの智謀、その全てを巡らすと決めた。

ジギスムントが許可したから。

ジギスムントが決断したから。

ジギスムントの思いを結実させると決めたから。

この瞬間、誰も知らないところで、帝国動乱の結末は決まったのだ……。

◆

帝城、皇帝執務室。

「陛下、アラント公爵から書状が届きました」

「書状？」

執政マルティナ・デーナーの言葉に、訝しげに問い返す新帝ヘルムート八世。

そして、書状を読む。

「体調を崩し起き上がれないため、帝都で申し開きができぬ……か。イーヴォ将軍を切り刻んだ後、ジギスムントは、倒れたのであったな」

「はい。そのように報告されております」

ヘルムートは問い、マルティナが答える。

「マルティナ、どうするべきだと思う?」

「人を送って……理想は第一正規軍を送って、申し開きを聞くべきかと」

「いや、第一正規軍はダメだ。手元に置いておきたい」

「さようでございますか。でしたら、第十正規軍がよろしいでしょう」

「第十正規軍……フローラの軍か」

「はい。フローラ・ライゼンハイマーは、アラント公爵領最高執政官キュルナッハ子爵の教え子の一人です。また、ジギスムント様とも面識があるとのことなので、他の者よりは話しやすいかと……」

マルティナの頭の中には、帝国軍幹部の多くの人事情報が入っている。

「そうか。ならば第十正規軍を送れ。同時に、第一正規軍と第一魔法軍は、エルベ公爵領への出征準備を完了させよ。途中で第三正規軍と合流し、我らはコンラートを討つ」

「畏まりました」

◆

「これは……困りましたね」

「勅命だ。仕方あるまい」

第十正規軍相談役エミールが命令書を読んでため息をつき、司令官フローラが首を振りながら答える。

もしここに爆炎の魔法使いオスカーがいれば、エミールを見て驚いたかもしれない。九年前の武闘大会の知己であるから。

「私がアラント公爵領軍の指揮官なら、罠を張っていますよ?」

「ジギスムント様は、生来争いを好まれぬお方。いきなりそのようなことはないと思うが……」

エミールの言葉に、反論するフローラ。

「ですが理由はどうあれ、皇帝陛下が派遣した帝国正規軍の司令官を殺したわけです。この場合、帝国の法に照らすと、どれほどの高位貴族であっても死刑です……」

「うむ、それはそうだ」

「となると、ジギスムント様は死刑……」

「……おそらくは」

「それを防ぎたいと思う者たちは、どう行動します？」

「そう……。エミールの言いたいことは分かる。分かるが……。早まった行動はとってほしくない」

フローラは顔をしかめて、言葉を絞り出すように言う。

ジギスムントとは知己の間柄であり、芸術に関して語り合ったことすらある。

また、彼の右腕としてアラント公爵領を取り仕切る最高執政官キュルナッハ子爵テオ・バーンは、帝国戦略教導官としてフローラの師匠でもあった。

フローラは、テオ・バーンの驚くほど高い能力を、最も知る人物の一人だ。

「テオ・バーン様は……敵に回したくない」

「ああ……アラント公爵領の最高執政官。彼がいるから、アラント公爵領は破綻しないとか」

フローラの呟きに、エミールが反応する。

「それは正しくないぞ」

「え？」

「ジギスムント様自身、非常に優秀なお方だ」

フローラは小さく首を振りながら、世評を否定した。

そして再びため息をつく。

「なぜ、こんなことになってしまったのか」

◆

「テオ、先日言った通り、全て任せる。だができれば、民たちは巻き込まれないようにしてほしいのだ」

「お任せください殿下。アラント公爵領の民からは、誰一人傷つく者は出ません」

「そうか、良かった」

テオ・バーンが断言し、ジギスムントは笑顔を浮かべて頷いた。

ジギスムントも、それが簡単でないことは知っている。帝国軍は強力だ。現在のアラント公爵領の戦力で太刀打ちできるものではないと理解している。しかしそれでも、最も信頼するテオ・バーンが任せろと言った……それだけで十分である。

「それに関しまして殿下、ヘルムート陛下の名代《みょうだい》として第十正規軍を率いるフローラ・ライゼンハイマーがエラーブルクに参ります」

「フローラ殿か、覚えている。彼女は立派な御仁だ」

「はい。正直、現在の帝国正規軍の幹部たちはろくでもない者が多いですが、彼女は心根の素晴らしい人物です」

「確か、テオの弟子だったな？」

「弟子というほどではありませんが……帝国戦略教導官時代の教え子の一人です。とても優秀でした」

テオ・バーンの言葉に、ジギスムントは無言のまま頷く。

テオ・バーンとしては、彼女と第十正規軍を敵に回すつもりはない。味方につけるのは無理だろうが、それでも、中立を保ってもらうことは可能だと思っている。

具体的な方法として、策を弄することも可能だが、事実を伝えるつもりであった。それこそが、最も説得力があることをテオ・バーンは知っているから。

事実を語ることによって心を動かせるのであれば、それが一番だ。

だが、中立となることで、彼女や第十正規軍が新帝ヘルムートの不興を買うことになってはまずい。そうなりそうであれば、彼女は部下を守るために、敵に回るだろう。

だから、彼女らが皇帝の不興を買わない策も準備した。

数日後。

フローラ・ライゼンハイマー率いる帝国第十正規軍が、アラント公爵領の領境に到着。

そこには、公爵領軍の案内役がいた。

「テオ・バーン様？」

アラント公爵領最高執政官テオ・バーン自らが、案内役であった。

「久しぶりですね、フローラ殿。そちらは、第十正規軍相談役のエミール殿ですね」

エミールは頭を下げて挨拶した。


テオを先頭に、公爵領軍の案内役の後を第十正規軍が付いていき、二日後、領都エラーブルク政庁に到着した。

第十正規軍は政庁前広場に天幕を張り、そこで寝起きすることになる。部下に設営を指示して、フローラは相談役のエミールを従えて、早速ジギスムントへの面会を願い出た。

政庁の応接室に通されて待つこと二分。

入ってきたのは、再びテオ・バーン。

「フローラ殿、エミール殿、お二方に事実をお話ししたい」

そう言って語りだした内容は、完全な事実であった。

イーヴォ将軍の要求、一階ロビーで起きたこと、目覚めたジギスムントがその身を差し出そうとしていたこと。その後、広場で起きたことも含めて。

全て事実を話す。

フローラもエミールも、黙って聞いた。

途中、フローラの唇が、怒りで震える。それは、イーヴォ将軍の振る舞いに対してだ。

テオ・バーンが全てを話し終えても、二人はしばらく無言であった。

先に口を開いたのはフローラ。

「それで、ジギスムント様は、今？」

「バルコニーから下がられた後、倒れられました。やはり、かなり無理をしておいでだったのでしょう。治癒師がつきっきりで看病して、食事ができるほどには回復されたが、まだ話すことはできません。今日は難しいため、明日にはお会いできるように手配しようと思っています」

「そうですか……」

「明日は、とりあえず十人ほどで訪れるとよいでしょう」

テオの提案は、不思議なものであった。

話すことができないのに、十人ほどで来い？

「テオ・バーン様、それはどういう意味でしょう？」

「はっきり言うなら、第十正規軍にいる皇帝の監視者も連れてくるといいということです」

フローラの問いに、テオ・バーンはうっすらと笑って答える。

影軍と呼ばれる第二十正規軍を除く十九個の正規軍、十個の魔法軍全ての幹部の中に、皇帝に直接報告を上げる監視者が配属されている。

明確に司令官に知らされてはいないが……当然、誰が監視者なのか、司令官は知っている。

もちろん、第十正規軍にもいる。それを連れてこいと、テオ・バーンは言っているのだ。

「ジギスムント様がまだ話せない状態にあることを監視者に見せ、皇帝陛下に報告させる……そうして、時間を稼ぐ」

相談役エミールが呟くように言う。

それを聞いて、テオはうっすら笑ったまま頷き、口を開いた。

「私は、あなた方と戦いたくはありません。帝国軍同士がぶつかるなど、愚かなことだからです。ですが、どうしてもぶつかるのであれば、全力で倒します。その結果、間違いなくあなた方は、全滅します」

そこで一度言葉を切る。

フローラもエミールも、何も言えない。

「あなた方も、私と戦いたくはないでしょう?」


第十正規軍に遅れること数日、皇帝ヘルムート八世率いる帝国軍は、エルベ公爵領の外縁に到着した。

その麾下《きか》には、第三正規軍を吸収した第一正規軍ならびに、第一魔法軍がいる。

もちろんエルベ公爵コンラートに対しても、ジギスムント同様に、登城して申し開きをせよとの布告が出されたのだが、コンラートは完全に無視した。

そのため、領境では激しい抵抗があると想定していたが……。

「陛下、偵察の報告によりますと、公爵領軍は領境にはいないとのことです」

「そうか。ならば軍を進めよ、慎重にな」

マルティナの報告に、ヘルムートは頷きながら指示を出した。

◆

エルベ公爵領の領都ナイン。

「実際のところ、ヘルムート兄様は何もできない」

「コンラート様、それはどういう意味ですか？」

コンラートの言葉に、疑問を返すランド補佐官。

「私が何もせず、ナインに引きこもったままだからだ。明確に敵対する声明でも出せば、ナインまでの街を焼いたり、城を落としたりという可能性もゼロではないだろう。敵の力を削ぐのは当然のことだからな。しかし、私は何も表明していない。帝城から逃げ帰ったが、それだけだ。本当に敵なのかを確認するまで、攻撃的なことはできないんだ」

「もし、強引にエルベ公爵領の街などを焼き討ちにすれば？」

「国内はもとより、国外からも非難されるだろうな。ヘルムート兄様は帝国の皇帝だ。そして、このエルベ公爵領は帝国の領土の一部でもある。領民は、帝国臣民でもある。自国の領土、領民を焼き討ちにした皇帝……しかも、明確に敵対的行動をとってもいないのに。そんなことをすれば、ヘルムート兄様の声望は地に墜ちる。先帝……父上を超える名声を獲得したいと考えている兄様にとって、それは最悪だろう？」

コンラートはそう言うと、うっすらと笑い、コーヒーを一口飲んだ。

そして言葉を続ける。

「ヘルムート兄様は、ナインまでは何もせずに来るしかない。これは絶対だ。そのうえで、私の出方を見極める。そこまでの行動は想定できる」

「陛下が率いられる第一正規軍ならびに第一魔法軍は精鋭と聞きます。さらに、ジギスムント様に司令官を討たれた第三正規軍も吸収したとか。無論、我らがエルベ公爵領軍も決して負けてはおりませんが、このナインの城壁に拠ったとしても勝ちきるのは……ハッ、すいません、出過ぎたことを言いました。お許しを」

コンラートの言葉に、懸念を差し挟んだランドだが、すぐに出過ぎたことを言ったと謝罪した。

「よい。ランドの言うことはもっともだ。第一正規軍と第一魔法軍は、元々ヘルムート兄様子飼いの戦力。第九正規軍のように消滅させることもできぬ」

コンラートは笑いながら言う。

「よしんば、戦って勝ったとしても……いくつもの帝国正規軍が後方に控えている以上、こちらに最終的な勝ち目はない。さらに厄介なのは、ヘルムート兄様はあれでも帝国皇帝。そして私は帝国公爵。明確にあちらが身分も立場も上なのだ。つまり、私がヘルムート兄様を殺した場合……皇帝殺しと呼ばれる。なかなかに厄介な状況だと思わんか？」

やはり笑いながら言うコンラートに、ランドは顔をしかめて苦言を呈する。

「そんなことを言っている場合ではございますまい……」

「だが、これはなかなかに難しい問題だぞ？　たとえ、ナインに来る道中で事故にあって死んだとしても、必ず私が手を回して殺したのだと言われる羽目になる。困ったものだ」

全く困った様子は見せずに、コンラートは微笑んだ。

微笑みながら言葉を続ける。

「実は、ヘルムート兄様を我が領内に、無傷のまま来させることも含めて、テオ・バーンとの間で協議済みだ」

「テオ・バーンと言いますと……アラント公爵領の最高執政官殿ですな？　アラント公爵ジギスムント様はコンラート様の側についたと？」

「他に選択肢はない。イーヴォ将軍の愚かな行動の結果、ジギスムント兄様はその愚か者を殺してしまった。愚か者といえども正規軍の司令官。ジギスムント兄様は優しい方だが、そんな兄様を苦しめる結果を招いたイーヴォ将軍……それを送ってきた皇帝たるヘルムート兄様に対して、テオ・バーンは憎しみともいえる感情を持っているようだ。テオ・バーンが出してきた要求はただ一つ。『今後、何が起きても以前の通りに』だ」

「何が起きても……？　いったい何が……」

コンラートの言葉に、眉をひそめて呟くランド補佐官。

「実はな、こちらが用意した策と、テオ・バーンが行おうとした策が被っていた」

「……は？」

笑いながら言うコンラートの言葉に、眉をひそめたままのランドは首を傾げる。

「『帝国各地での反乱』という策はオーブリー卿と被り、『今回の策』はテオ・バーンと被る。まあ、どちらも連合と帝国を代表する知者の一人。そんな人物たちと策が被るというのは、名誉なことだよ」

「そ、そうですな」

やはり困惑したままのランド。

とはいえ、そもそも彼の職務範囲外であると理解しているため、詳しく内容について問うことはない。

「今回の策、帝国北西部にあるアラント公爵領に気付かれずにやれるかが一番の懸念点だった。しかし、アラントの最高執政官が協力してくれるということで、問題が解決した」

「アラント公爵領は……最高執政官殿はともかく、ジギスムント様のお考えは……？」

「ジギスムント兄様は皇帝位など頓着しない。テオ・バーンの忠誠の全ては、ジギスムント兄様に注がれているし、兄様もテオ・バーンを心の底から信頼している。そうである以上、問題ないと言えるな。現状、私の敵には回らないことが確定している」

そう言うと、コンラートは、うっすらと笑った。

今の彼に必要なのは、積極的にすり寄ってくる味方ではなく、手を出してこない友好的中立。それどころかアラント公爵領は、協力までしてくれる……。

全ての策が、もうすぐ整おうとしていた。


ノックの音が響いた。

部屋に入ってきたのは、エルベ公爵領軍司令官フォルカー・アーベライン。三十代半ば、精悍《せいかん》でありながら知的な雰囲気も漂わせる男。

ランド補佐官がコンラートの政治を支える腕なら、このフォルカー司令官がコンラートの軍事を支える腕と言える。

「コンラート様、ヘスペ男爵領、ハッデッセン子爵領の準備も整いました。予定していた、全ての準備が整いました」

「そうか、ご苦労」

フォルカーの報告に満足して頷くコンラート。

一人、首を傾げたままのランド補佐官。だが、ランドは質問しない。フォルカー司令官の報告は純軍事的な理由があり、それは自分の職分の範囲外であるから。

だから、心配もしていない。

むしろ心配するのは、相手に対して。

（テオ・バーン殿を含めたアラント公爵領、コンラート様が率いるエルベ公爵領……この二つが敵に回るとは、皇帝陛下もお気の毒に）

闖入者《ちんにゅうしゃ》

新帝ヘルムート八世率いる帝国軍がエルベ公爵領領都ナインを望む平野に到着したのは、領境を越えて二日後であった。

領都ナインの前には、エルベ公爵領軍も陣を敷いている。そうなれば、当然、ヘルムートはコンラートに真意を問うことができる。

お互いに、使者を行き来させていた。

「ふむ。『策』が少し遅れているか……。フォルカー、少し時間を稼いだ方がいいか？」

「はい、コンラート様。多少は戦闘で調整できますが……」

「よい。私が兄上に直接会って話してこよう。それが一番、時間を稼げるだろう」

コンラートはそう言うと、皇帝であり兄であるヘルムートとの直接の会談を申し入れた。


両軍の中央、共に一人だけ護衛を連れて会う両指揮官。

新帝ヘルムートは執政マルティナ・デーナーを、エルベ公爵コンラートはランド補佐官を連れて、会談が行われた。

「久しいな、コンラート」

「兄上もご壮健で何よりです」

そんな兄弟の会話で始まった会談。

「兄上、一部反乱貴族たちの間に広まっている『赦免状』なるものは、私が出したものではありません」

　コンラートが口火を切る。

　もちろんコンラートからすれば、今さらそんなことはどうでもいい。会話を繋ぎ時間を稼ぐために言っているだけだ。難しいのは、相手に時間稼ぎ……正確には時間調整をしていると悟られないこと。

「コンラート、お前はその申し開きをすることなく、無断で帝城を出た。これは皇帝に対する明確な大逆の罪だ」

「あのままいれば、命の危険がありましたゆえ」

「余が、お前を処刑すると？」

「まさか。ただ、帝城にはいろいろな者がおります。勝手に兄上の気持ちを酌《く》んで……誤った判断を下し行動する者も皆無ではないかと」

　コンラートはそう言うと、チラリとマルティナを見る。

　視線を向けられたマルティナは何も言わない。この状況では何も言えない。そもそも、皇帝と弟である公爵の会話だ。口を挟むことなどできない。

　もちろんマルティナは、コンラートを害しようなどと考えたことなどなかったが……。

　言っているコンラートも分かっている。執政マルティナ・デーナーが、自分を害しようなどとは考えていなかったことは。

　チラリと見たのは、話の流れ上、そうした方が時間が稼げると思ったから……ただそれだけだ。

「帝城に、余の意思に反した行動をとる者などいない」

「さようですか」

　はっきりと言い切る新帝ヘルムートに、特に反論する気もないコンラート。

　コンラートも、自分を殺そうとしていたのが、目の前のヘルムート本人であることは分かっている。

　だが、会談は延ばす必要がある。

「帝城ではそうかもしれませんが、帝国全土で、兄上の考えに反対する者たちが増えております」

「リーヌス・ワーナーやロルフのことか」

「それもですが、民衆も立ち上がっております」

「ああ、愚かなことだ」

「愚か、とおっしゃいましたか？」

ヘルムートの言葉に、少しだけカチンとくるコンラート。

帝国各地の反乱の後ろで糸を引いているのが、連合のオーブリー卿であることは分かっている。

だがそれでも、立ち上がった民衆は止むにやまれず暴動、そして反乱を起こしたのだ。誰も好きでやったわけではない。その結果、自分や家族、村の仲間たちが武力で鎮圧されて酷い目にあうことを覚悟したうえでだ。

それを愚かというのは……。

「正規軍に徴税権を与えたことが原因かと」

「必要があって与えたのだ」

「それによって民が苦しみました」

「帝国が拠って立つものは強力な軍事力、それしかないとなぜ分からぬ！」

「そのために民が犠牲になってもよいと、兄上はおっしゃるのですか？」

「帝国のために協力する義務が民にはある」

「帝国が民を守ってくれるのならそうでしょう。しかし、今の帝国は、陛下の軍はそうではありません！」

冷静であったコンラートすらも激してしまう。

しかし、一瞬で冷静さを取り戻す。

取り戻した後、目の前の兄であり皇帝であるヘルムートを見た。

苛立たし気な表情。思った通りに行かないことに、その全てに苛立っているのが分かる。

それは……。

コンラートが知る皇帝の姿ではなかった。

もちろん皇帝は人だ。苛立つこともある、激することもある。

だが、それだけではないのだ。

皇帝は絶対権力者。

威厳に満ちている、迫力がある、圧倒する存在感がある。その上で、苛立ち、激し……。

しかしヘルムートからは、それが感じられない。

違いが生まれる理由。

それは……。

皇帝になることが目的の者。皇帝になってやりたいことがある者。

その違い。

たったそれだけ。

最初は、たったそれだけだったものが……大きな差となる。

そして、ヘルムートは前者だった……。

この瞬間、コンラートは確信した。自分の選択は間違っていなかったと。目の前の兄は、皇帝になるべき人ではなかったのだと。

コンラートは、もうヘルムートを見たくなかった。

それは憎しみからではない。ふさわしくない地位にいる、その地位に固執せざるを得ない兄が憐れに思えたから。

「兄上、我々は合意できないようです」

「よかろう。コンラート、恨むなよ」

「兄上、さらばです」

◆

「全軍、戦闘準備」

新帝ヘルムートの指示に従い、戦闘隊形に移行する第一正規軍と第一魔法軍。

だが、対峙するエルベ公爵領軍には動きがない。

「どういうつもりだ？」

ヘルムートの呟きに答えることができるものはいない。

これが、他の敵であれば「怖気づいたのでしょう」などと言う幕僚もいるかもしれないが、相手はコンラートとエルベ公爵領軍。油断していい相手ではない。

「どちらにしろ攻めるしかない。かかれ！」

ヘルムートの指示で、戦いの幕が切って落とされた。

正規軍と魔法軍とが揃っている場合、帝国軍の戦術はほぼ一択だ。テオ・バーンが生み出した、魔法軍の一斉砲撃後、正規軍が五百人ずつの錘行陣を組んで突撃。

単純だが、非常に強力な組み合わせで、よほどのことがない限り成功する。

よほどのこと……例えば、どこかの王国の水属性魔法使いによる〈動的水蒸気機雷《ダイナミック・スチーム・マイン》〉とかいう、非常識な防御魔法でもない限りは。

ヘルムートの号令一下、二千本の攻撃魔法が放たれた。

火属性の〈ファイヤーアロー〉を中心に、風属性の〈ソニックブレード〉や土属性の〈ストーンアロー〉など、発射後に分裂する攻撃魔法ばかり。

最終的に、一万本の攻撃魔法に分裂して、面制圧を行う。

……はずだった。

だが、二千本の攻撃魔法が、途中で全て消える。

いや正確には、何か見えないものに当たって消滅したように見えた、というべきだろうか。

その光景は、帝国軍司令部からも見えた。

「何が起こった……」

ヘルムートが呻《うめ》くように呟く。

もちろん、誰も答えることはできない。傍らの、執政マルティナも呆然としたまま。

帝国軍全体で、動きが止まってしまった。

起きるはずのことが起きない場合、人は行動を停止する。それは、個人だろうが集団だろうが変わらない。

しかし対峙するエルベ公爵領軍にとっては、仕掛けた策がはまったのだ。

予定通りの展開。

エルベ公爵領軍から、一斉に矢と攻撃魔法が放たれる。

魔法のある『ファイ』においては、本来、大規模戦闘で矢は役に立たない。風属性魔法使いたちによって、撥ね返されるからだ。

だが、呆然として動きを止めた相手なら、非常に効果がある。

「ぎゃあああああ」

「痛い痛い痛い」

「くそ、反撃しろ」

「いや、障壁を！」

帝国軍は、混乱した。

エルベ公爵領軍から間断なく放たれる矢と魔法が、帝国軍から冷静な判断力を奪っていく。指揮官たちは叫び、統制を回復しようとしているが、そう簡単にはいかない。

混乱からの回復には、時間が必要になる。

「『錬金障壁』は成功したな」

そう呟いたのは、エルベ公爵領軍司令官フォルカー・アーベライン。

一回限りの使い捨てとはいえ、最大の効果をあげることができた点は、高く評価していいだろう。

「例のタイミングを誤るなよ！　そこだけは、もう一度徹底させよ！」

フォルカーが鋭い指示を出す。

今は、いわば奇襲が成功し、敵が混乱した状態。いずれ混乱から回復する。

本当なら、このタイミングで近接戦に移行すべきなのだが、今回、それは行わない。徹底した遠距離攻撃のみで、自軍の損耗を抑え帝国軍の混乱を長引かせる。

『策』のために。

その『策』の起動が見えたのは、戦闘開始から十五分後であった。

「閣下、あれを！」

部下が、フォルカーの注意を後方に促す。

エルベ公爵領軍の後方、領都ナインのさらに北から土煙が迫っているのが見えた。

「来たか！　全軍に通達。『開く』タイミングを誤るな。残れば巻き込まれるぞ！」

フォルカーの指示に、エルベ公爵領軍全体に緊張が走る。

近付いてくる者たちは味方ではない。巻き込まれれば、自分たちも死ぬ。

目を凝らしてようやく見ることができた土煙が、時々刻々と大きくなってくる。

前線指揮官は戦闘指揮を執りつつ、迫る土煙を確認する。戦闘前から、徹底指示されているのだ。

失敗すれば死ぬぞと。

そして、ついに。

「三、二、一……開け！　全速力で移動しろ！」

フォルカーが指示を出す。

一瞬の遅滞なく、エルベ公爵領軍が左右に開いた。

だがそれは、決して整然とではない。

焦りながら。

できるだけ早く、できるだけ遠くに。中心から離れる！

その間、帝国軍への攻撃は完全に止まるが、そんなことはどうでもいい。

とにかく、速く、遠くに！

そして……やってきた者が、左右に割れたエルベ公爵領軍の間を駆け抜けていった……。

「て、敵が割れて……」

帝国軍で、何が起きたか理解した者はほとんどいなかった。

優勢に攻撃していたエルベ公爵領軍が、攻撃の手を止めて一斉に左右に割れた。割れた間から、土煙が迫ってくるのが見える。

「いったい、何が……」

帝国の前衛はそこまで言って、あとは何も言えなくなった。

矢を食らって。

迫ってきた者たちは……。

「騎馬……」

その姿を認識した瞬間、帝国軍の多くの命が失われた。

騎馬からの近矢によって。

連続する速射によって。

騎馬隊の最も外側の者たちだけは剣と小盾を持っているが、それ以外は全て弓矢を放っている。

剣の男たちも、敵を倒すのが役割ではない。

倒すのは、全て矢。

道を切り開くのも、全て矢。

彼らが目指すのは、ただ一人。

「ふ、防げ！」

ヘルムートが指示する。

指示されるまでもなく、近衛騎士団は身を挺して皇帝たるヘルムートの身を守っている。

だが、次々と矢によって倒されていく。

それは、驚くほどの精密射撃。

しかも、騎乗したまま。

両足だけで馬を走らせながらの矢。

あっと言う間に、ヘルムートの周りは死体だらけとなった。

彼の前に立つ、一人の赤橙色の髪の男。手には抜身の剣を持っている。

「立派な服を着ているな。お前が皇帝だろう？」

その男の言葉に、ヘルムートは気圧された。

デブヒ帝国皇帝たるヘルムートがだ。

しかし、それでも虚勢を張る。

張らねばならない。

「余が、皇帝ヘルムート八世である」

唇は僅かに震えているが、それでも精いっぱいの威厳を見せる。

「俺が騎馬の王アーンだ。お前の父、ルパートの罪、お前が受けろ」

そう言うと、アーン王の剣は、ヘルムートの体を貫いた。

◆

時は少し遡《さかのぼ》る。

アラント公爵領領都エラーブルクにある執政府。その最高執政官キュルナッハ子爵テオ・パーンの部屋に、ある六人が呼ばれていた。

『乱射乱撃』の六人である。

実は、彼らがアラント公爵領を出発する予定だった日から、かなりの日数が過ぎている。

それでもまだ残っているのは、もちろん理由があった。

クルコヴァ侯爵夫人マリアに、情報を送り続けていたからだ。

最初は、マリアも危険だからすぐに戻ってこいと言ったのだが、『乱射乱撃』の六人が自分たちから提案した。

帝国西側の、それもアラント公爵領の状況を送りたいと。なかなか東部には、状況が伝わらないだろうからと。

マリアもかなり悩んだ末に、帝都に手配して、帝国錬金協会でまだ試験運用中だった長距離通信用錬金道具を領都エラーブルクに送ってきた。それによって、ほぼリアルタイムでの情報伝達が可能になった。

この錬金道具は、人の頭ほどの大きさなので持ち運びは不便であり、完全同時通信も難しい。

　しかし、北西部のアラント公爵領から東部のクルコヴァ侯爵領まで、数百キロの通信を可能とする。

　それに同時通信は無理でも、『切り替えボタン』によって、こちらから送り……あちらから受け取り……など、疑似双方向通信が可能である。

　エラーブルクの高級宿『エラーブルク　ほほ』に逗《とう》留《りゅう》を続けながら、『乱射乱撃』はアラント公爵領の情報を送り続けた。

　もちろんそれは、アラント公爵領側も把握している。

　しかし妨害するどころか、最高執政官のテオ・バーンは積極的に許可していた。

　例の政庁での事件について、『乱射乱撃』の六人を執政府に呼んで自ら説明をしたくらいなのだ。話を聞いて、六人がジギスムントに同情したのは言うまでもない。

『乱射乱撃』の六人が情報を送り続けている間、アラント公爵領は平穏そのものであった。

　もちろん、ジギスムントによる政庁テラスでのお披露目時、民たちが皇帝を討てと叫んだという情報は把握しているし、クルコヴァ侯爵領にも流した。しかし、総じて平穏。

　数日前には、皇帝の命令で派遣された第十正規軍が領都に入り、政庁前広場に泊まっている。その件に関しても、民が騒いだという情報は得ていない。

　これは、事前に「訪れる第十正規軍司令官フローラ・ライゼンハイマーは領主の古くからの友人であり、最高執政官キュルナッハ子爵の教え子でもある。民は心配する必要はない」との情報が流されたことが大きいだろう。

「現在の、帝国西部の状況について皆さんにお伝えしたい」

　最高執政官テオ・バーンはそう言うと、エルベ公爵領領都ナインの近くで、帝国軍とエルベ公爵領軍が対峙している状況を語り始めた。

「まだ戦端は開かれていませんが、今日中にはぶつかることになるでしょう」

「帝国軍同士が……」

「皇帝陛下とエルベ公爵がそれぞれ率いる、精鋭どうし……」

テオ・バーンの言葉に、エルマーとザシャが呟く。

そこに、切り込んだのは治癒師ミサルトであった。

「どのような結果になるのでしょうか？」

「帝国軍の負けでしょう」

「お薦めの飲み物はなんですか？」「コーヒーがいいでしょう」……それぐらい気負いなく、そして一瞬の遅滞もなくテオ・バーンが答える。

「なぜ、断言できるのですか？」

むしろ、問うエルマーの声の方が震えている。

皇帝は好きではない。いや、憎しみに近い感情を持っているかもしれない。

だが、それでも……エルマーは帝国臣民であり、帝国の第三空中艦隊旗艦ギルスバッハの艦長。帝国軍が負けるという言葉を、簡単には受け入れられない。

しかも断言するのは、その辺りの有象無象ではない。

かつて帝国戦略教導官という、帝国軍の指揮官たちを育ててきた、また帝国のお家芸ともなっている魔法一斉砲撃・錘行陣形突撃戦術を編み出した人物なのだ。

いろんな意味で、その理由を聞いてみたい。

「そうなるように『策』が施されたからです。私とコンラート様によって」

「策？」

「テオ・バーン様とコンラート様？」

テオ・バーンが表情を変えることなく答え、エルマーとザシャが一瞬首を傾げる。

だがすぐに、エルマーは一つの事実に気付く。

「つまりお二人……いや、アラント公爵領とエルベ公爵領は組んでいる？」

「ええ、おっしゃる通りです。もちろん、これは公になっている情報ではありませんん」

エルマーの問いに、頷くテオ・バーン。

「なぜ、私たちにそのことを話すのですか？」

「実は今回の『策』、最後の一片がとても大切です。その一片が、皇帝を殺します」

「え？」

「その一片は、帝国のものではありません。どれほど皇帝が悪逆非道であろうと、殺せば皇帝殺しとのそしりを受けます。それがどれほど正義であったとしても、民の歓呼と貴族の歓声を浴びたとしても、裁定する方は皇帝殺しであることを考慮せざるを得ません」

「裁定する方?」

「ええ。おそらくは先帝ルパート陛下」

「あ……」

テオ・バーンの予測に、言葉を失うエルマー。

もちろん、他の五人も何も言えない。

つまりテオ・バーンは、新帝ヘルムートを倒せるかどうか、殺せるかどうかなどは考慮する問題ではないとみているのだ。そんなものは簡単に為しえる。

問題は、どのように達成するか。

全てが終わった後に、先帝ルパートが戻ってきた時のことまで考えて、どのように達成するのが一番良いか。

そう考えた時、実際に帝国の誰かが手を下して新帝ヘルムートを殺すのではなく、別の者に殺させるのがいい。


「帝国に復讐したがっている王が、回廊諸国にはいます」

「まさか……」

「騎馬の王アーン……」

エルマーもザシャも聞いたことがある。

回廊諸国を支配下に置いたアーン王が、妹を傷つけたデブヒ帝国先帝ルパートを恨んでいると。帝国に復讐することを誓ったと。

それを利用する?

「もうすぐ、アーン王に率いられた騎馬の民がやってきます」

「まさか……」

「このアラント公爵領を通って南下し、エルベ公爵領内で対峙している帝国軍を急襲。皇帝の命を奪うのが計画です」

テオ・バーンの説明。

その後、六人は完全に沈黙した。

ようやくエルマーが口を開いたのは、たっぷり一分以上経ってからだ。

「なぜ……私たちにそのことを話したのですか？」

先ほどと同じ問い。

だが、先ほど以上に重い問い。

楽しく嬉しい返事がないことは分かっているが、しなければならない問い。

「皆さんに、冒険者として依頼をしたいのです」

「依頼？」

「単刀直入に申します。遊覧飛行船を飛ばして、騎馬の民を戦場まで案内してください」

「……はい？」

テオ・バーンはずっと表情を変えないまま。エルマーは素っ頓狂な声を上げる。

他の五人も目を見開いたまま無言。

「騎馬の民は帝国領内に深く侵入します。決して地理に詳しいとは言えない彼らが、国境からかなり離れた戦場まで辿り着くのは……不可能とは言いませんが、簡単ではありません。もちろん地図を渡し、案内者もエルベ公爵領が準備しています。しかし万全を期すなら、空からの誘導がある方がいい。我が領内に遊覧飛行船を飛ばせる者がいればいいですが、まだいません。ですので、皆さんに依頼したいのです」

テオ・バーンが依頼の理由を説明する。

だが、『乱射乱撃』の六人とも口を開かない。それぞれが、いろいろ考えている……。

しかしその中でも、最も大きな問題は……。

「……皇帝弑逆の手伝いをしろと？」

エルマーの口から、文字通り絞り出された声。

「帝国の民を、愚かな皇帝から救う手伝いをお願いしたいということです」

テオ・バーンははっきりと言い切る。

何度目かの沈黙が部屋を覆った。

「少し……考えさせてください」

「分かりました。どうぞ、この部屋を使ってください」

エルマーの言葉に、テオ・バーンは答えると部屋を出ていった。

残された『乱射乱撃』の六人。

だが、誰も口を開かない。

全員が沈黙したまま、三分が過ぎる。

沈黙を破ったのは、意外な人物であった。

「私はイーヴォ司令官が憎い。彼を送ってきた皇帝が憎い」

「アン？」

沈黙を破ったのは、普段は無口なアンであった。

彼女は画聖マヌンティの絵が好きだ。宿泊している『エラーブルク　ほほ』のロビーに飾ってあるマヌンティの『花の精霊』は、毎日見てうっとりとしている。

だから、政庁でマヌンティの『踊る木々』が切り裂かれたと聞いて気を失った。

目が覚めて事情を知った後は、絵を切り裂いたイーヴォ司令官の第三正規軍に突撃しようとした。それは『乱射乱撃』全員で止めた。

その後も、イーヴォ司令官を送ってきた新帝ヘルムートに対して、良い感情は持っていない。

だから、そう言うのは分かるのだが……。

「皇帝が代わるのなら大歓迎だけど、他の国の人に討たれるのは嫌」

「嫌って……」

「なんか、嫌」

「あ、はい……」

アンの強い視線にさらされて、エルマーはよく分からないアンの言葉を受け入れる。

「帝国臣民としての感情だよな」

ザシャが言うと、アンは無言のまま頷く。

「そうね。ヘルムート陛下だっけ？　あの人は嫌いだけど、帝国皇帝が他国の王に討たれるのは、なんか嫌よね」

「ミサルトもかよ」

アンと同じような表現のミサルト、ため息をつくエルマー。

「帝国皇帝は強くあるべし」

「帝国皇帝は賢くあるべし」

ユッシとラッシが頷きながら言う。

正直この流れでのセリフとしては、エルマーには理解しにくいのだが……なぜか他の三人は頷いている。

そして、五人の視線がエルマーを向いた。

無言のまま問うている。

エルマーはどうするのかと。

「決まっているだろう。皇帝の……中の人は確かにあれだが、デブヒ帝国皇帝という存在が、騎馬の王なんかに討たれていいわけないだろうが」

エルマーは言い切った。

それを受けて、五人が頷く。

だが、冷静なのはやはり斥候……。

「でもテオ・バーン様にそう言ったら、私たち、ここで捕まる」

「た、確かにそうだな」

アンの冷静な指摘に、エルマーは頷く。

「どうする？　依頼を引き受けて案内するとみせて、飛行船を乗っ取るか？」

「私たちだけ乗せるわけないでしょう。そういう裏切りの可能性も考慮して、アラント公爵領軍も乗せるでしょ。場合によっては艦橋にも……」

「艦橋での戦闘は大変」

「艦橋での戦闘は面倒」

「正直に、引き受けないのがいい」

「そうだな。依頼を断ろう。タイミングを見てドックに突っ込んで、船を乗っ取って帝国軍に知らせに行く。騎馬の民が襲撃してくるとな」

ザシャの提案をミサルトが否定し、ユッシとラッシが艦橋での戦闘の難しさを想像し、アンとエルマーが方針を決定した。

「そうですか。引き受けていただけませんか」

「申し訳ありません」

表情を変えないテオ・バーン、立ち上がって頭を下げるエルマーら『乱射乱撃』。

「いえ、それなら仕方ありません。無理強いできないものですから」

そして、『乱射乱撃』の六人は部屋を出た。

そのまま執政府の門まで何事もなく案内される。

「逃げられないように、軟禁される可能性を少し考えていた」

「俺も」

エルマーとザシャが小声で確認し合う。

「遊覧飛行船のドック入口は、政庁の向こう側」

「執政府から見えなくなったら走る？」

「ドックに辿り着くまで走る？」

「ああ」

アンが確認し、ユッシとラッシが問い、エルマーが頷く。

しばらく六人は歩き……角を曲がって執政府からの死角に入ったとたん、走り出した。

先頭は剣士エルマーと双剣士ザシャ、すぐ後ろに斥候アン。後衛の三人も離れずに付いていく。

ドックのある施設入口には守備兵が二人いた。

「おい！」

「止まれ！」

誰何《すいか》を無視して、エルマーとザシャが一撃で気絶させる。

「ザシャ、殺すなよ！」

「分かってる！」

決して守備兵が憎いわけではない。


アラント公爵領にはむしろ恩義すら感じている……素晴らしい絵を揃えていてくれたから、アンが喜ぶという恩義。

だが、その資産を借りるために守備兵を打ち倒さねばならない。

もちろん、遊覧飛行船を乗っ取る……というより強奪してしまえば、それだけで罪を犯してしまうのだが……。

「後で、絶対怒られるよね」

「今でも、絶対怒られるよ」

ユッシとラッシの言葉に、ミサルトは無言のままため息をつく。

六人に素敵な未来は用意されていないだろう。

だが、それでも……。

六人はドックに向かって突き進んだ。


アラント公爵領執政府、テオ・バーンの執務室。

「大変です！　遊覧飛行船ドックが襲撃されました！」

「そうですか……『乱射乱撃』はそちらを選びました

か」

テオ・バーンは呟いた。

誰が、なんのために襲撃したのかは分かっている。

「遊覧飛行船以上に、ドックが傷つくのは困ります。抵抗せずに行かせるよう指示を」

「はっ！」

「彼らしいといえば、らしいですか」

テオ・バーンはそう呟き、何度も小さく頷くのであった。


三十分後、『乱射乱撃』の六人はようやく遊覧飛行船に乗り込んだ。

「かなり時間がかかったな」

「殺さずに無力化するって大変なんだな」

エルマーとザシャが顔をしかめている。

二人とも、帝国の有名な武闘大会で入賞するほどの強さだ。

それでも、殺さずに……剣で刺したり斬ったりすることなく、気絶させるだけで制圧して進み続けるというのは簡単ではなかった。

「最後の方は、守備兵は寄ってきませんでしたよ」

「二人が怖かったのかも」

「二人を怖がったのかも」

ミサルトが指摘し、ユッシとラッシが適当なことを言う。

そんな会話を交わしながら、六人は遊覧飛行船エラーブルク号の艦橋に到着した。

「飛行前点検開始」

艦長席に着きながら、エルマーが発する。

「主動力点火」

「機関、正常起動」

「右舷、魔力循環確認」

「左舷、魔力循環確認」

慣れた動きで、次々と点検が行われていく。

「アン、飛行経路は分かるか？」

「分かる。アラント公爵領とエルベ公爵領の地図、騎馬の民の案内経路と戦場予定地域までの情報全てがここに揃っている」

エルマーの問いに、アンが答える。

「あとは、このドックからどう出るかだな」

エルマーが呟く。

本来なら、ドックに船が出入りする巨大な扉を開けてもらう必要があるのだが、彼らは船を強奪したため強引に……。

「あれ？　艦長、ドックの……隣接湖への扉が開いているようです」

「は？」

副長ミサルトの報告に、素っ頓狂な声をあげるエルマー。

窓から見ると、確かに開いている。

「あそこから……出れるよな？」

「はい、十分な大きさです」

「ここから出ていけと言わんばかりに、開いてるな」

「ドックを壊してほしくない？」

「そうかもしれんが……分からん。まあいい。テオ・バーン様と読み合いをしたところで勝てるわけない。策かどうか分からんが、それに乗る」

エルマーが決心した瞬間だった。

「艦長、飛行前点検完了。問題ありません」

副長のミサルトが告げる。

「よし、正面扉から出るぞ。遊覧飛行船エラーブルク号、発進」

普通の船のように、水に浮かんだまま湖に出るエラーブルク号。

そこには、彼らを待ち構える罠……はなかった。

「俺たちを行かせたがっている？　まあ、いい。高度一万まで上昇せよ。気密隔壁閉鎖」

「右舷隔壁閉鎖完了」

「左舷隔壁閉鎖完了」

「〈スライド〉展開。風の抵抗、十分の一に低下！」

「全機能、正常に稼働中」

空に浮かんだエラーブルク号は、地図に記された騎馬の民の侵攻ルートを目指して飛んだ。

◆

「やはり、いないな」

「高度二百。これ以上低くは無理だぞ。地面に近いと気流が安定しない」

艦長のエルマーが呟き、操舵手ザシャが報告する。

「アン、見えるか？」

「かなり多数の騎馬が通った跡がある」

「チッ、ドックに入るまでにてこずったからな。行った後か」

「エルマーのせい？」

「ザシャのせい？」

「うるせー！」

ユッシとラッシのひっかきまわしに、異口同音に怒鳴るエルマーとザシャ。

「ザシャ、高度千、進路真南。騎馬の民を追う。最高速でぶっ飛ばせ！」

「了解！」

艦橋員に注目した場合、二次元である水上艦と、完全三次元航行となる空中戦艦や遊覧飛行船との大きな違い、それは操舵手であろう。

速度と左右の舵、これはどちらも変わらない。操舵手が担う。だが完全三次元航行になると、上昇と下降も必要になってくる。もちろんこれも、操舵手が担う。速度との兼ね合いが必要になってくるため、両方とも一人の人間が担当した方がスムーズに船が動くからだ。

ザシャがその全てを担う。

かかる負担は非常に大きく、責任も大きい。

だが、エルマーは全幅の信頼を置いている。

他の四人も全幅の信頼を置いている。

仲間に命を預ける。

それが『乱射乱撃』の絆。

◆

「見えた」

斥候であり、一等航空士兼哨戒員のアンが報告する。

「原速、高度二百へ」

「了解、原速で高度二百まで降下」

エルマーの命令にザシャが答える。

速度が半分ほどになり、高度も下がる。

ここからは、目視で新帝ヘルムート、あるいは騎馬の王アーンを捜さねばならないからなのだが……。

「見つけた」

そこはアンの独壇場。

「どっちを見つけた？」

「両方」

「なに？」

「すでに衝突している」

「くそっ！」

アンの報告に悪態をつくエルマー。

アンが指し示す場所を見ると、それっぽい人物たちがいるような気がする。正確には分からないが、アンが言うのなら間違いない。

少なくとも、帝国軍の本陣のようには見える。

一刻も早くその場に駆け付けなければならない。

しかし、ここは戦場。人が入り乱れ、刻一刻と状況が変わる場所。

操舵手のザシャが怒鳴る。

「戦場、船が降りれる場所なんてないぞ！」

「ザシャ、タッチ・アンド・ゴーだ」

「は？　いや、おい、タッチ・アンド・ゴーって……一瞬だけ地面に触れて、また飛び上がるあれか？」

「できるだろ！」

「そりゃあ、訓練では何千回とやったさ。やったが、あの本陣のど真ん中に、それをってことだろ？　しかもお前、その瞬間に、この船から飛び降りるつもりだろうが！」

「ああ。ザシャ、頼む」

エルマーはそう言いながら艦長席から立ち上がり、剣を持って艦橋を出ていこうとしている。

「ああ、ああ、ああ、ああ、分かったよ！　やるよ！　やればいいんだろうが！」

ザシャは腹をくくった。

「この船は借りものだからな。俺が降りたらすぐに飛び立って空中待機。ミサルト、後を頼む」

「はい。エルマー、死なないでね」

「当たり前だ！」

副長のミサルトに後を託し、エルマーは艦橋を出ていった。

「あれはなんだ？」

「空から近付いてくるぞ！」

「船？」

「空中戦艦か？」

北の空から近付くエラーブルク号は、当然、戦場で戦っている者たちの目に映った。正規の空中戦艦なら『スカイコントラスト』の機能によって、地上からは見えなくなるのだが、遊覧飛行船エラーブルク号にその機能はない。

「弓隊！」

「届きません！」

「魔法砲撃しろ！」

「高すぎて届きません！」

そんな混乱した戦場に、エラーブルク号は一気に降下した。

頭上を巨大な船が通り過ぎる。

それは恐ろしい体験。

最初は呆然としていた者たちも、座り込んだり尻もちをついたり……。

そんな混乱した戦場を切り裂いて、エラーブルク号は最微速で地表ギリギリまで降下、エルマーが飛び降りると、急加速、急上昇して空へと飛び立った。

そんなエラーブルク号によって動きを止めたのは、帝国本陣とそこに奇襲をかけたアーン王らも例外ではなかった。

「陛下、帝国の空中戦艦です！」

「ふん、もう遅いわ」

片目の潰れた男ジュッダが注意を促し、新帝ヘルムートの胸を剣で貫いたアーン王は不敵に笑う。

そこに……。

二本のナイフがアーンを襲う。

カキンッ、カキンッ。

二本の投げナイフは、アーンによって打ち払われた。

だがそれは陽動。

次の瞬間には、剣を持った男がアーンに打ちかかる。

その剣は重く、鋭い。

一瞬で、アーンも全力を出さねばならないと理解する。バックステップして距離を取った。

それによって、新帝ヘルムートから離れる。

「近衛！　陛下を確保しろ！」

打ちかかってきた男が指示を出す。

それによってようやく、動けなくなっていた近衛兵がヘルムートの体を確保した。

「新手か？　男、いい剣を振るうじゃないか」

「そりゃどうも」

「俺は騎馬の王アーン。お前の名前を聞かせろ」

「帝国軍第三空中艦隊旗艦ギルスバッハ艦長エルマー」

「空中艦隊？　さっきの船で来たのか？　派手な登場だな」

「派手に登場した俺に、アーン王の首を置いていってくれないかな」

「欲しけりゃ自分で奪い取れ」

エルマーの軽口に、口角をあげて笑いながら答えるアーン。

「騎馬の王らしい回答です、な！」

エルマーが言い切ると同時に踏み込み、間合いを侵略する。

それを合図に、激烈な剣戟が始まった。

(剣戟に付き合ってくれるのか？　これはラッキーだ。騎馬の民としては皇帝を仕留めたんだから、さっさと離脱したいはずだからな。それとも逃げたように見られたくないのか？)

エルマーは剣を繰り出しながら考える。

奇襲は、成功したらさっさと逃げるに限る。それなのに、アーン王はエルマーの剣戟に付き合ってくれている。

ふとエルマーの視界の隅に、地面に横たわる新帝ヘルムートとその周りで回復を図る治癒師たちが目に入る。

回復？

なぜ？

(皇帝は生きている？)

そして、アーンの視線がヘルムートの状況を捉えているのも見えた。

「なんで付き合ってくれるのかと思ったが、皇帝を殺しきれなかったのか」

「心臓を貫いたはずなんだが、わずかに手ごたえが違った気はした。今見たら〈エクストラヒール〉をかけているじゃないか。どうも俺は、殺すのに失敗したようだな」

エルマーの言葉に、素直に答えるアーン。

だが、その答えにエルマーは違和感を覚える。

なぜ、素直に答えた？

妹を傷つけられた復讐なのだろう？　殺害に失敗したら悔しいだろう？

「お前を……空中戦艦の艦長を殺してとどめを刺そうと思ったが、強いな」

「そりゃどうも」

「とどめをさせなかったとしても……いや、むしろその方がいいのか？　長く苦しめることができるか」

「なに？」

「知っているか艦長、俺は光属性魔法を使える」

「ああ、聞いたことがある」

エルマーは唯一の空中艦隊旗艦の艦長だ。中央諸国内の多くの情報に接しているのはもちろん、騎馬の民が支配することになった回廊諸国の情報も目を通している。その中にアーン王の剣が凄まじく、同時に光属性魔法を使えると書いてあったのは覚えていた。

「剣で傷つけながら〈エクストラヒール〉をかけるとどうなるか知っているか？」

「は？」

アーンの言葉に、素っ頓狂な声を返すエルマー。

そんなケースは聞いたことがない。

相手を剣で傷つけながら、その傷つけている相手に〈エクストラヒール〉をかけるなどというのは……そんな状況はありえない。

「どうなるのかご教示いただけるのかな」

「永久に回復できない状態になる」

「なんだと……」

「まあ、そういうわけで、お前らの皇帝の傷が元に戻ることはない」

「……そうか」

エルマーが口にできたのはそれだけだった。

「王よ！　撤収するぞ！」

その声と共に、片目の潰れた男が馬で駆けてくる。

傍らに、空の馬を走らせながら二人の横を通り抜け……。

次の瞬間には、アーンは馬上の人となっていた。

「艦長、先帝ルパートに伝えておけ。妹を傷つけた代償、確かにいただいたとな」

アーンはそう叫ぶと、エルマーの元を離れていく。

騎馬の民全体が、嵐のように去っていった。

◆

《いちおう伝えておく。先ほど入ったばかりの知らせだ。デブヒ帝国の皇帝ヘルムート八世が襲撃された。重傷を負い、しかもそれは、回復不能の傷らしい》
《え？　どうして？》
《襲撃したのは回廊諸国の騎馬の王、アーン王だ》
《確かアーン王って、先帝ルパート陛下に恨みを抱いていた人ですよね？　それで、わざわざ帝国の皇帝を襲撃？》
《まあ、その辺りはいろいろと複雑だ》
そう言うと、アベルは、帝国動乱をかいつまんで説明した。
連合の暗躍による各地の反乱、アラント公爵の反逆、そしてエルベ公爵と対峙する中での騎馬の民の襲撃。
《連合のやつって、アベルがくぎを刺したあれですよね》
《ああ。あの時も言ったが、王国は何もしていないかならな》
《本当にそうでしょうか。謀略王アベルが動いている可能性があります》
《ねえよ》
ため息をつきながら否定するアベル。
もちろん涼も冗談で言っただけだ。
《エルベ公爵のコンラート様、無茶しますね。虎を討つのにワイバーンを呼び込むみたいな……。アベルは、そんなことしないでくださいね。王国内にどうしても倒したい勢力がいるのなら、僕が倒してあげますから。外国の勢力を呼び込んだら、そいつらに国をめちゃくちゃにされますよ！》

《お、おう……。その時は、頼むわ……》

王国において、国王に次ぐ地位にいるのは筆頭公爵たる涼だ。涼はあまり自覚がないが……。

ただ、今回のコンラートの策が、かなり危ない橋を渡っているのは、アベルも理解していた。そして、やむを得ないというのも理解していた。

コンラートが新帝ヘルムートを倒してしまえば、皇帝殺しと呼ばれる。

それは、少なくとも形の上では事実だ。

皇帝を弑逆しておいて、自分が皇帝位に就く……できないことはないだろうが、国内の貴族がうるさいことになるだろう。有力貴族の多くが、先帝ルパートの時代に取り潰されたとはいえ、全くいないわけではない。

また、諸外国の目を、完全に無視するわけにもいかない。

例えば、亡くなったヘルムート皇帝の妹、先の第一皇女が嫁いでいる国などが介入してこないとも限らない……その国は、連合の主要国の一つである。オーブリー卿が策動した理由の一つは、それかもしれないのだし。

皇帝殺しと呼ばれるよりは、今回のように、外国勢力に討たせた方がかなりスマートだろう。コンラートが裏で糸を引いていると誰が見ても分かる……そうだとしてもだ。

形を整えておくことが重要。

強い力を持っているのなら、形さえ整えておけば、たいていの無理は通る。

世界とはそういうものだ。

もちろん、このまますんなりと、コンラートが皇帝位に就くのかどうかは分からない。

《帝国各地で反乱が起こったのはヘルムート陛下の自業自得です》

《お、おう》

《正規軍に徴税権を与えるなんて、愚かすぎます。税の扱いは、ものすごく注意深くやらなければならないのです》

《同感だな》

《皇帝さんは、国を私物化した……歴史の中で、そう

語られるかもしれません》
《歴史……》
涼の言葉に、肩をすくめるアベル。
《全ては、国は誰のためにあるのか、という古来から繰り返されてきた問いです》
《民のためだろう？》
アベルは即答する。
アベルを含めた、歴代のナイトレイ王国国王たちはそう認識してきた……だから、アベルにとっては自明な答え。
《アベルならそう答えるだろうと思っていました。だから僕は、アベルを支持するのです》
《うん？》
『民のための政治が行われる』と『民が政治に参加する』は、必ずしも両立させる必要のない命題だ。はっきり言えば、王政や帝政においても民のための政治を行うことは可能……独裁国家においてすら、実は可能だから。
本来、巨大で複雑すぎて誰にも理解できない国家レベルの政治の責任を、民に押し付けるのは為政者の身勝手……そういう議論すら成り立つ。
《さっきも言ったが、ヘルムート陛下は、完全な回復は難しいらしい》
《それって変じゃないです？〈エクストラヒール〉って二十四時間以内なら四肢欠損すら再生してしまうんでしょう？　時間、間に合わなかったんですか？》
《いや、時間の問題ではない。アーン王は光属性魔法を使うそうだ。〈エクストラヒール〉を使いながら、体の組織を破壊するような攻撃……剣や槍で刺すなどをすると、完全には元に戻らんらしい。俺はリーヒャに聞いたのだが、神殿では昔から言われているそうだ、一般には知られていないがな》
《残酷ですね。アーン王は知っててやったのでしょうか》
《さあ、どうだろうな。剣で貫いた場所は、本来なら心臓のある場所だったらしいから、最初は殺すつもりだったと思うぞ》
《本来なら？》
《ヘルムート陛下は少し特殊で、心臓が右側にあった

そうだ》
《内臓逆位……》
《うん？》
《いえ、気にしないでください》
臓器の位置が、左右逆転している……そういう人が一定数いるという話を、涼は地球にいた時に聞いたことがある。
《ずっと不思議に思っていたのです》
《何がだ？》
《中央諸国の魔法って、詠唱を行うと発動するじゃないですか。基本的にその場合の威力や効果って、誰がやっても変わらないでしょう？》
《まあ、そうだな》
《でも、神官が集まって行う大魔法……〈解呪〉とかは参加する人によって効果が違うとか》
《確かに》
《リーヒャが言うには、〈エクストラヒール〉も実は使用者によって、効果が少し違うらしいです》
《マジか……》
涼の言葉に驚くアベル。
《アベルがガン……重病で寝込んでいた時に聞きましたけど、光属性魔法の〈キュア〉が効かなかったと》
《ああ、そうだな》
《光属性魔法は、使用者によって効果が違うのではないかと思います》
《他の、火、風、土、水などと違ってということか》
涼の言葉にアベルは考え込む。
アベルは魔法を使えない。だから魔法の機微ともいうべき部分はよく分からないが……。
《あとでリーヒャとも相談してみる》
《ええ、それがいいと思います》
リーヒャは王妃であり、元聖女だ。相談するには適任だろう。
《今回の件、まだ全て終わったわけではないが……なんらかの方法で帝国使節団にも伝わるだろう》
《四千キロ以上離れていますけど？　ケネスですら、その距離を越えるのは難しいと、以前言っていました》
《だが、今回、この『魂の響』で越えているだろう？

帝国も優秀な錬金術師はいるからな。あるいは、例のハーゲン・ベンダ男爵に往復させるとか……》
《転移……それはそれで凄そうですね。魔力切れとかしないいんですかね……》
《まあ、とにかく、この情報の扱いは、グラマスと決めてくれ》

◆

アベルに言われて、涼はグラマスことヒュー・マクグラスに報告した。

その報告が終わった後、後ろから呼びかけられる。

「イグニスさん？」

涼に呼び掛けたのは、王国使節団首席交渉官イグニス。

その表情は疲労困憊、そして苦渋にも満ちていた。

「リョウさん、お願いがあります。国王陛下にお尋ねしてほしいのです」

《ああ。イグニスの言う通り、巨大通商船が完成するのは二年後だ。そして確かに、長距離航行を想定した造りの船ではない》

アベルの答えをイグニスに伝えると、イグニスは今まで以上に深いため息をついた。

そんなイグニスを、涼は不憫だと思った。

《アベル、なんとかならないんですか？》

《いや、そう言われてもな。長距離航行……それも、中央諸国と西方諸国の海路を結べるほどの船をすぐに用意しろと言われても……さすがに、それは無理だろう。むしろ、そっち、西方諸国では調達できないのか？　金ならいくらかかってもいいぞ》

いつかは言ってみたいセリフの一つ、「金ならいくらかかってもいい」をリアルで言うことができる人というのは、そう多くない。

涼は、ちょっと羨ましいと思いながら、アベルの言葉をイグニスに伝える。

「はい……。そう思いまして西方教会、法国はもちろん、法国周辺の国にも打診したのですが……回せる船はないと」

これは当然である。

長距離航行可能で通商に使う船などというものは、受注生産だ。注文されてから造り始める。だから、完成した船が売っていたりはしない……。

しかし……そもそも、なぜ今、船が必要なのか分からないのだが。

「法国と中央諸国使節団双方から、一隻ずつ出して、航路の調査を行おうということになったのです。それが上手くいけば、今回の通商交渉はかなり進むのですが……」

「うちらの方は、船が用意できないから交渉が暗礁に乗り上げていると」

「はい……。中央諸国三カ国の中でも、海運に秀でているのは間違いなく我が王国です。ウィットナッシュも、国際貿易港とすら言える規模ですし。ですので、船は王国が用意しろという帝国と連合からの圧力もありまして……」

「なるほど……」

いちおう使節団として手を組んではいるが、王国にとって潜在的な敵国とも言える帝国と連合。

先日の先王ロベルト・ピルロは優しかったが、国同士の交渉が関わってくれば、個人の友誼《ゆうぎ》を超えるものも出てくる。

それは仕方のないこと。

もしかしたら法国としても、「それくらい準備できない国では、共同の航路調査など不可能」と考えた可能性もある。

試しているのかもしれない。

一口に法国と言っても、一枚岩とは限らない。通商交渉を進めたいという者たちがいれば、邪魔したいという者たちもいるだろう。

涼は考える。

なんとかして、目の前のイグニスを助けてあげたい。

だが、船の調達なんてそう簡単には……。

「あ……」

突然閃いたのは、先日のステファニアとの会話で、ニール・アンダーセンの話が出てきたからであろうか。

「可能性は決して高くないのですが……」

涼は、思いついた可能性をイグニスとヒューに語って聞かせた。

「リョウ……本気か？」

さすがのヒューも、思わず聞き返す。

「法国では調達できず、その周辺国でも調達できない。そして、教皇庁でも、多くの国に当たってくれたけれども、どこからも調達はできないということですよね？」

「はい」

涼が確認すると、イグニスが頷く。

「となると、法国の同盟国じゃないところにしか、可能性はないと思うんです」

「だから、共和国に行ってみると？　以前行っていろいろあって、帰ってきてからも異端審問庁みたいなのがやってくるほどなのに……か？」

「はい……」

涼だって、必要がないなら行ったりはしない。

だが、可能性はある。

まず、共和国は、西方諸国屈指の海洋国家だ。

しかも涼個人が、その共和国で一、二を争う技術力を持つという、フランツォーニ海運商会とコネクションがある。歓迎されるかどうかは、正直分からないが……。

「今回も僕一人で行きます。ニルスたちを連れていって、変なことに巻き込みたくありません」

「そうか……」

涼は決意を込めてそう言い、ヒューも頷いて同意した。


一時間後。

「王国の信用状を準備した。支払いを、ナイトレイ王国そのものが保証するというものだ」

「それは……金額はいかほど……」

「五千億フロリン」

「ご、五千億……」

かの、レインシューター号の建造費が三千七百億フロリンだ。

「急いで船を手に入れる必要があるからな。しかも、長距離航行可能なやつだ。簡単には手に入るまい。場合によっては、すでに引き取り手のあるものを……」

「ああ……お金を積んで横から奪い取る」

「そうだ」

交渉事というのは、いつもいつも清廉潔白なものとは限らない。

今回、必ずしも時間が味方でない以上、尋常ならざる手が必要になってくるかもしれない。

涼の持ち駒は、この信用状、借りっぱなしの聖印状、そして王国筆頭公爵の地位。これらを駆使して、船を手に入れなければならない。

しかも期限がある。

一カ月後には、いよいよ教皇就任式が執り行われる。それまでに、都合をつけて戻ってこなければならないのであった……。

二度目の共和国

《アベル、五千億フロリンもの信用状を与えられています》
《ああ。グラマスに、必要な時に使えといって持たせたやつだな。使い方は任せてある》
《そういうところは、素直に、アベルは器が大きいなと感心してしまいます……》
《……そうか？》
多分、アベルは照れている……涼には分かるのだ！
《まあ、船の調達そのものが、交渉の成否に直結する状況なのだろう？　ならば五千億フロリンの信用状というのも、分からんではないだろう》
《ちなみに……五千億フロリンって、どれくらいの価値なんですか？》
《どれくらいの価値？　意味が分からんが？》
《え～っと……例えば、王国民の平均年収っていくらくらいですか？》
《ああ……。王国全体は分からんが、王都民に限って言うと、百五十万から二百万フロリンくらいだったはずだ》
《な、なるほど……》
二十一世紀初頭の日本円に換算すると、五千億フロリンは、約一兆円ほどだろうか。
ちょっとだけ、涼の指が震えた。
《近寄る者は、全て盗賊とみなして返り討ちにします！》
《いや、それはやめろ》
お金は人を狂わせる……。

聖都マーローマーから、マファルダ共和国国境まで、涼は六日で着いた。

そう、六日で着いた。

前回は、五日だったが。

急いでいるにもかかわらず、時間がかかったのはもちろん理由がある。それも、のっぴきならない事情が。

ちなみに、途中で寄ったのは、聖都西ダンジョンである。


そして、マファルダ共和国国境へ。前回同様、厳しそうな国境警備が行われている。

しばらく待つと、国境検査は、涼の番になる。馬車付きの御者が降りて、何か手続きをした後、扉がノックされた。

「どうぞ」

「失礼します」

涼が言うと、警備兵が扉を開けて入ってきた。

「役儀によりお尋ねします。共和国発行の国境通過証、あるいは身分証明はございますか」

前回同様、極めて丁寧な問い。

もちろん涼は、今回も共和国発行の国境通過証は持っていない。

手元にあるのは……。

「では、これを」

涼は、ネックレス風に首から下げている身分プレートを渡す。

「はい。貴族の方でしたか。少々お待ちを」

警備兵はそう言うと、外に向かって言った。

「照会板を持ってきてくれ」

「中央諸国ナイトレイ王国の筆頭公爵が、再び入国したそうだ」

「ナイトレイ王国の筆頭公爵というと、ロンド公爵でしたな」

元首コルンバーノ・デッラ・ルッソと、最高顧問バーリー卿の会話。

ここは、マファルダ共和国首都元首公邸、元首執務室。

「前回は、法国の暗殺部隊の件で世話になりましたが……。確か最初は、アンダーセン殿に手紙を持ってきたのでしたな。しかし、アンダーセン殿は共和国を去ってもういない。さて、今回はいったい何が目的なのか……」

「まあ……監視は……いや、どうだろうな。今回も無害とは限らんし……」

バーリー卿が考え、元首コルンバーノも考える。

「うむ。前回、ロンド公爵に助けられた特務庁の人間がいたな。その二人に、ロンド公爵に会いに行かせよう。それで、目的も探れる」

コルンバーノは、すぐに特務庁のボニファーチョ・フランツォーニ局長に連絡するのであった。

涼が、マファルダ共和国首都ムッソレンテに入ったのは、国境を越えた二日後であった。

馬車は市街地にほど近い、だがかなり広い敷地に立っている、見るからに高級な宿の前に止まる。すぐに、宿から従業員が出てきて、馬車に積んである荷物を宿に運び入れはじめた。

全てがスムーズ。

一瞬の遅滞もなく、欠片のストレスも感じない。

まさに、一流の仕事。

涼は上機嫌で宿に入った。

巨大なロビー。三階吹き抜け、ふんだんにガラスを使い、とても明るい。

二度目の訪問であっても、やはり圧倒された。

「ようこそ、ドージェ・ピエトロへ。ロンド公爵様」

受付のお姉さんも、前回見た人だ。

涼の顔を覚えていたらしい。さらに情報もアップデートされているようだ。『リョウ様』ではなく『ロンド公爵様』となっている。

「こんにちは。とりあえず、七泊でお願いしたいのですが」

今度の涼のお仕事は、船の調達。七泊では短すぎるかもしれないと思いつつ、とりあえずは……。

「明日午前中にフランツォーニ海運商会を訪れたいと思っていますので、先方に約束を取りつけていただけますか？」

「畏まりました」

一流のお宿は、こういうことができる。

涼は満足して、ラウンジへと足を運ぶのであった。

涼も、ただ休むためだけにラウンジに行ったわけではない。もちろん、今月の黒板ケーキが気にならなかったとは言わないが……。

決してそれだけではない。

ラウンジに入って五分後、想定通りのことが起きた。

「失礼します。ロンド公爵様にお会いしたいと、諜報特務庁の方がお見えですが」

「ああ。こちらでお会いしますので、通してください」

やってきたのは、バンガン隊長とアマーリア副隊長。

「ロンド公爵閣下、ご無沙汰しております」

バンガンはそう言うと、きっちりと頭を下げた。同様に、隣のアマーリアも頭を下げる。

今回、二人は特務庁のさらに上、元首公邸から特に命令されて訪れた。いやがうえにも気合は入るというものだ。

「こんにちは、バンガン隊長、アマーリア副隊長。まあ、どうぞ、そちらへ」

涼が、向かいのソファーを指し示すと、二人は座った。

「ここのケーキはとても美味しいですよ。注文されてはどうですか？」

「あ、では……」

「こら！」

涼が勧め、アマーリアが注文しようとして、バンガンに怒られた。

「え～。せっかくの、ドージェ・ピエトロのラウンジですよ？　隊長分かってます？　とても我々の給料なんかでは入るどころか、近付くことすら叶わない、遥か彼方、夢の場所ですよ？　しかも公爵閣下がどうぞと勧めてくださっているのに断るのは、逆に失礼ですよ？」

　アマーリアが自説を主張する。

　美味しいケーキを前にして食べないなど、拷問以外の何物でもない。涼はそう思うので、重々しく頷き、アマーリアに加勢した。

「バンガン隊長、ケーキを注文して、友好的な雰囲気を構築した方が、情報を引き出しやすいと思いますよ」

「そ、そうですか？　それでは……」

「やった！」

　バンガンが許可し、アマーリアは小さくガッツポーズした。

　これで、涼も心おきなく二個目のケーキを……。

《ケーキは一日一個までだ》

　どこかの王様の声が聞こえる。

《交渉の一環です。ここで退けば二人の心を開けなくなります。仕方がないのです》

《……》

　王様も納得したらしい。

　不満ありありな雰囲気が、『魂の響』の向こうから漂ってくる気がするが、気のせいに違いない。

「お二人が今日来たのは、私が入国した目的を知るためですか？」

　涼のズバリの言葉に、二人とも驚いて目を見張った。

「はい。おっしゃる通りです……」

　辛うじて、バンガン隊長が答える。

　涼は一つ頷いて、言葉を続けた。

「今回伺ったのは、船を手に入れるためです」

「船、ですか？」

　アマーリアが首を傾げながら問う。

「はい。長距離航行が可能な……それなりに大きな船ですね。ここから、中央諸国に行けるくらいの」

「中央諸国……」

「いや、しかし、それは、どれほどの距離があるのか……」

　涼が説明し、アマーリアが絶句し、バンガンが驚いている。

「まあ、難しいのは承知しています。ですが、そのために来たのもまた事実。今回は、正式にナイトレイ王国の代表として伺っています。元首閣下と局長にも、そのようにお伝えいただけますか」

「か、畏まりました……」

◆

翌日。

美味しい晩御飯、快適な睡眠、美味しい朝御飯。

やはり完璧であった。

この宿は、全ての期待を裏切らない。

涼は、食後に、軽くストレッチをこなしてから、受付に下りた。

「ロンド公爵様、馬車を準備しております」

「ありがとうございます」

すでに、本日九時からの面会の約束が取り付けられたという報告を受けている。

今回は、王国の代表であり、筆頭公爵であり、場合によっては客となるため、きちんと馬車で乗りつけることにしたのだ。

もっとも、着ているのは、いつものローブなのだが。

いや、このローブは、汚れてもいつの間にか綺麗になるため、問題はないはずだ……。

ちょうど九時に、フランツォーニ海運商会の門をくぐる。

その車寄せには、十名ほどの人間が立ち、涼の馬車を迎えた。

「ロンド公爵閣下、お待ちしておりました」

そう挨拶したのは、フランツォーニ海運商会の商会長、ジローラモ・フランツォーニ。

商会長自ら、車寄せにまで来て迎えたのだ。最上級の接遇と言えるだろう。

「これはジローラモ会長、ご無沙汰しております。突然の訪問、申し訳ありません」

「いえ。いつでも大歓迎です。どうぞこちらへ」

前回同様、商会長室に案内された。

そして、スムーズに出される暗黒大陸産のコーヒー。

「それで……本日、公爵閣下が見えられた理由について、お聞かせ願えますか？」

ジローラモは聞く。

「実は、長距離航行が可能な船の買い付けに伺いました」

「なるほど……」

涼の言葉に、ジローラモは言葉を切る。

だが、その表情から、涼でも推し量ることができた。

すでに、その情報は掴んでいたと。

ジローラモの兄は、諜報特務庁局長ボニファァーチョ・フランツォーニだ。

昨日、涼の元に来たバンガン隊長とアマーリア副隊長は、当然上司たるボニファァーチョ局長に報告したはず。となれば、そこからジローラモ会長に情報が渡っていても、決して不思議ではない。

もちろん、情報が渡っていても問題はない。

涼がすることは変わらない。

「すぐに売っていただける船はありますか？」

涼は直接的な表現で尋ねる。

「申し訳ございません。長距離航行が可能な船となりますと、ご注文をいただいてからの造船となります。完成品が手元に残ることはありません」

ジローラモの言葉は、予想通り。

ここからが交渉だ。

「造船中の船を、用立てていただきたいのです」

「それは、さすがに……」

涼の言葉に、ジローラモは表情も変えずに断る。

これも当然だ。

造船中の船は、全て注文主がいる。完成させて、注文主に引き渡す日程も決まっている。それを、勝手に涼に譲れば、商会の信用問題となる。

「注文主の方に、相応のお金を払う用意はあります」

「なるほど」

涼は切り出し、ジローラモも頷く。

フランツォーニ海運商会としては、注文主が了承すれば問題はない。

注文主が、涼が保証する金額で頷き、船を譲ってくれるのであれば問題ない。

あるいは……。

「すでに進水した船で、まだ航海日程が決まっていない船を紹介していただくというのでも構いません」

基本的に、海運に使われる船は、行ったり来たりと休む暇はない。数カ月後、場合によっては一年後の寄港予定まで決まっている場合がある。そうでなければ、荷物の引き受け量が決まらないからだ。

つまり港に行って、「この船を売ってください」と言ってもまず売ってもらえない。もう、数カ月先までの、稼働予定が決まってしまっているから。

だが、唯一、その予定が空いている場合がある。

それは、メンテナンス中の船。

陸上のドライドックにあげられ、喫水下の修復、清掃などが数カ月かけて行われている……そんな船だ。

そんな船なら、「売ってください」と言って、売ってもらえる可能性が……ないわけではない。

だが、ジローラモ会長は、小さく首を振って涼に悲劇的な事実を告げる。

「公爵閣下。一度、共和国籍となった船は、他国に売り渡すことができない法律があるのです」

「なんですと……」

さすがに、そこまでは『旅のしおり』にも書いてなかった。

「つまり、造船中でまだ登録されていない船を……手に入れるしかない、と？」

「はい、そういうことになるかと思います」

涼が絞り出すように問い、ジローラモも顔をしかめて答える。

船調達のハードルが、一気に上がった。

フランツォーニ海運商会は、造船を行っているが、自社で船による交易も行っている。その規模は、共和国内でも有数の規模だが……。

「そんな手前どもの商会でも、長距離航行が可能な船となりますと、三隻しかございません」

つまり、造船の注文自体が多くない。

「現在、造船を請け負っていますのは、一隻です」

「一隻……」

「沿岸から暗黒大陸に行く程度の船であれば、いつも十隻近く造船しております。ですが、長距離航行可能な船となりますと……。しかもその一隻も……」

「その一隻も……？」

「共和国政府からの発注です」

「ぐぬぬ……」

お金で解決という最強の手札を封じられた。

残された手札は、借りっぱなしの聖印状、そして王国筆頭公爵の地位。

聖印状は、共和国内では逆効果。となると、王国筆頭公爵の地位……のみ。

「これは、厳しすぎる状況です」

さすがの涼も、何度も首を振るしかなかった。


フランツォーニ海運商会を辞し、涼の馬車が向かった先は、まず宿『ドージェ・ピエトロ』。

受付にお願いする。

「明日、元首公邸上層部の方との、面会の約束を取り付けてもらえますか」

「畏まりました」

言ってはみたものの、無理だろうと思っていたのだが……普通に受けられた。一流の宿は、元首公邸の上層部の人間との面会すら取り付けることができるのだろうか。

恐るべし、一流の宿。


次に涼が向かったのは、諜報特務庁の本庁。

受付で呼び出してもらったのは、バンガン隊長とアマーリア副隊長であった。

「公爵閣下、お待たせしました」

バンガンとアマーリアは急いで走ってきて、涼の前で頭を下げた。

「ああ、いえいえ、突然訪ねてすいません。ちょっと共和国の法律で、詳しく知りたい箇所がありまして」

「共和国の法律？」

「詳しく知りたい？」

涼の言葉に、バンガンもアマーリアも、大きく首を傾げた。

「ああ、これですね。海洋法第二百条」

ここは、特務庁書籍室。

共和国の法例、条例、局長通達など、およそ法令に関するすべての記録が保管されている。

どんな国においても、諜報機関あるいは情報機関は、驚くほど法律に詳しい。なぜなら、どこまでが法律の範囲内で、どこからが法律の範囲外なのかを理解したうえで、非合法の行動をとる必要があるから。

法律の、ギリギリの線を理解していなければ、まともな諜報活動などできやしないのだ。

そんな特務庁の書籍室で、バンガン隊長とアマーリア副隊長が、法律の該当箇所を涼に教えてくれていた。

「むぅ……やはり、一度共和国籍になった船は、手に入れられないですか」

「そうですね。共和国以外の国の船籍に変更することは不可。それどころか、共和国人以外の船主も不可では……」

涼が落ち込み、バンガンも小さく首を振る。

「海洋法施行規則第三三三条によると、船籍登録のタイミングは造船所からの引き渡し時となっています。ですから、造船している船かまだ造船に取り掛かっていない船しか……ナイトレイ王国は手に入れられないと思います」

アマーリアも船籍登録のタイミングの観点から、穴がないかを調べてくれていたが、やはり難しいらしい。

「さて、どうしたものか……」

涼は、ほとほと困り果てた……。

◆

翌日。

「ロンド公爵様、馬車を準備しております」

「ありがとうございます」

きちんと、『ドージェ・ピエトロ』は元首公邸上層部との面会の約束を取り付けていた。

しかも……。

「元首閣下、お時間を割いていただき恐縮です」

「いや、公爵閣下、当然のことです」

涼が感謝し、片目の元首コルンバーノが答える。

ドージェ・ピエトロは、元首との面会を取り付けたのだ。涼が王国の筆頭公爵であるとはいえ……恐るべし、一流の宿。

元首コルンバーノは、身長百九十センチ、体重九十キロという堂々たる体躯《たいく》。年齢は四十代後半、浅黒い肌に短く刈り込んだ髪……濃い茶色の髪には、すでに白いものが交じり始めている。

そして、最も特徴的なのは、眼帯をつけた左目。

共和国元首というより、海賊のボスという方が似合っているのかもしれない……。コルンバーノは、元々、海の男である。

「実は、公爵閣下がいらっしゃった理由については、だいたい分かっています」

元首コルンバーノは、言葉を飾るのは苦手だ。そのため、物言いも直接的である。

「ああ、それなら話が早いです」

涼も、似たようなものだ。

「長距離航行可能な船が欲しい。しかし、共和国では、一度共和国籍になった船は他国に売ることができない。そのため、造船中の船で長距離航行可能な船を手に入れたい。現在、フランツォーニ海運商会で造船中の長距離航行可能な船は、共和国政府が発注している船だけである。だから、それを手に入れたい」

「はい、全くその通りです」

コルンバーノの説明は、完璧にその通りであった。

「ちなみに、共和国内にはフランツォーニ海運商会以外にもいくつかの造船所がありますが……現在、完成間近の長距離航行可能な船を造っている造船所はありません」

「なんと……」

「つまり、共和国政府が注文している船が唯一のものなのですが……」

「が……?」

「申し訳ありませんが、お譲りすることはできません」

「……そうですか」

それは、半ば想定通りの答え。

これが個人、あるいは商会が注文している品であれば、金額や友誼次第でなんとかなったのかもしれない。

だが、国が関わると一気に不可能となる。

誰のせいでもない、国とはそういうものなのだ。

一部の政府上層部の人間や官僚トップなどが、勝手に国のものを売り払うなどあり得ないであろう？

当然だ。

国の資産は、国民全体の資産なのだ。

行政がその管理を任されているのだとしても、勝手に処分していいものではない。もちろん法律に基づいての処分ならばよいが、今回はそうではない。

国が造船中の船を、他国に売却する……。

後で議会に叩かれるのは目に見えている。場合によっては、元首弾劾《だんがい》の対象にすらなりかねない。

最初から、勝負になっていなかった……。


涼はその後、フランツォーニ海運商会に向かった。

約束は無かったが、ジローラモ会長が会ってくれた。

「残念ながら、万策尽きました」

涼は、うなだれてそう告げた。

「そうですか……」

ジローラモ会長も悲しげな表情で答える。


彼らの前に横たわるのは国の法律。そして、国家の資産。

個人や、商会でどうにかできるものではない。

「ああ、公爵閣下。その、共和国政府が発注している船を見ていかれますか」

ジローラモ会長が涼をそう誘ったのは、涼があまりにも落ち込んで見えたからに違いない。このまま帰すのは、あまり良くないと。

「はい……。お願いします」

涼の答えも、本当に元気のないものになっていた……。


フランツォーニ海運商会第二造船所。

そこでは、巨大な船が造船中であった。

「おぉ～」

落ち込んでいた涼でさえも、思わず目を見張り、声を上げてしまうような。

まさに威容。

地球の帆船基準で言うなら、戦列艦とフリゲート艦の中間といった感じであろうか。

「あれ？　戦列艦？　いや、まだ大砲はない……よね……？」

涼のその呟きは、ジローラモにも聞こえたが、理解はできなかったらしい。

「あの……この船、戦闘艦ですよね？　攻撃方法って……」

「船側の小窓が開いて、そこから魔法使いたちが砲撃します」

「な、なるほど……」

大砲による砲撃ではなく、魔法使いによる砲撃……。

技術は、場所によって、いろんな形で発達するものらしい。

「欲しかったなあ……」

涼は、その戦闘艦の威容を見上げて呟いた。

もちろん、戦闘艦である必要はないのだが……欲しかった。

涼は、ふと気付いたことを尋ねる。

「ジローラモ会長、ここって第二造船所ですよね？　第一造船所って……？」

「ああ……。すぐ隣です。建造が止まったままの船があります、見てみますか？」

「建造が止まった？　はい、見てみたいです」

二人が移動した第一造船所は、第二造船所よりも外観は大きい。

中に入ると……。

「クリッパー……」

先ほどの戦闘艦も威容を誇っていたが、こちらは優美であった。

優美な船といえば、ウィットナッシュで見たレインシューター号が真っ先に思い浮かぶが、あれとはまた違う。

いや、全く違う。

あれは、トリマラン、つまり三胴船。

だが、今目の前にあるのは、純粋な帆船。

地球なら、クリッパー船と呼ばれる船種。

多くの帆を張るための巨大な三本のマスト。前後に細長く、水の抵抗を最小限にするための優美な船体。

それは涼でも知っている、クリッパー船。

帆船日本丸などは、美の極致と言っても過言でない。

まさに、帆船が最後に到達した構造美。

それが、クリッパー船……涼は、勝手にそう思っている。

中央諸国の船のほとんどが、未だガレオン船であったことを考えると、このクリッパー船も異常な進化を遂げていると言えるだろう。

だが、先ほど、ジローラモ会長はこう言った。

「建造が止まったままの船」と。どういうことだろう？

「これほど美しく素晴らしい船が、建造が止まったままというのは……？」

「はい。実はこの船は、動かないのです」

「え？」

マストはある。

舵もある。

外観も問題ない。

あとは、帆を張れば進むはずだが？

「実はこの船は、このままですと復原性が低く、横波を受けるとすぐに横転してしまうのです。その問題を解決するために、いくつか修正を加えたのですが、それによって今度は速度が大幅に落ちてしまうという計算結果が出ました。本来、風属性魔法による推進でなく、魔法が全く必要ない純粋な帆船として航行可能な船なのです。しかしそこまで、問題が出てきまして。そのため、錬金術によって復原性の問題を解決するはずだったのですが……」

「が……？　あ、まさか、ニールさん？」

ジローラモの説明に、涼は思いついてしまった。

「はい。ニール・アンダーセン殿が解決するはずだったのですが、国を出られてしまいました。もちろんそれは、共和国政府の意向だったため、この船の問題は共和国政府お抱えの錬金術師が解決するという約束だったのです。ですが……彼らには、解決できませんでした」

「なるほど」

ようやく……本当にようやく、涼の目に力が戻ってきた。

「すいません、ちょっとこの船の設計図、見せてもらえませんか？」

一心不乱。

この数日の涼を表すのに、これほど適切な言葉はないであろう。

もちろんご飯は食べている。睡眠もそれなりに取っている。

食べながらも、頭の中は、全て船。

眠る時も、夢の中でも、全て船。


取り組んで四日目。

ついに、涼は辿り着いた。

「ふふふ……ニールさん、やろうとしていたこと、分かりましたよ。驚くべきことですが、バラスト水を積もうとしていたのですね。それでバランスを取ろうと……。木造船ですが、魔法と錬金術のある『ファイ』なら確かに可能。恐るべきは、その思考に至ったニールさんです……」

バラスト水とは、船の安定化を図るために、積み荷の量に応じて船内に水を取り込む、その水のことだ。

石などを積み込むことによって船の安定化を図る方法は、地球においても古来からよく行われていた。

近年になって、石より調整しやすい水に替わったのだが、ニール・アンダーセンがやろうとしたのはさらに先。取り込んだ水を配置する場所、そして形自体も、錬金術を使ってコントロールしようとしていたのだ。

確かに、バラスト水の配置は潜水艦などであれば無いわけではないが……そこに至る発想が恐ろしい。


ようやく涼は理解できた。そこからは早かった。

技師たちに指示を出し、造船大工たちに指示を出し、実船を計測。魔石を含め、必要なすべての材料調達の目処を整える。

全ての目処が立つと……ついに、ジローラモ会長に切り出した。

「あの船を売ってください」

ジローラモ会長は一呼吸入れてから答えた。

「分かりました。ただし、条件があります」

「条件？」

「新たに書き直された設計図と、錬金術の魔法式などを引き継がせてください。元々あの船は、我が商会の新船として造っていたものです。それが、アンダーセン殿が去ったために、建造は止まりました……ですから、船そのものを売るのは構いません。ですが後日、新たに造船する時に、公爵閣下が導き出した新たな道筋を生かしたいと思います。いかがでしょうか？」

ジローラモの目は真剣であった。

涼としては問題ない。

「いいでしょう」

「おぉ」

「それで、あの船はいくらで売っていただけますか？」

「ここまでの材料費、人件費などかなりかかっています。ただ、そこから設計図などを残していただく分を差し引いて……一千億ドゥカート、中央諸国の金額ですと、一千億フロリンでいかがでしょうか？」

「買います」

即決であった。

あれほどのクリッパー船が一千億フロリンなら、決して高くない。

……多分。

「あの船は、他の西方諸国、特に法国との海洋調査で使うと聞いています。であれば、船員たちは共和国の者たちではない方がいいでしょう」

「ああ、確かに」

ジローラモの言葉に、頷く涼。

あれほどのクリッパー船、動かすには優秀な船員が必要となる。

「航海術を共和国で学んだ、隣国ゴスロン公国の船員たちを雇うのがいいでしょう。ゴスロン公国は、歴代の多くの教皇を輩出してきたため、西方教会とは非常に良い関係を築いています。我が共和国とも、隣国でありながら戦争したことがない稀有《けう》な国でもあります。そのため公国民は、共和国でも法国でも、粗略に扱われませんし、それでいて確かな航海術を身に付けています。もしよければ、我が商会が斡旋することも可能ですが」

「おぉ！　ぜひ、お願いします」

まさに渡りに船。

「進水したら、ゴスロン港に回航して、あちらで艤装《ぎそう》してしまいましょう。その間に、公国の船員たちに慣れてもらって。公爵閣下も、聖都に戻る前にゴスロン公国に寄って、手続きをされるのがよろしいかと思います。かの国では、教会が発行した聖印状の効果は絶大ですので」

「なるほど。それは良いことを聞きました。ありがとうございます」

こうして、全ての問題はクリアされた。


ついに進水式。

涼によって命名された船名は、『スキーズブラズニル』。地球の神話に登場する、魔法の帆船の名前をいただいた。

その進水式を眺める涼の表情は、満足感に溢れていた。

確かに涼個人の船ではなく、ナイトレイ王国の船だ。王国政府がお金を出したのだから。しかし、自分が設計の変更や錬金術で関わったために、その満足感は半端ない。

にやけるのは当然であろう。

《リョウもやればできるじゃないか》

《今日は気分がいいので、アベルの上から目線も許してあげます》

《いや、そのセリフが……リョウの方が上から目線だろうが》

共和国での最後の夜、涼は当然のようにドージェ・ピエトロに一泊した。

翌日。

美味しい晩御飯、快適な睡眠、美味しい朝御飯。

何度も言うが、やはり完璧であった。

涼は、朝食後に、軽くストレッチをこなしてから、受付に行く。宿を引き払って共和国を発ち、途中ゴスロン公国に寄ってから聖都に戻るのだ。

チェックアウトも、なんのストレスもなかった。

完璧。

「やはり今回も、素晴らしかったです。また共和国に来ることがあれば、こちらに宿泊させていただきます」

「またのお越しをお待ちしております」

◆

ここまでは完璧だった。

それは、涼が完璧な宿『ドージェ・ピエトロ』を出て、馬車に乗ろうとした時だった。

見てはいけないものを見てしまった。いや、見えてはいけない者が見えてしまった。

それは馬に乗った美しい女性。パンツスタイルというか乗馬服というか……男装の麗人かと思えるほどだが、豪奢《ごうしゃ》な金髪、それも縦ロールの金髪は……見覚えがある。

目は、涼の記憶では紅かったはずだが黒い……カラーコンタクトレンズのようなものだろうか。

なんといっても、その圧倒的な存在感。

そんな女性が馬上から、涼をじっと見ている。

涼が右に動くと、そちらに視線を向けてくる。

涼が左に動くと、やはりそちらに視線を向けてくる。

涼がその場でしゃがむと……けげんな表情になって視線を向けてくる。

涼は決断した。

無言のまま馬車に乗り込む。馬車はゆっくりと走り出した。

女性と供の男性は、涼の馬車を追ってきた。

涼は一つため息をついて、御者に行き先の変更を告げる。馬車は街の広場に行き、そこにあるカフェの前に停車。

涼が馬車から降りる。

当然のように、その横にやってきて馬から下りる女性。供の男性に馬を預けると、涼に続いてカフェ……まるでリンゴなリンドーのタルトが絶品な『カフェ・ロワイヤル』に入るのであった。

涼が席に着くと、やはり当然のようにその前に座る女性……ヴァンパイアのチェテア公爵レアンドラ。

ここまで、二人とも完全な無言のまま状況は推移した。

「リンドーのタルトと暗黒コーヒーを」

「……僕も同じものを」

レアンドラがさっさと注文し、涼が注文しようと考えていたものと完全に同じものであったために、真似したようになってしまう……。

「ここのリンドーのタルトは絶品だ」

「ええ、それは全く同感です」

「ふむ……人間の筆頭公爵は、このカフェを知っているのか。いい趣味をしているな」

「ヴァンパイアの公爵が知っている方が僕にとっては驚きです」

「ヴァンパイアは長い時を生きる。生に飽きぬために美食家が多いのだぞ」

「……なるほど」

レアンドラの言葉で涼が思い出したのは、ナイトレイ王国の南西にあるトワイライトランドのヴァンパイアであった。

真祖様はラーメンのために国を建てたし、そこの女公爵はそのラーメンを美味しそうに食べていた。涼もお相伴にあずかったが、確かに絶品であった……。

「それで、僕に何か用でもあるのですか？」

「いや、特にはなかった」

「はい？」

「うん？」

涼が驚いて問い返し、レアンドラが首を傾げる。

「いや、宿の前にいたじゃないですか」

「あの宿『ドージェ・ピエトロ』の今月の黒板ケーキはいつも創意工夫がなされていてお気に入りだ。それを食べようと思って行っただけだ」

「そ、そうでしたか」

レアンドラの言うことを、涼は否定できない。

確かに『ドージェ・ピエトロ』のラウンジは、ケーキのレベルが高いから。

「でもそれなら、なぜ馬車を追ってきて、しかも馬を下りてこうして中に入ってきたのですか？」

「うん？　お前が何か言いたいことがあったのではないのか？　いかにも、付いてこいという表情であったではないか。公爵に対して無礼な振る舞い、人間の筆頭公爵は傲慢《ごうまん》な奴だと改めて思ったところであったわ」

「なんという誤解」

人は……いや、ヴァンパイアと人は分かり合えないのかもしれない。

「そもそも、どうしてヴァンパイアがここにいるのですか？　どうやって国境を越えたのです？」

「ん？　普通に人間の商人のふりをして越えたぞ」

「商人？」

改めて涼は、レアンドラを見る。

豪奢な髪、美貌、一見して仕立ての良さが分かる服……商人と言うには無理がある気がする。

涼は、共和国国境警備の厳しさを知っている。それを思い出すと、もの凄く納得いかない。

それに、涼の時は入国後も諜報特務庁の人たちが監視についていた。しかし、〈パッシブソナー〉で探っても、レアンドラを監視しているような者たちはいないのだ。

やっぱり納得いかない。


「そういえば国境警備の人間がぼやいていたな。人が足りないと」

「え？」

「共和国は戦争をしただろう？　それによって兵や諜報の人間が減ったという情報を得ている」

「ああ……」

「まあ、それがあるから、我らも共和国に本拠を置くことにしたのだがな」

「え？　ここにヴァンパイアの本拠？」

「なんだ？　ヴァンパイアには移動の自由が無いとでも言うのか？　人間の筆頭公爵は、思った以上に差別的だな」

「そういう問題ではない気が」

笑いながら言うレアンドラ、顔をしかめて心外だと感じる涼。

レアンドラは笑いを収め、だが微笑みながら新たな提案をする。

「せっかく会ったのだから、建設的な話をしたいと思うのだがどうだ？」

「いえ、僕は別に……」

「人間の筆頭公爵は戦いを望むか？　血を見ねば心が治まらぬとは野蛮なことよの」

「そんなことは一言も言っていません」

　呆れたような表情でレアンドラが言い、やっぱり心外だという表情で涼が答える。

　なぜかヴァンパイアよりも人間の方が、野蛮な生き物だと言われているのだ。とっても心外である。

「どうしてもというのであれば戦ってやらんことはない」

「戦いなど望んでいません」

「そもそも、ヴァンパイアは平和を愛する。戦争ばかりしている人間には理解できんだろうがな」

「否定できないし、理解もできない……ちょっと悔しいです」

　歴史を学んできた涼としては、人が戦争ばかりしているという指摘を否定できないのは悲しい……しかし、一面の事実である。

　本当に人の歴史は、戦争の歴史なのだ。


　そこだけ見ると、どうしても知的な生物とは思えない……。

「それでも最後は話し合いが行われます」

「殺し合いに飽きてからであろう？」

「と、とりあえず、その建設的な話し合いとやらをしましょう」

　人の歴史を知るがゆえに、涼は絶対勝てない勝負から逃げた。

「マーローマーで異常なことが起きている」

　レアンドラが単刀直入に告げる。

　マーローマーとは、ファンデビー法国の聖都である。つまり中央諸国の使節団が滞在し、教皇就任式が行われる場所。

「異常なことと言われても……具体的になんですか？」

「知らん」

「あ、はい……」

　レアンドラが言い切れば、涼は受け入れるしかない。

「だが、世界が揺らぐほどの何かだ」

「世界が揺らぐ？」

「うむ。我はその瞬間はまだ眠っていたのだが、その衝撃で目が覚めた。我だけではない。共に眠りについていた多くのヴァンパイアが目を覚ました。起きていた者の報告によると、世界が大きく揺らいだように感じたそうだ」

「それはいつ起きたのですか？」

「そう、今から……十カ月から十一カ月前といった辺りか」

レアンドラが答える。

それを受けて涼は考える。涼が聞いている、現教皇が即位したのがその辺りのはずだ。

教皇が即位し、その一年後に行われるのが就任式であり、涼たち使節団はその就任式への出席のために西方諸国に来ている。

「それが、聖都マーローマーで起きていると？」

「それは間違いない。どうせ西方教会が良からぬことをしているのだろう」

「そ、そうですか」

最後の結論の部分は、論理性というより偏見で導かれている気はするが……。

とはいえ、レアンドラが言うことを信じるなら、聖都におりその時に即位した教皇が関係している可能性は高い。

涼は、使節団が到着した時の歓迎式典での教皇を思い出す。違和感を覚えたあの時を。

そしてなぜか、悪魔レオノールが言った三つのキーワードを思い出してしまった。その中でも特に『生贄』というキーワードを。

地球において生贄という言葉は、神への供物として生きた動物を捧げるという意味だ。そう、その辺にいる偉い人にではなく、神に。

それも生きた動物を。

死んだ動物や、穀物の類ではない……。

そんな生贄の儀式を取り仕切るのは、神との距離が近い者。

この西方教会においては、教皇こそが最も神との距離は近いであろう。それで、生贄というキーワードを涼は思い出したのかもしれない。

だがまだ、その全容は頭に閃かない。ここまできても、まだ情報が足りていないようだ。

目の前のヴァンパイア公爵との会話が、足りない情報を補うことになるかもしれない。そう考えて、会話を進めることにした。

「なぜ、それを人間である僕に言うんですか？」

「たまたまこうやって話す機会が持てたからだ」

「それだけ？」

「どこかの国の筆頭公爵とやらなのだろう？　それなりの立場にあるのだろう？　市井《しせい》の民よりは多くの情報に接しているであろうし、これから先も教会の上層部と接する可能性があるだろう？」

「得た情報をあなたに……ヴァンパイアに流すつもりはありませんよ？」

「情報を流しても損はせぬぞ？」

「損をします！」

涼は断言する。

先日、教会の異端審問庁から調書を取られた。あれは共和国との関係からであったが、その上、ヴァンパイアとの関係まであったら……もっと別の人を敵に回す可能性がある。

ヴァンパイアハンターにして前異端審問庁長官、枢機卿の地位にあるグラハム……。

時々涼は、グラハムに怖さを感じるのだ。敵に回すのは避けたい相手。

だから、ヴァンパイアに情報を流したりしたら、損をするのだ。

「まあよい。実は、情報を流す必要などないしな」

「どういう意味ですか？」

「気にするな。それより、我らヴァンパイアの目を覚ました世界の揺らぎは、人間にも影響があると思うぞ」

「なぜヴァンパイアが、敵である人のことを気にするのですか？」

「敵？　ふむ、なるほど。大きく誤解されておるな」

「誤解？　キューシー公国で、キューシー公や公子のルスラン様を殺そうとしたでしょう？　僕とも戦ったでしょう？　それなのに誤解？」

「うむ、大きな誤解がある」

涼の問いに大きく頷くレアンドラ。

そこで、ちょうど二人分のタルトとコーヒーが届いた。

興味深い話が展開される可能性はあるが、それでも最優先ではない。目の前に美味《おい》しそうなものが並べば、そちらを優先すべきなのは自明なこと。

涼もレアンドラも、一言も交わすことなくフォークでタルトを割り、口に運ぶ。

「う～ん」

「おぉ」

美味。

まさに美味。

そして、暗黒コーヒー。

「甘みと苦みの組み合わせが……」

「完璧なハーモニーです……」

美味の前では……。

ヴァンパイアと人の悪関係など些事。

数千年に亘る対立すら些事。

世界平和の糸口は、美味しいものを共に囲む……それこそが真理であり真実。

そう確信させる。

共に美味しいものを食べ、飲めば、そこには平和しか生まれない……。


二人はタルトを完食した。

そうしなければ、話など語る気にもならないし耳にも入ってこないと理解していたからだ。理屈ではない。

そう、二人とも本能で理解していた。

「まず言っておかねばならないと思うが、ヴァンパイアは、別に人間を憎んではいない」

「そうなのです？」

「あ……中には憎んでいる者もいるか」

「どっちなのです？」

「ただの、反抗的な家畜だと認識している」

「一気に反ヴァンパイア感情が高まる表現です」

レアンドラの言葉に、小さく首を振りながら告げる涼。

さすがに家畜と言われて喜ぶ人はいない……あまりいないだろう。

「そうか？　人間だって牛や豚を家畜として養ってい

るだろう？　それらを意味もなく殺したりはしないだろう？」

「つまりヴァンパイアは、血の供給源として人間を家畜と見ている。ただし反抗的な、ということですか」

「そういうことだ」

レアンドラは頷く。

そして言葉を続けた。

「我々は人の血を飲まねば力を出せぬのだ、だから人を殺し尽くすことはできぬ。人間の中にも、家畜である牛や豚を愛《め》でる者たちがいるであろう？　ヴァンパイアにもおる。人に情を移したものがな」

レアンドラは、同じようなことを言った、かつての部下オゼロを思い出していた。

「その……人に情を移したヴァンパイアさんは、どうなったのですか？」

「今も人と生きておるぞ。もちろん、ヴァンパイアであることを隠してな」

「隠して……」

「人間たちは、我らがヴァンパイアと知った瞬間、襲い掛かる。慈《いつく》しむのも愛でるのもよいが油断はするなよと言って、我は出てきた」

「そうですか」

レアンドラの説明に、涼は素直に驚いた。

思っていたのとは大きく違ったからだ。

ヴァンパイアと人間は、いわば不倶戴天《ふぐたいてん》の敵……それくらいに思っていたのだが、全く違うらしい。

確かに、トワイライトランドの真祖様やアルバ公爵アグネスは、人間を敵対者とは見ていなかったが……実はあれは全く違う背景があるからだと理解している。

支配者と被支配者。

支配者たるヴァンパイアと、被支配者たる人間。

そもそもトワイライトランドのヴァンパイアにとって、人間は対等な相手ではない。だから、憎んだりはしない。

人だって、自分たちと対等ではないものを憎んだりはしないであろう？

豚を憎むか？　鶏を憎むか？　カタツムリを憎むか？

憎まない。

憎む、憎まないといった感情を持たない対象だからだ。

「ヴァンパイアが人に持つ感情は、なんとなく分かりました。でも、人との間に争いが絶えませんよね」

「そうだな。先ほども言った通り、人間はヴァンパイアだと分かると襲ってくるからな」

「いかにも人の責任と言いたそうですが……キューシー公国の時は、そうではなかったでしょう？」

「うむ。西方教会の力を削ぐために、東の要ともいうべきキューシー公国を潰そうとした。それは事実だ」

「そういうのは困ります」

「人間からすればそうであろう。理解している。責めるのであれば、我を責めよ。我の指示の下に行われた襲撃だからな」

いっそ堂々と述べるレアンドラ。

責任ある立場の者が、明確に自分の責任だと言って部下を庇う……そういう組織は堅牢だ。外部から切り崩すのは非常に難しいということを、涼は知っている。

いっそ対立せず、味方陣営に取り込めるのであればその方がいい。

人間同士なら。

だが対象がヴァンパイアの集団となると、はたしてどうか。

涼が想像できないほどの昔から、特にこの西方諸国では人とヴァンパイアは争ってきた。そう簡単に修復できる関係ではないだろう。

涼が頭を突っ込んでいいものではない気はする。

ない気はするのだが……それでも思いが口をつく。

「平和こそが一番だと僕は思うのです」

「我らも、それが可能ならそれに越したことはない」

意見の一致を見た。

もちろん、その前提が驚くほど複雑であるために、人とヴァンパイアの間の平和は簡単にはもたらされないのだろう。

それでも、涼とレアンドラとの間には、平和がもたらされるかもしれない。

まずは、個人同士で。

そこから、所属する集団同士へ。

最後に、国や種族全体へと広がっていけばいいではないか。

一度戦えば十分だ。

二度も三度も戦う必要はない。どこかの悪魔のように……。

涼はそう思うのだが……キューシー公やルスラン公子などが、そう簡単には割り切れないだろうなというのも理解できる。いずれは、その辺りの話し合いが必要であろうとも。


「最後に一つ、僕から提案があります」

「ふむ、聞こう」

「リンドーのタルトセットをもう一度頼み、友好を深めるのはどうでしょうか」

「素晴らしいな」

《……》

何やら文句ありげな、遠い王都にいる王様もいるようだが何も言わない。


現場の苦労を知らない人が、口を挟むべきではないと理解したに違いない……と涼は勝手に思うことにした。

涼は思うのだ。

きっとこの世界においては、リンドーは異種間の友好を象徴する果物になるに違いないと。

地球においてリンゴの実は、多くの意味を持たされていた。人間を楽園から追放して生まれながらの罪を刻み、しかして知恵を与え、巨大テクノロジー企業を生み出した……。


戦いから始まった関係であるが、最後は話し合いを経て平和が導かれた。

そのことに涼は満足している。

人とヴァンパイアの間にさえ、平和が訪れるのだから人同士でも行けると思うのだが……中央諸国を見る限り、自信がなくなる。

いや、西方諸国を見ても共和国は大変そうである。

《人は愚かな生き物なのでしょうか……そんな悲観的なことは認めたくありません》

《藪から棒にどうした?》
《戦争が溢れた人の世を見て、僕は悲しんでいるのです》
《いろんな『人』がいる。それぞれ考え方も立場も違う……だから、とる行動も違う。仕方のないことだ》
《人の数を減らせば戦争は起きにくくなります》
《そうか?》
《この世に生きる人が一人だけになれば、戦争は起きませんよ?》
《そ、そうだな……》
涼の極論に、アベルは頷くしかない。
《人数が多くても、戦争が起きない方法を思いつきました!》
《いちおう聞いてやろう》
《全員が満腹になって動けなくなれば戦争は起きません》
《……は?》
涼は断言するが、アベルは理解できていないようだ。
《お腹いっぱいで動けなくなれば、戦えないでしょう? 戦場に立てる人はいなくなるので、戦争は起きません》
自信満々の涼。
《……平和な解決法だな》
《でしょう? 僕らが目指すべき戦争回避の具体例に違いありません!》
《世界中の人間を満腹にして動けなくする……》
《満腹になった人は、みんな幸せでもあるはずです。平和と幸せがあれば、戦争なんて起きないという証左》
《食い物って偉大だな》
《ええ、全く同感です》
本気で世界平和を成し遂げたいのなら、世界中の人間がお腹いっぱいになるほどの美味しい食事を準備する。奪い取る必要もないくらい、食べても食べても無くならないくらい大量の食事を準備する。
ある種、素晴らしい結論が出たのであった。

◆

途中、思わぬ人物との邂逅があり、世界平和への道筋も見つけた涼であったが、三日かけてゴスロン公国に到着した。

公国に入る国境警備では、あえて、聖印状とロンド公爵のプレートの両方を提示する。そこまでやれば、確実にゴスロン政府に連絡がいくであろうとの読みがあった。

案の定……。

都ゴスロンの門をくぐる際に、偉い人が出てきた。

なんと、ゴスロン公国公太子ジェネジオ。国主たるゴスロン公の嫡子であり、次期国主。年齢は若く見える……十五、六歳であろうか。

「公太子殿下、わざわざのお運び、恐れいります」

「いえ……。ナイトレイ王国といえば、中央諸国を代表する大国。その筆頭公爵がお越しになると聞けば、それなりの者が迎えるのは当然です。本来であれば、父ゴスロン公自らが接遇するべきなのでしょうが、実は不在でして。私が名代としてまかり越しました」

涼の感謝の言葉に、ジェネジオ公子も丁寧に答えた。

それにしても、公子が城ではなく都の門で待っていたというのも、あまり聞かない気がするが……。


「公爵閣下は、聖印状もお持ちとのことですので」

謎はすぐに解けた。

ジローラモ会長が言っていた通り、ここゴスロン公国における聖印状の効果はかなりのものらしい。

そのまま政庁に移動し、スキーズブラズニル号の取り扱いと、船員についての話し合いがもたれた。とは言っても、基本的な手配は、すでに共和国のフランツォーニ海運商会から話が行っていたため、涼による確認と署名をするだけでよかったのだが。


スキーズブラズニル号の船籍は、ナイトレイ王国。

所有者は、ナイトレイ王国ならびに国王アベル一世。代理人ロンド公爵。

係留地は、ゴスロン港。

整備ならびに船員は、ゴスロン公国民。

王国の船ということで、その整備と保管に関して、国どうしの覚書も交わされた。ゴスロン公国自体が、整備と保管に関して責任を負う。王国は、その対価として お金を払う……。

涼は、信用状の中から百億フロリンのお金をゴスロン公国に預けた。今後二十年間の、スキーズブラズニル号の整備、保管費用である。

年間五億フロリンの維持費……日本円に換算して年間十億円の維持費……安い。

超高級船を預けた場合の年間維持費は、その船の価格の十分の一程度と言われる。

つまり二千億円の船なら、年間二百億円。

それが今回、なんとたったの十億円！

二十分の一なんて！

涼は、そんなことを考えながらサインをしていく。

さらに、いくつかのスキーズブラズニルの特性や、扱う際に注意すべき点を、設計者としても伝えておいた。

まあ、設計者とはいっても、船の構造そのものは、それほどいじっておらず、基本的に錬金術が関係する箇所に手を入れただけなのだが……。

とにかく、一日で全ての手続きは終了した。

書類は全て四部作成され、一つはゴスロン政庁に、一つは涼が持ち、一つは共和国のフランツォーニ海運商会に送られ、最後の一部は涼とは別に聖都の王国使節団宛に送られた。

最後の一部は、涼にもしものことがあった場合の措置で、涼自身が望んだのだ。なぜなら、時々、気になる視線を感じることがあったから。

《手を出してこなければそれで良し。手を出してくれば戦うしかありません》

《まあ、とりあえず、船を手に入れたのは良くやったな。そこは素直に称賛する》

アベルが手放しで涼を称賛した。

《いえいえ。筆頭公爵として当然のことをしたまでです》

今回の件は、涼も満足いく結果だったため、嬉しそうにそう答える。

《クリッパー船は、全く一般的ではないそうなので、船員さんたちもかなり習熟する必要があるそうです。いろいろ大変そうでした》

《ああ……俺も、クリッパーというのは初めて聞いたが……。リョウの故郷とかで走っている船か？》

《いえ……僕の故郷でもあまり走っていませんね。ただ、外観が美しいので知っていただけですよ》

実際、地球におけるクリッパー船は、帆船時代の最後期に出てきたと言っても過言ではない。もうすぐそこに、蒸気船の時代が来ようとしていた時代。

だがその時代にこそ、帆船の最高傑作たちは生み出された。

まさに、船の芸術。

有名なカティサークなどは、帆船の最晩年における最高傑作の一つとさえ言えるだろう。

今は、まだ船員たちの習熟が足りないそうだが、いつか、スキーズブラズニルが中央諸国にまで来たら……。

ぜひ乗ってみたい。涼は、一人そう固く誓った。

ウィットナッシュで見たレインシューター号とはまた別の意味で、スキーズブラズニル号は、涼の心に強い印象を残したのだった。

◆

都ゴスロンで一泊した後、涼は、ゴスロン公国が用意した馬車に乗り、公国を出た。

後は、聖都マーローマーに戻るだけ。

ゴスロンから聖都までは、馬車で三日。

……何事もなければ。

それは、ゴスロン公国の国境まで、あと二十キロほどの場所であった。

街と街の間の街道上。

馬車を突然の衝撃が襲う。

吹き飛ばされる馬車。馬。そして、御者。馬車は車輪が砕け、箱も大きくひしゃげてしまった。

「出てくるがいい。その程度では死なないだろう?」

派手なことをやらかした者にしては、非常に落ち着いた声。

その声に反応して、倒れた馬車に巨大な穴が開き、中からローブを纏った涼が現れる。

「驚くほど派手な攻撃ですね。アベラルト司教、ブリジッタ司教、ディオニージ司教」

涼を襲ったのは、『教皇の四司教』のうちの三人。

「王国使節団リョウ殿。それとも、ロンド公爵と言った方がいいかな。以前、警告したはずです。教会の害になると判断すれば、あなたを排除すると」

正面のアベラルド司教が告げる。

口調は、以前同様に丁寧だが、ほんの僅かに苛立ちが交じっているのを涼は感じ取った。

「それは覚えていますが……。教会の害となるような行動、とっていませんよ？」

涼は首を傾げながら答える。

実際、そう思っているのだが……。はて？

「ふざけんな！　教会の敵、共和国から船を買っただろうが。どんだけの金を共和国に渡した？　それを利敵行為と言わずしてなんだと言うんだ！」

「ああ、なるほど」

乱暴な口調でディオニージ司教が指摘し、涼もちょっと納得してしまった。

言われてみれば、そういう視点も成立する。

「そういうわけで、教会は、あなたを排除することを決定しました」

アベラルド司教が、やはり落ち着いた声で告げる。

「とても平和な共和国訪問だったのに。最後にこんなことになるとは。そうそう、ちゃんと確認したいのですが、あなた方三人への命令はどなたが下されたのか、教えていただくことは可能ですか？」

「もちろん、教皇聖下です」

「教皇……ご自身の口で？」

「もちろんです。我々への指令は、常に、教皇聖下がご自身の口で伝えられます」

アベラルドはそう答えると、恭しく頭を下げた。同時に、ブリジッタもディオニージも頭を下げる。

三人の、教皇への忠誠は、やはり絶対のものらしい。

教皇が、涼の排除を決定したとなると、三人を倒し聖都に戻れたとしても、いろいろと難しい気がする……。

とはいえ、今は、そこは考えない。目の前に、危機が迫っているのだから、それを排除してから考えればいい！

涼がそう思い、その目に力を宿した瞬間……違和感が襲った。

以前、感じたことのある違和感。

けっこう、何度も感じたことのある違和感。

最初は、ロンドの森の、あの片目のアサシンホーク……。

「まさか……こんな場所で、魔法無効化？」

涼がそう呟くと、三人の司教が驚いたのが見えた。

アベラルドは、かなり驚きを自制したようだが、それでも完璧ではない。ブリジッタも、僅かに表情が変わった。ディオニージに至っては、「なぜ分かった」などと呟いたように聞こえた。

三人は驚き、涼も驚いた。

確かに、涼も驚いたのだ。

だが、我知らず笑う……涼は自覚していない。

「なぜ笑っている？　魔法使いにとって、魔法無効化は死の宣告にも等しい。諦めたか？」

アベラルドは、眉根を寄せて尋ねる。

涼が笑っている理由が分からないのだ。

「笑ったつもりはないのですけどね。いえね、ここで魔法無効化ということは、あなたたちの誰かが、魔法無効化を引き起こすなんらかの物を……おそらくは錬金道具を持っているということなのでしょう？　それはぜひ見たいと思っただけですよ」

やはり涼は笑っている。

「馬鹿が！　貴様は死ぬんだ。見ることなどできん！」

ディオニージが怒鳴る。

「そう、やはりあるんですね、魔法無効化の錬金道具。まあ、見られるのは、生き残ったらですね」

涼は二度頷いて鞘から村雨を抜き、氷の刃を生じさせる。

そして言い放つ。

「魔法が使えない魔法使いは、確かに厳しいでしょう。でも中央諸国においては、魔法使いが近接戦をこなせるのは当たり前なんですよ」

「ぬかせ！」

叫ぶが早いか、ディオニージは手を閃かせて、一気に飛び込んだ。手から三本の短剣が放たれ、同時に、ディオニージも両手に短剣を持って涼に向かって飛び込んだのだ。

涼が三本の短剣を弾く。

ディオニージの右手短剣を村雨の刃で受け、左手短剣の突きを村雨の柄で打ち落とし、反動をつけて突く。

「チッ」

ディオニージは小さく舌打ちし、バックステップして涼の間合いから出る。

入れ違いに、涼の右から光るものが迫る！　視界の端で捉えた瞬間、首を傾げて紙一重でかわした。

だが、すぐにそれは失敗だと悟った。投げられた短剣などではなかったのだ。

慌てて大きく上半身を倒し、ダッキング。

涼が下げた頭の上を、後ろから棒が薙いでいく……。

「三節棍《さんせつこん》？」

長さ六十センチ、直径四センチほどの三本の棒を、鎖で繋ぎ一直線になるように連結した武器……カンフー映画などでしか見たことないが、涼でも知ってはいる。知っているだけで、映画以外で実際に使っているのは見たことないが。


それを、ブリジッタが振り回している……。

ブリジッタは女性ではあるが、身長は百六十センチほどある。そのため、特に苦もなく、三節棍を体の周りで回せるようだ。

左、両手短剣のディオニージ。

右、三節棍のブリジッタ。

となれば当然、正面のアベラルドが気になるが……おへその前で両手を組んで動かずに、じっと涼の様子を見ている。

（そういうのが、一番やりにくいです）

涼は小さくため息をつく。

（ブリジッタは、シミュレート能力があって、驚くべき予測を行う。それを破るには……速度で上回るのが一番かな？　高速戦闘に持ち込めば、シミュレートされても致命的なことにはならないでしょう。むしろ、この場で大切なのは、一対多の鉄則。敵は一方向に置くこと）

涼は、自らブリジッタの前に飛び込んだ。

カンッ。

近接戦の防御においても、ブリジッタは三節棍を器用に使いこなしている。

細かい斬撃を入れて、涼はブリジッタと体を入れ替えた。この立ち位置なら、敵三人全員を、視界に収めることができる。時々、ディオニージが短剣を投げてくるが、見えているため問題ない。

そのまま、戦いながら少しずつ移動。

そうして、背後に、馬車の残骸を背負う位置を確保。後方に、安全域を得ることに成功した。

(あとはいつも通りです!)

涼、鉄壁の守り。

一対二であっても、涼の守りは抜けない。


そうやって二人の攻撃を防いでいる間に、涼はあることに気付いた。

それは、ただ一人戦闘に加わっていないアベラルドの表情。冷や汗を垂らし、時々苦痛に顔をゆがめることすらある。

あれほど、常に落ち着き、驚きの表情すらかなり自制してみせたアベラルドがだ。

(戦闘が膠着しているのに参戦しない。冷や汗、苦痛……魔法無効化……)

涼は、目の前の戦闘をさばきつつ、そんなことを考えている。

逆に言えば、それができるだけの状況にある。

ブリジッタのシミュレートは厄介ではあるが、ここまでの近接戦かつ高速戦闘となると、それを活かす状況はほとんどない。

もちろん、ディオニージもブリジッタも、決して弱くない。いや、涼がこれまで戦ってきた中でも、人間に限って言えば、トップテンには入る……と思う。

だが、はっきり言えばそれだけだ。

涼が戦ってきた人外の者たちに比べれば……。

魔法無効空間で戦った、ヴァンパイアの剣士に比べれば、かなりの余裕をもって戦える。

魔法無効化を身に付けた、片目のアサンンホークの時ほどには、追い詰められていない。

三人は、魔法使いである涼を、魔法無効化の状態に置けば楽に倒せると思っていたのだろう。だが、実際は違った。

魔法使いのくせに、近接戦が強い。

涼は、そんな魔法使いだ。

（だいたい分かりました）

涼はバックステップして、ブリジッタから距離をとる。

待ってましたとばかりに、ブリジッタは、三節棍を伸ばしての攻撃。

涼は、向かってくる三節棍の先端を、右足を半歩踏み出してよけ、よけざま、伸びきった三節棍の連結部分を斬り落とす。

ほぼ同時に、体を傾けながらディオニージの投げた短剣の一本を、バットでボールを打ち返すように村雨で打ち返した。

アベラルドに向けて。

「ぐはっ」

飛んだ短剣は、アベラルドの腹に刺さる。思わず膝をつくアベラルド。

驚き、アベラルドを見る二人を置いて、涼は一気にアベラルドの元へ駆け寄って跪いた状態の顎を蹴り上げた。

吹き飛ぶアベラルド。

その左手から、何かが飛んだ。

涼は手を伸ばしてキャッチする。百八十ミリリットル缶ほどの大きさの、円筒形の何か。おへその前で組んだ手の中にあったのは、これだったようだ。

涼が手を伸ばして取り確認している間に、ディオニージとブリジッタは、吹き飛んだアベラルドを抱え走り去る。

遠くに馬車が現れ、三人を拾って去っていくのを、涼は見送った。

別に三人を倒す必要はなかったし、それ以上に、手にした筒が気になったからだ。おそらくは、これが魔法無効化を生み出した錬金道具。しかし、アベラルドのあの様子を見た後だと、自分で試す気には到底なれない……。

「ケネスのお土産にしましょう」

ケネスに渡せば、いろいろと分析した後で教えてくれるはず。

だが、涼はそこで気付いた。馬車がすでに壊されていることに。しかも、御者は吹き飛ばされたまま、未だに気絶している。

「はぁ……」

涼は、大きな大きなため息をつくのであった。

最凶の悪魔

涼が、二度目の共和国に向かった数日後から、『十号室』と『十一号室』の六人は、聖都西ダンジョン攻略に再び取り掛かっていた。

ダンジョン攻略は楽しい。だが、正直、このタイミングでダンジョン攻略をしていいのかどうか……そう思ったのだが……。

「行ってこい」

そう、団長ヒュー・マクグラスに言われたのだ。


それは有無を言わせぬ口調。何か裏があることはニルスでも分かったが、あえて何も言わないで受け入れた。

もちろん想像はつく。

西方教会、特に異端審問庁との絡みで、ニルスたちを聖都に置いておきたくないのだろうと。

涼に最も近い人間といえば『十号室』と『十一号室』だ。涼が聖都にいない以上、異端審問庁が彼らにアプローチしてくる可能性は高い。だから西ダンジョンに行けと。

とはいえ、わざわざヒューは口に出さない。

今、伝える必要がないから何も言わないのだ。

今、まだ伝えるタイミングではないから何も言わないのだ。

どちらにしろ、今、ニルスたちが知っていいことではない理由なのだろう。知ればどうしても行動に出る。監視している者たちは、その変化を読み取る。

相手に与える情報が多くなるのは、あまり良いことではない。

だからヒューは、何も言わない。

ならばニルスも、何も問うまい。

西ダンジョンの街での宿は、もはや定宿となった『聖都吟遊』。

街でも最上級の宿に、使節団のお金で泊まりながら、ダンジョン攻略。

「いいんですかね、こんなに贅沢させてもらっちゃって」

アモンが笑顔で、豪華な宿の晩御飯を食べながら言う。

「ヒューさんがつけた条件は一つだけ。指示があるまで、西ダンジョンの街から出るな、だもんね。それだけ守ればいいんじゃない？」

エトも嬉しそうに、食べながら答える。

ニルスとしては、若干気になるのではあるが、考えてもどうしようもないということも理解していた。


さて、六人が前回攻略したのはボスのいる百層。そのため、今回は百一層からだ。

「次のボスは百五十層……しかも、記録されている最深層がそこだ」

ニルスはそう言ったが、そこに至るまでに懸念がいくつもあるのもまた事実。

まず、この六人は、剣士三人、双剣士一人、神官二人。はっきり言って、バランスが悪い。

ほぼ、遠距離攻撃力がない。せいぜい、エトが左腕に着ける連射式弩……いちおう、神官二人のライトジャベリンもだろうか。絞り出しても、それだけ。

魔法使いがいないのだ。

だが、まあ、それはいい。

『十号室』だろうが、『十一号室』だろうが、基本的に魔法使いのいないパーティー。慣れていると言えば慣れている。

問題はもう一つ。

斥候もいない。

ダンジョン攻略において、斥候がいないのは厳しい。

百層に至るまでにも、いくつもの凶悪な罠があった。

それら罠の感知は、アモンとジークが秀でていた。

完全に直感のアモン。

論理的に罠がありそうだと推測するジーク。

この二人での罠の回避率、実に九十九％！

一度だけ、移動戦闘中にゴワンが罠を踏み抜き、毒矢の罠が発動したことがあった。迫る数十本の毒矢は、エトが緊急展開防御魔法〈サンクチュアリ〉によって防ぎ事なきを得た。

それとて、ゴワンが踏む前にジークが指摘したのだ……ゴワンは理解していなかったが。

つまり、アモンとジークが揃えば、全ての罠を見つけだせる。

それにもかかわらず、ニルスの胸中には、理由の分からない不安が去来していた。

翌日から、ダンジョンを攻略。

今までに比べ、層がかなり広い。もちろん、地図は出回っていない。しかも、百一層以下は、層の情報すらほとんどない。

これは、これまでの多くの先達が百層のボスを攻略できずに、そこでダンジョン攻略を止めたからだ。

百層の出現ボスは、五十層のボスと同じく完全にランダム。しかも百層の場合、かなり強いボスが出てくることが多い。

実際、六人の前に現れたボスはワイバーンであった。これは、百層に出てくるボスとしては最強クラスと言っていい。

というか、普通、ワイバーンが現れたら、どんなパーティーも撤退する。

百層は、撤退してもなんの問題もないのだ。一日一回しか潜れないという制限があるだけで、デメリットは全くない。翌日潜れば、別のボスが現れるのだから、そこで再攻略すればいいだけ。

それなのに、六人はワイバーンを攻撃した。そして、最終的には倒すことに成功した。

そんなワイバーンクラスとまではいかなくとも、百層ボスは、かなり強力なボスが出ることで知られている。数人のパーティーで攻略するのは難しい相手ばかり……。

キングボア。

ハーピークイーン。

ゴブリンキング。

シャドーストーカー。

レイスキング……などなど。

地上では、滅多にお目にかかれない魔物でもあるため、攻略方法が確立していないものが多い。

そんな理由で、百一層から下は、そもそも進むことができるパーティー自体が少ない。『十号室』と『十一号室』は、進むことができる稀有なパーティーになった。

これは、実は西ダンジョンの街においてかなり話題になっていた。

現在、西ダンジョンを攻略しているパーティーで、百一層以下に足を踏み入れているパーティーは、彼ら六人を含めて八組だけ。

常時、五千組を超えるパーティーが攻略していると言われる西ダンジョンで、トップ八組の一つということになる。

話題になるのは当然であろう。

もちろん六人は、そんなことは気にしていないのだが。


数日後、順調に攻略を進め百二十層に到達した。

石段を下り、百二十層に足を踏み入れようとした瞬間。

「待った！」

ジークが声を上げる。

先頭はジークとアモンだ。罠の探知をしながらのため、そういう形になっている。

そんなジークが、目を凝らしているが、小さく首を傾げる。

そして、口を開いた。

「何か変です。すいません、何か分からないのですが……何か変です」

これは、ジークにしては非常に珍しいことだ。

だいたいにおいて……。

「通路の幅が狭いので、横から槍などの罠が出てきます」だとか、「天井が暗くて見えないので、何か降ってくるか魔物がくるかもしれません」など、理由とありそうな罠を指摘するのだが……今回は、「何か変です」だけ。

「確かに、変な感じがしますね。しますけど……何が変なのか、よく分かりません」

アモンも同じようなことを言う。

しかし、これで確定した。

この百二十層には、何か、今までにない罠がある。

「分かった。今まで以上に慎重に進むぞ。一歩ずつな」

ニルスが言うと、他の五人は頷いた。

そして文字通り、一歩ずつ、足元の石畳に異変がないかを確認しながら歩を進める。

基本的に、ダンジョンの罠は、足元の石畳で発動することが多い。一定の重さがかかると、罠が発動する、といった感じで。

そのため、特に先頭のアモンとジークは一歩一歩石畳を確認しながら進む。

だから、罠を踏み抜いたりはしなかったはずなのだ。

だが……瞬間的に、それは起きた。

転移。

六人とも、すでに何度か経験している……地上において。

その感じを、初めてダンジョンで経験した。


声を上げる暇もなかった。

一瞬だけ体が浮いた感じがして、次の瞬間には、すぐにどこかに立っていた。

「転移……」

思わず、ハロルドが呟く。

「転移の罠があるダンジョン……」

エトも小さい声で言う。

「以前、リョウが言っていたな」

ニルスが、体格に似合わない囁くような声で言う。

「今回は、俺じゃない……」

ゴワンは、罠を踏んでいないことを主張した……。

他の三人も頷き、ゴワンを慰める。そう、他の三人も。

ここにいるのは、ゴワンを入れて四人だけ。

「アモンとジークは……」

「別の場所に飛ばされたな……」

エトが言い、ニルスも頷いて答える。

六人は、分断された。

「分断されましたね……」

「ええ。転移の罠ですか」

アモンが言い、ジークも同意する。

「以前、リョウさんから聞いたことがあります。王国魔法団のアーサーさんが言っていたそうです。西方諸国のダンジョンには、転移の罠がある所があると」

「まさにこれですね」

「あと、魔法無効空間の部屋もあると。これはアベルさんが、リョウさんに言ったらしいですが」

「ボスで経験したあれですね。あれは、魔法使い殺し……いや、神官殺しでもありましたね」

アモンの情報に、苦笑しながら答えるジーク。

分断されたが、二人とも冷静だ。

「正直、私とアモンさんのペアなら、だいたいはなんとかなるでしょう。あとの四人が、二人ずつに分かれたりしていると……。いや、けっこう誰でもなんとかなりますか？」

「ああ……。エトさんとハロルド……別に、大丈夫そうです。エトさんとゴワンも……問題なさそう。エトさんが一人で飛ばされていない限りは、大丈夫な気がしてきました」

「確かに」

アモンの推測にジークも同意し、結局二人とも笑った。

彼らは、B級パーティーとC級パーティーなのだ。

誰しも、それなりに強い。

「さて……では、進みましょうか」

「はい！」

ジークが促し、アモンが頷いた。

いちおう、分断された場合の手順はでき上がっている。

転移の罠で分断されるのは想定していなかったが、分断そのものは、ダンジョンならばあり得るからだ。

落とし穴や、壁の移動など……様々な罠はあるわけで。

この西ダンジョンにおいては、層を攻略すれば地上に戻ることができる。そのため、分断されたら、各自で、層を攻略する、そして地上に戻って合流する。そう取り決めていた。

そんな合流を目指して、二人は進み始めた。

問題は、彼ら二人の方ではなかった。

「複合罠とか……完全に殺しにきてるだろ」

ニルスはぼやきながらも、剣を止めない。

彼の横で剣を振るうのはハロルド。

彼らの後ろには、一人横たわったままのゴワン。

エトが連射式弩で矢を放ちつつ、時々毒消しポーションをゴワンに飲ませる。

「ポーション、残り二本！」

エトが叫んで、危機的状況にあることを知らせる。

とはいえ、それを聞かされても、ニルスにもいい考えは浮かばない。


強制転移され、最初の罠が魔法無効空間であった……。

そして、致死量の毒が入った毒矢。

さらに、大量のゴブリンの襲来。

ハロルドを襲った五本の毒矢。ゴワンがハロルドを弾き飛ばして、双剣で斬り落としたが……一本が刺さった。

◆

魔法無効空間のため、エトの〈ヒール〉も〈キュア〉も使えない。定期的にポーションを与えることによって、なんとか死なないようにするしかなかった。

そんな状態での、大量のゴブリン襲来。

ゴブリン一体一体はたいしたことはない。

だが、数は力だ。

まだ、ニルスとハロルドが切り伏せているが、いずれは二人にも疲労が出てくる……。

カキンッ。

ニルスは、飛んできた矢を斬り落とす。今まではなかった攻撃。

「ゴブリンアーチャーまで来やがった」

ニルスの声に、さすがに焦りが交じり始める。

近距離、遠距離両方からの攻撃に気を付ける……その難易度は、これまでの数十倍になる。疲労の蓄積も数倍の速度に……。

（いよいよもってまずい）

さすがに、それは言葉にできず、頭の中に思うだけ。

この場において、ニルスはリーダーだ。

指揮官でもある。

指揮官の言葉がもたらす影響に関しては、涼がいつも口を酸っぱくして言っていた。そして、尊敬するアベル王も。時には、思っていないことでも言わなければならない！

「ゴブリンアーチャーも切り伏せてやる！　ゴワン、もう少しの辛抱だぞ！」

毒と闘うゴワンに聞こえるように、ほとんど怒鳴り声だ。

だが、それでいい。

ニルスの声は、希望を失いかけていたハロルドとエトにも、ほんの僅かとはいえ活力を与える。

全員が気力を振り絞る。

気力を振り絞って戦い続ける三人。

しかし……。

ニルスの前に、ハロルドの疲労が極限に達していた。

「うぐっ」

ゴブリンアーチャーの矢が、ハロルドの右太股に突き刺さる。

それを見て、ゴブリンたちが一気呵成《いっきかせい》にハロルドに打ちかかった。

「なめるなー！」

だが、そこはハロルドもC級剣士。そして、将来は公爵になろうという男だ。

こんなところでは死ねない！

今までで、最も力強く、最も鋭く剣を薙ぐ。

三匹のゴブリンの首が、一気に斬り飛ばされた。

しかし、勢い余って体勢が崩れる。

すぐに戻すが、知能の低いゴブリンたちにも分かったのだ。ハロルドの体力は、残り少ないということが。

当然、横で戦っているニルスも理解している。

『十号室』の三人に比べれば、『十一号室』の三人の持久力は高くない。というより、『十号室』並みの持久力を持っているパーティーなど、王国にはいない。

どこかの水属性の魔法使いや、どこかのエルフ剣士や、地元の国王剣士を除けば。

「ポーション、尽きた！」

エトの絶望的な声が聞こえる。

さらに、ハロルドの剣筋がぶれてきたのが分かる。

「いよいよ万事休すか」

ニルスは呟いた……。

だが、次の瞬間。

ゴブリンの群れが、右側面から悲鳴を上げ始める。

さらに、ゴブリン自体が、吹き飛んでいるのが見える。いや、正確には、斬り飛ばされた首だ。

杖が振るわれているのも見えた。

三人とも、何が起きたのか理解する。

「ジーク！　毒消しポーションを投げて！」

エトが叫ぶ。

一瞬後、エトに向かって毒消しポーションが投げられた。受け取ったエトは、間髪を容れずにゴワンに飲ませる。

「繋がった！」

エトのその声は、ニルスにも聞こえる。

「ハロルド、あと少しだ、粘れ！」

「はい！」


ニルスが声をかけ、ハロルドは答えた。

ハロルドにも理解できている。何が起きているのか。

最も来てほしかった人たちが来たことが。

おそらく、彼の神官は、鬼神の如き殲滅《せんめつ》力で、ゴブリンを薙ぎ払いながらこちらに合流しようとしているはずだ。

そして、先輩剣士も、恐るべき剣閃でゴブリンたちを葬り去っているはずだ。

ここで、自分が力尽きる訳にはいかない！

ハロルドの目に、再び力が宿る。

それを見て、小さく頷くニルス。彼には、パーティーが危機を脱したのが分かった。


アモンとジークの殲滅速度は凄まじく、瞬く間にゴブリンたちは数を減らしていく。

六人が合流したのは、二人が現れてから三分後であった。

合流はしても、まだ魔法無効空間のままだ。だから、魔法でゴワンを回復することはできない。それでも、これまでとは、圧倒的に違う。

なんと言っても、斥候役の二人が合流したおかげで、新たな罠を踏むことがなくなったのだ。

これは、非常に大きかった。

「斥候、大事だ……」

ニルスのその呟きは、誰にも聞こえなかったが。


途中、三体のオーガに遭遇したが、ニルス、アモン、ジークがそれぞれ倒した。

ハロルドは、まだ疲労が抜けきっておらず、ジークに止められたのだ。ハロルドは悔しそうではあったが、我を張ったりはしなかった。

ジークには全幅の信頼を寄せている……ジークの判断に背くことは滅多にない。

決して早くはないが、罠を避け、確実に進む一行。

ついに百二十層の最後に辿り着く。

ようやく、魔法無効空間が解け、エトによる〈キュア〉と〈エクストラヒール〉で、ゴワンは回復した。

六人の百二十層は、ようやく終了したのであった。


「毒消しポーションはともかく、矢は特殊過ぎて、この街では調達できないね」

「聖都には、あったか？」

「東の工房地区に、矢がいっぱいあるお店がありましたよね」

エトが連射式弩の矢が調達できないと言い、ニルスが確認し、アモンが思い出して答える。ダンジョン百二十層で、エトは矢を使い切っていた。

「街を出るなと言われたが、仕方ないか……」

ニルスはため息をつきながら言う。

「明日、聖都に戻る」

彼らは理解していなかった。

なぜ、この西ダンジョンの街を出てはいけないとヒューが言ったのかを……正確には、理由の半分を。

涼が共和国に行く際に、わざわざこのダンジョンに一日かけて寄った理由を。

後に、きちんと言葉で伝えることの大切さを、関係者たちは思い知らされた。

◆

『十号室』と『十一号室』の一行が、西ダンジョンと聖都の中間地点にさしかかった時。

世界が反転した。

三度目の経験。

「これは……」

思わずニルスの口から声が漏れる。

さすがに三度目の経験となれば、何が起きたかは分かる。

「まったく……やっと出てきやがった」

もはや、聞きなれた声が聞こえてくる。

そして、現れる黒神官服の男。

その時、エトは唐突に理解した。なぜ、ヒューが西ダンジョンの街を出るなと言ったのかを。確かに異端審問庁の問題はあるだろう、だがそれは、理由の半分。

むしろ、こちらが本命……おそらく、魔人マーリンが住む西ダンジョンの街は、この黒神官服の男、いや『悪魔』は手を出せないのだ。

だから、街を出るなと言ったのだ。

「そうか……」

そして、隣のジークも、ほぼ同じタイミングで同じ結論に達したようであった。顔をしかめている。

そう、今さら気付いても遅い。

六人は、悪魔によって転移した。

「さて……」

悪魔は、そこで、一度言葉を切った。

だが、すぐに続ける。

「言ったよな？　堕天について広めろと。なんで広めないんだ？　なんでだ？　広めようと努力した？　したかもしれんが、広まってないだろうが。結果なんだよ、必要なのは結果！　マジでお前たち、殺しちゃうよ？　俺も人間を殺すのは好きじゃないんだよな。いや、まあ、それは嘘だ、他の奴らに隠れてコソコソ殺して食べているが……それはいい。なんつーか、教会に堕天を突き付けて反応を見たかったけど、もういいや。めんどくさくなった。お前ら全員死んじゃいなよ」

悪魔の、狂った主張が響く。

この後何が起きるのかは、全員が理解した。

全員が、殺される。

いいのかそれで？

いいわけがない。

だが、嫌でも理解させられる圧倒的な力の差。

誰も動けない。

いや、誰も動けなかった。

これまでは。

カキンッ。

ニルスが、剣を抜きざま斬りつける。

カキンッ。

反対側から、アモンが抜剣一閃。

どちらの剣も見えない壁に弾かれた。しかし、二人の目は絶望に満たされてはいない。

パリンッ。

中央から突き出された杖が、悪魔の〈障壁〉を破った。

ジークだ。

「ほっ。面白いじゃないか。人間のくせに俺の障壁を破るとは」

だが、悪魔は余裕の表情で笑う。

「グフッ」

なんの脈絡もなく、ニルスの腹に石柱が突き刺さる。

「〈エリアヒール〉」

石柱が消えた瞬間、エトの〈エリアヒール〉が響き、大穴が開いたニルスの腹部が治療されていく。

唯一の、ある程度の距離があっても効果を表す回復魔法。

個人ではなく、一定範囲内の回復を促す魔法。もちろん、消費魔力は大きい。

その間も、二枚目の障壁への、アモンとジークの連撃は続く。

割れると、三枚目の障壁に。

割れると、四枚目……。

「うぐっ」

「くっ……」

そんな二人にも、突然、石柱が襲う。

超反応により致命傷は避ける……それでも、さすがに無傷ではない。

「〈エリアヒール〉〈エリアヒール〉」

間髪を容れずに唱えられるエトの〈エリアヒール〉で、治療される傷。

その時になって、ようやくハロルドとゴワンも動き出した。悪魔の後方に回り込んで、剣を打ち付ける。

五人に囲まれる悪魔。

しかし……。

「ククク、いいぞいいぞ、抗え、抗え！　これならどうする？」

その瞬間、悪魔を囲む五人全員の足に、石柱が突き刺さる。

ニルスとアモンは辛うじて反応したが、その二人ですら足の肉を抉られる。

「〈エリアヒール〉〈エリアヒール〉」

〈エリアヒール〉は本来、範囲回復魔法。二度掛けして、五人をまとめて回復する。

エトは、すぐにマジックポーションを飲んで、魔力を補充。

「堕天を知る神官は、思った以上に強靭《きょうじん》だな」

今回現れて、初めて感心した様子を見せる悪魔。

「パーティー戦の定石は、回復役を真っ先に潰すことだが……さすがにそれはつまらん。ふむ、どこまでやれるか、見てみるか？」

悪魔はそう呟くと、唱えた。

「〈ロッピ〉」

すると……あろうことか、腕が新たに四本生えた。

「なんだと……」

さすがに、ニルスも驚く。

次の瞬間、六本の腕それぞれが、剣を握った。

「これでお相手しよう」

悪魔が言った瞬間、悪魔を守っていた〈障壁〉がすべて消失する。

始まる、五つの剣戟。

悪魔は足を止めて打ち合う。

驚くべきは、見えていないはずの背後からのハロルドとゴワンの攻撃も、完璧に防いでいる点であろう。

「ククク、久しぶりの六剣戟だが……いや、五剣戟か。まあ、悪くないな」

圧倒的な余裕を漂わせ、笑いながら五人の剣を受ける悪魔。腰の入っていない、完全に棒立ち、腕の力のみで振るう剣だが、苦もなく五人の全力の打ち込みを受け続ける。

「膂力《りょりょく》が違い過ぎる」

ジークのその呟きが、全てを表していた。

人間たちの全力の打ち込みを、手首から肩までの腕だけで堪え切れるのだ。そのため、棒立ちであっても全く危なげない。

それは、打ち込み続ける者たちに絶望感を与える。

この防御は絶対に抜けないと。

普通、足が動かない棒立ちの相手には、突きが有効である。

他の斬撃は、全て力によって受け止めることが可能だが、突きは……どこかの水属性魔法使いのように剣の腹で受ける以外は、かわすのが一般的だからだ。

しかし悪魔は、剣を当てて流す角度をつけて、突きの剣筋を大きく逸らす。それによって、結局、腕以外の体を全く動かすことなくさばききっている。

「技術も高い……」

ハロルドの呟き。

「当たり前だ」

悪魔はそう答え、大笑いして言葉を続けた。

「お前たちとは年季が違うんだよ、年季が。たかだか十年や二十年、剣を振るった程度で、俺に届くわけないだろうが」

笑って答えた後、さらに言葉を続ける。

「さて、では第二ラウンドだ」

「ぐはっ」

悪魔が言った瞬間、ハロルドの腹が、前後から石柱で貫かれた。

「〈エリアヒール〉〈エリアヒール〉〈エリアヒール〉」

エトが〈エリアヒール〉を三度重ね掛けして致命傷を回復させ、マジックポーションを飲んで魔力を回復させる。

「ぐふっ」

さらに、ゴワンの腹も、前後から石柱で貫かれた。

「〈エリアヒール〉〈エリアヒール〉〈エリアヒール〉」

再び、エトが〈エリアヒール〉の重ね掛け。

「くっ……」

ニルスは、突然現れた前方からの石柱は、剣で弾き落としたが、背後からの石柱は突き刺さった。

「〈エリアヒール〉」

連続七度のエリアヒール。

だがついに、ここでエトが片膝をつく。

「エトさん！」

アモンが思わず叫ぶ。

「大丈夫」

エトは小さいが力強くそう言うと、再びマジックポーションを飲み干した。

「やはり強靭だな、堕天を知る神官。範囲回復魔法は、使う人間は『痛い』と聞いたのだが、ほとんどそんな様子を見せないな」

「全然痛くなんてないからね」

「面白い……極めて面白いが……痛みは我慢できても、魔力の枯渇はどうしようもないだろう？　さすがにそろそろ、マジックポーションも底が突きるだろうが」


「試してみるかい、悪魔」

悪魔の挑発に、エトは目に力を籠め答える。

しかし、理解している。今飲み干したのが、最後の一本だ。

もう、後はない。

だが、諦めない。

ここは、聖都と西ダンジョンの中間。

あの人の……悪魔を嫌う、かの魔人の……。

次の瞬間。

世界が割れた。

六人の視界の端に入る、赤。

空が割れ、降ってきたのは、前回同様、赤い魔人マーリン！

「悪魔！」

「来たな、スペルノ！」

憤怒の形相の魔人。

凄絶《せいぜつ》な笑みの悪魔。

「他はいらぬ！　〈風よ！〉」

悪魔が唱えると、彼を囲んだ六人は吹き飛ばされた。

吹き飛ばされたというよりも、弾き飛ばされたという表現の方が適切なのかもしれない。

同時に、悪魔は六本あった腕を二本に戻す。そして開いたスペースで……。

人外の戦いが始まった。


「〈グラビティ〉」

魔人マーリンが唱える。

「初手は必ずそれか！〈空よ〉」

悪魔が唱えると、悪魔を上空から襲った重力の塊は、悪魔を逸れ地面に落ちた。

「グラビティを逸らすだと？」

マーリンが明らかに驚いた声を出す。

「ククク、かわさずに逸らされたのは初めてか？　前回は移動でかわしたからな。今回は逸らしてみたぞ」

悪魔は笑いながら言う。

マーリンも悪魔も、あえて会話を交わしている。息もつかせぬほどの全力高速戦闘、というわけではない。

最初から全力で押し切れる相手でないことは、双方理解している。

一瞬の油断か、想定を超える動きか。最後の瞬間だけ、相手の思考を上回る……そういう決着しかないであろう相手。

悪魔と魔人の一対一。

瞬間、見合う両者。

先に動いたのは、悪魔であった。

「先手を貰うぞ。〈業火〉」

悪魔から、炎の滝がマーリンに延びる。

「〈リバース〉」

だが、マーリンが唱えると、炎の滝は反転して、悪魔に向かう。

「そう、そうやって返すんだったな」

悪魔はそう言い、向かってきた自らの炎を、片手を振るって事も無げに打ち消す。

「ならば、これならどうする。〈周炎〉」

悪魔が唱えると、マーリンの周りを回る炎の壁が現れる。

「これなら、そのリバースとやらでも返せんぞ？」

悪魔は楽しそうに尋ねる。

「〈インバリッド〉」

マーリンが唱え、炎の壁は一瞬にして消えた。

「ふむ。それは魔法無効か？　それとも『元の状態に戻す』のか？　興味深いな」

「好きなだけ分析するがいい」

マーリンは吐き捨てるように言うと、唱えた。

「〈グラビティニードル〉」

空から、無数の細長い黒い針が降ってくる。

「当たらんよ」

悪魔は余裕でそう言うと、高速移動でかわし始める。

しかし……。

「な……。動けん？」

黒い針が地面に刺さると、悪魔は急に動けなくなった。

「刺すための針ではないわい」

「針に体が吸い寄せられる？　全方向から引っ張られて、その結果動けんのか。なるほどな」

悪魔の分析。

「その状態になっても分析とは余裕だな」

マーリンは顔をしかめたまま呟くように言う。

「スペルノ、この状態になっても、近接戦で打ちかかってこんのか？」

「悪魔と近接戦をするほど、無謀ではないわい」

マーリンはそう言うと、魔法で決着をつけにいった。

「消えろ。〈インプロージョン〉」

前回、悪魔を消し去った爆縮。

だが……。

「それを待っていた！　〈ディメンションスラッシュ〉」

悪魔は悪魔的に笑うと、唱えた。

その瞬間、爆縮は轟音を残し、消えた。当然、悪魔の体が消し飛ぶこともなく。

「馬鹿な……」

さすがのマーリンも呆然とする。

かわされるのならまだしも、〈インプロージョン〉を消滅させられたのは、初めての経験だ。

「そうそう、その顔を見たかった」

悪魔は余裕の笑み。

しかも、先ほどの〈ディメンションスラッシュ〉によって、悪魔の動きを封じていた黒い針も、全て消え去っている。

「スペルノ、残存魔力が少ないのだろう?」

悪魔は、再び凄絶な笑みを浮かべて言い放つ。

マーリンは表情を変えないが、明らかに、〈インプロージョン〉を放つ前とは違う。魔人基準であっても、かなりの魔力を消費する魔法らしい。

本当に、一撃必殺の。

一撃必殺……それでとどめを刺せなければ、敗北は必至。とどめを刺せなかった以上、マーリンの命は風前の灯……。

そのはずだった。

だが、三度《みたび》、戦況は変わる。

ドゴンッ。

上空から落ちてきた重量物が、轟音を響かせた。

悪魔を狙ったものだが、もちろんそんなものに潰されるような悪魔ではない。

「氷の壁?」

悪魔とマーリンが異口同音に呟く。

落ちてきたのは、氷の壁。

「あれって……」

「多分、そうだと思う……」

「他にいないだろうが……」

離れて見ていた、『十号室』と『十一号室』の六人。

アモンが呟き、エトが同意し、ニルスが小さく首を振る。

そう、彼らが知る、水属性の魔法使いの〈アイスウォール〉……。

そして、涼が現れた。

ほとんど、瞬間移動かと思えるような……。

「マーリンさん、遅くなりました」

「『声』は届いたようじゃな。これだけ生きてきても、声だけ転移させたのは初めてじゃったからの。本番で成功して何より」

涼が共和国に行く前に、一日かけて西ダンジョンに行っていた理由。それが、この状況の構築であった。

マーリンも、「声だけの転移」というやったことのないことを練習させられた……。

練習で上手くいっても、本番で成功しない場合もある。

今回は、本番でも成功した。

「とはいえ妖精王の寵児《ちょうじ》よ、なんとか時間は稼いだが……すまんな、わしの魔力も残り少なくなってしまったわい」

彼らの向かいにいる黒神官服の男は、笑顔が崩れ、顔をしかめながら口を開く。

「いちおう確認なんだが、その溢れる『妖精の因子』、お前、リョウだよな？」

「僕には、お前のような悪魔の知り合いはいない！」

「うん、俺のことは知らんだろうな。お前とは戦うなとレオノールに言われている……。あいつは……今は起きたばかりだからまだ俺の方が強いが、すぐに俺より強くなる……そうなると、めんどくさい……いつまでもぐちぐち言われるに違いないし」

涼の言葉に、悪魔は小さく首を振りながら答える。

後半は呟くように小さい……。

「ああ、レオノール……。そうですね、僕を殺したがっていますからね」

涼も頷く。

「だが、こうなっては仕方ないよな。俺のせいじゃない。首を突っ込んだお前が悪い。そう、これは避けようのない、不可抗力の事態だったんだ。レオノールも分かって……いや、絶対分かってくれないだろうが、仕方ない。そう、俺のせいじゃない」

何度も、俺のせいじゃないを繰り返しながら、再び笑みを浮かべる悪魔。

「いや、このまま去ってくれるのが、みんなのためなのですが？」

「その、みんなの中に、俺は入っていない」

涼のぼやきに、悪魔の笑みは凄絶なものになる。

かくして、涼対悪魔の戦いが幕を開けた。

「〈アイシクルランスシャワー〉」

涼の無数の氷の槍が、悪魔を襲う。ただの〈アイシクルランス〉ではなく、最初からシャワー。

しかしそのシャワーを、瞬間移動でかわす悪魔。

「〈アイスバーン〉〈アイシクルランスシャワー〉」

地面を氷にする〈アイスバーン〉。

瞬間移動する悪魔だって、地面に足をつくだろう。

「うぉっ」

着地した瞬間、思わず声を漏らす悪魔。

そこに襲いかかる無数の氷の槍。それも一方向からではなく、全方位から悪魔を襲う。

「〈ディメンションスラッシュ〉」

マーリンの〈インプロージョン〉と〈グラビティニードル〉を切り裂いて消し去った魔法。それは涼の氷の槍をも、一瞬で切り裂き消し去った。

「……ディメンション？　次元スラッシュ？　なんというファンタジー……」

涼が驚き、思わず声を漏らす。

「チッ。人間に、〈ディメンションスラッシュ〉を使わされるとは……。レオノールが気に入るのがよく分かる」

悪魔は、舌打ちをする。笑いながら。なんとも器用である。

「そういえば、近接戦が楽しいとか言っていたか？」

悪魔は思い出したように呟くと、どこからともなく剣を取り出した。

だが、それだけではない。

「〈マルチプル7〉」

唱えた瞬間、悪魔が、七人増えた。

「なんだそれは……」

思わず呟いたのは、ニルス。

「わしも初めて見たわい」

六人のそばに移動してきたマーリンも、驚いたように言う。

得意げな顔の悪魔。

だが、驚いていない人物が一人。

「連続次元生成現象を使ったやつですね」

涼が説明してみせる。

「なぜ知っている……」

笑みが崩れ、悪魔は驚愕した。

「貴様……どこまで、この世界の真理を理解している……」

「驚くほどのことではないでしょう悪魔よ。そもそも、人は真理の探究者です」

涼はここぞとばかりに偉そうに言う。

もちろん、涼は連続次元生成現象が何なのかは知らない。

ただ、以前レオノールがこの〈マルチプル7〉を見せた時に、そんな言葉を使って説明したから自分も言ってみただけだ。

なんか、かっこいい言葉だし。

そして目論見《もくろみ》通り、目の前の悪魔の冷静さを、少しだけ奪うことに成功した。

相手の冷静さを奪うのは、対人戦の初歩の初歩。

そしてダメ押しに……。

「悪魔よ、刮目《かつもく》せよ。〈アバター〉」

ほんのわずかに村雨の鞘が光り、涼の分身が現れた……その数七人。

「馬鹿な！」

思わず叫ぶ悪魔。

「今どきの水属性魔法使いは、分身くらいは使いこなせるものなのです」

「恐るべし、水属性の魔法使い……」

涼が言い、悪魔は涼の言葉をボケだとは認識しなかった。さすがに、アベルやレオノールほどには、涼のことを知らないらしい。

「いや、面白い……」

しかし五秒後には、悪魔は再び笑みを浮かべた。

冷静さを取り戻すのが早い。

「いざ、戦おうぞ！」

そうして、八人の悪魔対八人の涼の剣戟が始まった。

〈マルチプル7〉で生成された悪魔と、〈アバター〉で生成された涼は、互角であった。ただ本体たちは、生成された悪魔や涼よりも強い。

「ふむ……分身体も、力は俺と同じはずなのだが、剣戟の経験の差か？」

「実戦においては、臨機応変さも重要ですね」

悪魔も涼も、生成した分身体の動きにはまだまだ不満があるらしく、反省を呟きながら剣戟を繰り返す。

そして、同時に、相手の分身体を全て倒し終えた。

「問題点は洗い出されました、感謝しますよ」

「俺も、次はもっといいやつを生み出せそうだ」

涼と悪魔は、ニヤリと笑いあう。

結局、どちらも、戦闘狂なのかもしれない。

そして始まる、一対一の剣戟。

悪魔の打ち下ろし、横薙ぎの連携は、驚くほどの速度。

だが涼はそれを、足さばきでかわす。かわしざま、振り上げていた剣を打ち下ろす。

おそらく、普通ならそれで終わり。

しかし、瞬間移動でかわす悪魔。それを契機に、悪魔は瞬間移動を多用し始めた。

さすがの涼も、一瞬後に真後ろに回られれば苦しくなる。

（これは凄い……。セーラが風属性魔法を完璧に使いこなすのと同じように、この悪魔は瞬間移動を使いこなしている。レオノールは使わなかったけど……やっぱり悪魔によってもいろいろいるってことですよね。人間もいろいろいるのと同じで……）

涼は苦しくはなりつつも、そんなことを考える余裕があった。

余裕がないと困る。なぜなら……。

（まだもう一段、ここからあるはずです）

「〈炎錐《えんすい》〉」

「〈アイスウォール20層〉」

「〈風刃周《ふうじんしゅう》〉」

「〈アイスシールド256〉」

「〈石筍乱舞《せきじゅんらんぶ》〉」

「〈動的水蒸気機雷Ⅱ《ダイナミック・スチーム・マインⅡ》〉」

悪魔の攻撃、涼の防御。

剣戟と並行しての超近距離魔法戦。さすがに涼ですら、初めての経験だが……。

「なんだ、その魔法生成の速度は……」

「日々の、たゆまぬ鍛錬の成果です」

悪魔の言葉に、どや顔で言い切る涼。

そして、二人の剣がぶつかり、鍔迫《つばぜ》り合《あ》いに。

「〈連弾・水〉」

「うぉっ」

鍔迫り合い状態から、村雨を発射台にしての水の衝撃波。

完全なゼロ距離砲撃は、さすがに悪魔でも防ぎようがなく吹き飛ぶ。

「〈ウォータージェットスラスタ〉」

吹き飛んだ悪魔が、着地する前に追いつく。

そして斬撃。

だが、空を切った。

悪魔は、空中からの瞬間移動でかわしたのだ。

「剣がぶつかった状態からのゼロ距離魔法って……それ、レオノールの技だろうが！」

「そうそう。レオノールが以前やっていたんですよね、〈連弾〉って言って。接触状態からだと避けようがないので、真似してみました」

「おう……簡単に真似できるもんじゃねーよ」

涼の説明に、呆れる悪魔。

そもそも、超近距離魔法戦などというものは、普通は成立しない。そんな近距離で、剣戟をしつつの魔法戦など隙が生まれすぎるからだ。

だが、涼や悪魔ほどの魔法生成や魔法制御ともなれば、可能になる。

しかもその上をいく、ゼロ距離魔法戦。

剣が接触した状態からの魔法……当然、相手は魔法を生成しようとしていることが分かるため、魔法が生成される前の隙をつかれる。

普通は。

しかし、以前、レオノールはそれを成功させた。しかも、涼と鍔迫り合いをした状態でだ。

だから今回、涼はそれを真似してみた。

「ククク、しかし面白いな」

悪魔はそう笑うと、瞬間移動で涼の前に現れて斬撃を加える。

涼が受けた一瞬後には、再び、涼の真後ろに回り込む。

何度も涼を苦しめる攻撃。

しかし……悪魔の斬撃が空を切る。

「なに？」

悪魔は、何が起きたか理解した。

理解すると同時に大きく横に移動する。

今まで悪魔がいた、その背後に……涼が回り込んでいた。

「おい……お前、水魔法だろ？　瞬間移動とかできるわけないだろ」

「やってみせたでしょう？」

驚く悪魔に、ニヤリと笑って見せる涼。

「水魔法での高速移動か！」

「むぅ……すぐにばれるとは」

単純な方法だ。

〈ウォータージェットスラスタ〉をほぼ常時発動。体の全面から、まさにスラスタのようにその都度噴き出し、悪魔の背後に回り込んだのだ。

姿勢は立ったまま、スラスタの噴き出し場所、角度の制御だけで移動。

涼には、その方面に関して、偉大な目標がいる。

「セーラは、もっとスムーズなんですよね」

ここまでやれてても、まだセーラほどスムーズにできていない感覚がある。

近接戦での魔法。なんと、遠い頂なのか。

「おもしれえ……おもしれえなリョウ。レオノールが執心する理由がよく分かるわ」

悪魔は大きく離れて大笑すると、そう言った。

そして、言葉を続ける。

「本気で、剣を交えてみたいな」

そう言うと、右手に持った剣とは別の、少し小さめの剣が左手に現れる。

「二刀流……」

涼の呟き。

「なんだ？　リョウは、二剣使いの相手は初めてか？」

悪魔が笑う……悪魔的に。

「二刀が、必ずしも一刀に勝るわけではありません！」

涼は、力強く言い切る。

それは事実だ。

例えば、現代の剣道においても、二刀を使うことは許されている。高校生までは無理だが、それ以上なら問題ない。

だが、二刀使いは決して多いとは言えない。一見すると、二刀使えれば多くの面で有利になると思われるのにだ。指導できる者が少ないというのはあるのだろうが、それでも……。

「ならば証明してみせろ」

「いいでしょう」

言うが早いか、涼、全力の打ち込み。

それを、右手の剣で受け止める悪魔。それも、やすやすと。

涼の打ち込みを受け止めたまま、左足を大きく踏み込み、同時に腰をひねって左手の小剣で薙ぐ。

大きく後方に跳んで逃れる涼。

ただ一度の剣戟だが、嫌でも厄介さを理解させられる。

全力の打ち込みを、右手一本で完全に受け止められる……まず、そこがあり得ない。二刀使いの難しさは、相手の両手全力の攻撃を、片手で受けなければいけない点にある。

これは、人間同士であれば無視できない要素。

受け止めることに神経を使い過ぎれば、反対の腕での攻撃が遅れる。それでは、二刀使いの意味がない。

しかし目の前の悪魔は、やすやすと片手で受け止めるのだ。

「さっきは、六本の腕で、俺ら五人の剣を受けきっていたからな」

「はい……」

ニルスとハロルドの会話。

涼は考える。

人間の場合、二刀流の弱点は遅さにある。

それは、本来両手で振るうべき刀を、片手のみで振るわなければならないからだ。軽い竹刀であっても大変なのに、重い刀ともなれば……どうしても遅くなる。

遅さを衝くのであれば、まずは連撃！

涼は一気に踏み込んで、悪魔の間合いを侵食する。

そのまま、突く。

さらに、突く、突く、突く。

だが、悪魔は左手の小剣で軽やかに流す。

それは、完璧な角度に突き出された剣。驚くべき技術！　間違いなく剣の技術において、目の前の悪魔はレオノールを上回る。

その上で、上方から打ち下ろされる右手の剣。

紙一重でかわす涼。

しかし当然のように、打ち下ろした先から、斜めに跳ね上がって再び涼を襲う。

カキンッ。

切り上げを村雨で受ける。

それを予想していたかのように、悪魔は左足を踏み込み、そのまま左の小剣で突く。

体をひねってかわす涼。そのまま、ほとんど片足だけで少しバックステップして距離を取る。

「失敗……」

涼は呟いた。

連撃では崩せなかった。それどころか、右の剣と左の小剣が、驚くほどの速度で変幻自在に涼を襲う。

片手で操るのは大変？　何それ美味しいの的な……全く意に介さないかのような悪魔の剣。

「これは大変だ……」

涼のそんな呟きが聞こえたわけではないのだろうが、悪魔が口を開く。

「どうした？　証明してみせるんじゃなかったのか？」

笑いながら言う悪魔。

もちろん、涼はそんな挑発には乗らない。

「証明してみせるとは言ったけど、今とは言ってません！」

「なんだそれは……」

うん……挑発には乗っていない……。

多分。

とはいえ、難しい状況であることに変わりはない。

二刀のデメリット『遅さ』など、悪魔には関係なかった。となると、どうすれば攻略できるのか……。

逆から考えてみる。

二刀使いの最大の長所は何か？

それは、圧倒的な高さの防御力だ。

簡単に言えば、相手は二刀をかいくぐって攻撃を当てなければならない。しかし、右にも左にも剣がおり、正面を突けば二刀で受けられる。

「守りですか……」

涼は呟くと、小さく息を吐いた。

他に何をしたわけでもない。

構えが変わったわけでもない。

だが……。

悪魔が目を見張る。涼の雰囲気が変わったことに気付いたのだ。

「なんだ……?」

雰囲気が変わったのは分かったが、何がどう変わったのかは分からない。分からないが、今までとは違う。

守りこそが、涼の剣の真骨頂……などということは悪魔は知らない。

涼がしたのはただ一つ。

意識を絞っただけだ。

『守り』へと。

悪魔は迎え撃とうと待つ。

……迎え撃とうと待つ。

だが、涼は動かない。まさに、微動だにしない。

剣を正眼に構え、そのまま。

「打ってこいということか?」

悪魔が呟く。

そして笑う。

「面白い。ならば望み通り!」


一足一刀の間合いよりも遠くから、一気に踏み込む。

悪魔としての、人間では想像もできないその速さ。

右手剣の突き。

涼は流す。

首を狙った左手小剣の横薙ぎ。

涼はかわす。

そのまま時計方向に体を回転させ、右手剣での腰への横薙ぎ。

涼はしっかり受ける。

受けられた力を利用したかのように、時計と反対方向に体を回転させ、左手小剣で胸への突き。

涼は胸を反らしてかわす。

かわした際に、後ろ重心になったのを反動で前重心に戻し、そのまま突く涼。

悪魔は、その突きを、右手剣で流し、左足を大きく踏み込んで左手小剣で突く。

小剣が、涼の右脇腹に突き刺さる!

逆に驚いたのは悪魔だ。なぜかわさなかったのかと……。

しかし、すぐに気付いた。罠にはまったことに。

突き出したままの村雨が、剣先で円を描く。

斬り飛ばされる悪魔の左腕。

だが、悪魔も腹をくくっていた。罠にはまったと気付いた瞬間に、左腕を捨てたのだ。

まだ右手に剣はある！

狙いは、至近にある涼の首。この距離ではよけるのは不可能！

涼はよけなかった。

左腕を、下から差し入れる。

斬り飛ばされる涼の左腕。しかし悪魔の剣閃はずれ、首は守られる。

そして再び、村雨によって描かれる剣先の円。

斬り飛ぶ悪魔の右腕。

次の瞬間、大きく後方に跳ぶ悪魔。その表情は、大きく目を見開き驚いていた。

呟きは、そこにいる者たちにも聞こえた。

「ホントに人間かよ……」


距離を取って対峙する二人。

両腕を失い、驚愕の表情の悪魔。

左腕を失い、脇腹が大きく傷つきながらも、村雨を右手一本で正眼に構えたまま隙を見せない涼。

「ククク……」

驚愕の表情が崩れ、抑えきれない笑いが悪魔の口から漏れる。

「面白いなリョウ……ああ、実に面白い」

「……」

無言のまま、正眼に構えた剣を動かさない涼。

「俺の両腕を斬り飛ばした、あの円の動き。なんだあれは。奥義か何かか？」

「秘技、円月殺法」

有名な剣豪小説から勝手に拝借した名前を堂々と言う涼。

本来の円月殺法とは狙いも動きも全く違う……とはいえ村雨の動き的に、それ以外の名前が浮かばないのだから仕方ない。

「ほぉ……押し付けながら引くことによって、力によらず斬られたか……その妖精王の剣、実に鋭い切れ味だな」

剣理《けんり》を繙《ひもと》いてみせる悪魔……嬉しそうだ。

いや、嬉しそうというより、喜悦、法悦、愉楽、悦楽……。

「もう少し遊んでくれよ、なあ」

筆舌に尽くしがたい……笑み。

悪魔は微笑まない……凄絶な笑みを浮かべて、全てを奪い去る。

そう、希望さえ。

「〈ロッピ〉」

悪魔がそう口にすると、六本の腕が生えた。

涼が切り落としたはずの二本の腕も……再生されたのだ。

「何それ……」

言葉を失う涼。

ようやく斬り飛ばした腕が復活したのもだが、それ以上に六本腕の姿に驚く。

二人から離れて見ている『十号室』と『十一号室』の六人は、先ほどこの姿は見た。膂力だけで全ての剣を受け止められ、圧倒的な差を見せつけられたのだ。

良い感情は持っていない。

笑みを浮かべたまま、悪魔が口を開く。

「俺だけ回復ってのも不公平だからな、リョウも〈エクストラヒール〉で腕の再生をしてもらっていいぞ。待ってやる」

「必要ありません」

「なに？」

静かに言い切る涼、首を傾げる悪魔。

いつもより少し右足を前に出し、心持ち村雨を持つ右腕も右にずらし……よく見ると村雨も、いつもより少し短い。

人によっては、それはフェンシングのように見えるかもしれない。

半身、右手一本で村雨を構える涼。

一般的な刀よりも小さな……小太刀《こだち》の構え。

片手での取り回しをしやすくするために、村雨の刀身を少し短くしたのだ。調整ができるのは、氷の剣な

らではだろう。

「なんだ、それは？」

「二刀が一刀に勝るわけではありません。同様に、六刀が一刀に勝るわけでもありません。悪魔よ、あなたを倒すにはこれで十分です」

「あんまなめてっと、苦しみながら死なすぞ？」

喜悦と憤怒が交じった、ある種、複雑な表情になる悪魔。

それは冷静さの対極。

涼が望んだ状態。

相手の冷静さを奪うのは、対人戦の初歩の初歩。

「やってごらんなさい」

この瞬間、戦力的には圧倒的に劣勢な涼が、心理的には悪魔を上回る。

喜びと怒りに満ち、六本の剣を持った悪魔の姿が揺らいだ。

神速の踏み込みで一気に涼の間合いを侵略し、連撃を開始する悪魔。

それは文字通りの連撃。


六本の腕が持つ、六本の剣が涼を襲う。

しかし、涼は丁寧にさばく。

左足を引き、右手一本で持つ短い村雨で悪魔の攻撃を流す。

剣に角度をつけて流す。

全て、流す。

元々、短い小太刀は守りに向いている。短くなった村雨は、小太刀の長さ。

半身になって相手の攻撃可能面積を物理的に減らし、正面から斬撃を受けることなく力を流す姿は、ある意味、守りの極致であろう。

確かに、人と悪魔では膂力が違う。

人の剣ではあり得ないことが、悪魔の剣ではあり得る。

だが人であろうが悪魔であろうが、全ての存在に、等しく物理《ぶつり》は影響する。

剣《けん》の理《ことわり》とは物《もの》の理《ことわり》。

物理に沿って戦うのは、剣理《けんり》の原点にして奥義。

受けずに流し、慣性と重力を味方につける涼の守り。

流され、慣性によってあらぬ方向に向かう自らの剣を抑え、再び連撃に組み込む悪魔。

ヒントとなる姿は、ニルスが見せてくれた。ケンタウロスとの『闘い』だ。

もちろん今回の相手は悪魔。ケンタウロスとは基本部分から違う……。

「守り続けて疲労を誘おうというのであれば無駄だ。俺は疲れたりしない」

涼の狙いを看破し、笑みを浮かべながらそう宣言する悪魔。

それに対し、無言のまま守り続ける涼。

無言だが、必死さはない。

無言だが、焦ってはいない。

無言であり……むしろ落ち着いて見える。

激しい剣戟の最中、六本腕の強力な悪魔の斬撃にさらされ、しかも自らは左腕を失い、腹にも大穴が開いた状態……どう見ても圧倒的劣勢。

それなのにだ。

人はそれを、無我の境地と言うのかもしれない。

涼の心には一切の迷いはない。


痛い、痛くない、強い、弱い……楽しい、怖いすら、無い。

何ものにも因われない、心。

涼の武器は、物の理と心《こころ》の理《ことわり》。

物理と心理《しんり》。

涼は守る。

ただ守り続けるだけ。

しかし……それが、悪魔を追い詰める。

「なぜ破れぬ？」

あらゆる戦い……頭脳戦から命のやりとりをする決闘まで、何においても冷静さは大切だと言われる。

涼の落ち着きは、戦う相手の冷静さを奪い、心に迷いを生じさせる。

何が狙いだ？

このまま戦い続けていいのか？

どこで反撃してくる？

その前に、勝負を決する何かをするべきではないのか……。

そんな、心の揺れは体の揺れを招く。

その変化に気付いた者はいなかった。

少なくとも、この場にはいなかった。

B級冒険者となった『十号室』の三人も、類まれな才能を持つジークのいる『十一号室』も……永き時を生きる魔人マーリンですら気付かない、極小の変化。

一ミリの剣閃のズレ。

一度の剣角のズレ。

ゼロコンマ一秒の……剣の遅れ。

剣を振るう悪魔は気付いていなかった。

剣を振るわれる涼も、明確には認識していなかった。

ただ、体が勝手に動く。

悪魔の剣を流す……同時に大きく踏み込む。

瞬時に伸ばされた村雨によって描かれる円。

立て続けに五つ。

最後の円は描かれない。

悪魔が腕を引いて、最後の一本を守ったから。

しかし、それは罠。

悪魔の背後から描かれる最後の円。


斬り飛ばされたのは六本目の腕ではなく、悪魔の頭。

細かな水が光を反射して、涼の背中で揺蕩《たゆた》う……。

涼と悪魔の戦いが終了した。


誰も喋らない。

優に一分。

口を開いたのは、意外な人物であった。

「綺麗に負けちまった」

それは、地面に転がる悪魔の頭。

そう、悪魔は首を斬っても死なない……。

「レオノールもそうでしたけど、卑怯です」

「仕方ないだろう、種族によっていろいろ違う。それだけのことだ」

ようやくいつもの様子に戻り、不満を述べる涼。それに肩をすくめ……頭を切り落とされた体の方が肩をすくめる悪魔。

悪魔の体は歩き出し、地面に転がる頭を拾って、小脇に抱えた。

「我が名は、ジャン・ジャック・ラモン・ドゥース。

今回は俺の負けだ。それに、そろそろ時間切れでもある。だが次は、俺が勝つ」

小脇に自らの頭を抱えたままの悪魔の姿によって、戦闘の緊張は解けた。それは、とてもコミカルに見えるので……。

村雨を構えたままではあるが、涼は応じる。

「すいません、僕は遠慮します」

悪魔、いやジャン・ジャックの申し出を、涼は断った。悪魔との戦いは疲れるのだ。

「ククク、レオノールが言う通り、戦うのは遠慮するとか言うくせに、戦っている間中、嬉しそうに笑っていたではないか。何を言っても無駄。お前は戦闘狂だ」

「えぇ……」

ジャン・ジャックの断言に、凄く嫌そうな顔になる涼。

普通の人間で、「お前は戦闘狂だ」と言われて喜ぶ者はあまりいない。

そこで、ジャン・ジャックは、『十号室』と『十一号室』、そしてマーリンの方を見る。

「堕天を知る者たち、今後、お前たちには手を出すのを控えよう。そうすればきっと、これから先も、リョウは俺と戦ってくれるだろうからな」

「え……」

呆然とする涼。

確かに……仲間のために戦うのに、否やはないが……。

何か違う気がする。

「僕が戦うメリットは……」

「仲間のために戦う、だけではダメなのか？　なんとも薄情だな、リョウは」

「なんか、酷いことを言われているのだけは分かります……」

涼はため息をつく。

「ああ、そうだ、レオノールが言っていたな。お前が、エリザベスを治療してくれた時に、知りたいことを教えてやったのだろう？　次から、俺に勝ったら知りたいことを一つ教えてやる。それでいいだろう？」

「……なんという」

「あとスペルノ。寝た方がいいぞ」

「言われんでも分かっておるわ」

ジャン・ジャックはマーリンに言い、マーリンは仏頂面で返した。

「あの、すいません……」

そこに、横から割り込んだ者がいた。エトだ。

「む？　堕天を知る神官か。なんだ？　俺は今、気分がいい。特別に質問を許してやる」

ジャン・ジャックの答えを横で聞いていて、もの凄く偉そうだと涼は思った。頭を小脇に抱えているくせにと。

「あなたは以前、仰いました。堕天し、神から離れた『存在』はどうなるか？　その『存在』は消え去ってしまわないためにどうするかと。それが、我々とどう関係があるのか教えてほしいです」

エトはしっかりとジャン・ジャックを見ながら、はっきりと言い切る。魔力切れから完全に回復してはいないが、エトの目は力強い。

「ふむ……まあ、いいだろう。時間がないので簡単に言うが、その存在は、消え去ってしまわないために『神のかけら』を欲する」

「『神のかけら』？」

「そうだ。神が創りしもの全てに、『神のかけら』は埋まっているとも言えるが……。その中でも、人間の中に埋まっている『神のかけら』の純度は、他の生き物とは比べ物にならんほどに高い。それは、ドラゴンや、そこのスペルノなどと比べても、驚くほど高い純度だ」

ジャン・ジャックの説明に、一人頷いたのは魔人マーリン。

マーリンは、『神のかけら』を知っているのかもしれない。

「人は知らぬようだが、この世界は、多くのものによってバランスが保たれて成立している。『神のかけら』も、そのバランスを保つものの一つ。それも、非常に重要なバランサーだ。だからある地域で、元々そこに住んでいる人間が短時間で大量に死ぬと、バランスが崩れる。レイスなりスケルトンなりに変わりやすくなるし、他の生物も、異常なものが生み出されやすい土地になる。だから、『神のかけら』を大量に欲する『存在』も、そう簡単に奪うわけにはいかない」

理解しているのは、エト、ジーク、マーリンと涼くらい……だと涼は思った。

「つまり、元々そこに住んでいる人間には手を出せないから、外から多くの人間を呼び寄せて、その人間たちから『神のかけら』を手に入れる……」

ジークの確認に、ジャン・ジャックは頷いた。

「我々使節団が、呼び寄せられた者……」

エトの声は少し震えている。ジャン・ジャックは再び頷く。

「それで生贄……」

「む？　レオノールが言ったのか？」

「ええ、まあ」

「まったくあいつめ……口が軽いにもほどがあるぞ」

涼の言葉に、ジャン・ジャックは小さく首を振りながら答えた。

「『神のかけら』を大量に欲する存在が、新たな教皇か？」

マーリンの質問に、問われたジャン・ジャック以外の全員の目が驚きと共にマーリンを向く。

「スペルノ、そこは正直俺にも分からん。教皇自身か……奴の背後にいる者か……。悪いな、悪魔といえども万能ではない」

ジャン・ジャックは肩をすくめて言う。

だが、これまで知らなかった多くのことを知れたのは確かだ。

「おまけに言ってやると、死を覚悟するほどの経験をすればするほど、『神のかけら』の純度は高くなる……らしい。俺も詳しくは知らん。だから、そんな奴らがたくさん来たんだろ？」

「多くの文官が来るために、護衛の軍人や冒険者がたくさん付いてきましたね……」

ジャン・ジャックの補足に、エトが顔をしかめながら答えた。

何度も、死を覚悟するような経験をする者たちと言えば、戦場に出る軍人や、冒険者であろう。

「さて、そろそろ俺は去る」

「黒い四角の門みたいなのを通ってじゃないんですね」

「ああ、それはレオノールだろ？　あいつのために出してやったやつだ。俺は固有能力で次元干渉が得意なんでな。それでも、時間制限はある」

ジャン・ジャックはそう言うと、うっすらと消え始めた。斬り落とされた腕と剣も消え始めている。

そして、言った。

「これだけ教えてやったんだ。自分たちでなんとかしろよ」

そう言い残すと、完全に消え去った。

◆

「リョウ、まずは治療しよう」

エトはそう言い、涼が持っていたマジックポーションを飲むと唱えた。

「〈エクストラヒール〉」

それによって、欠損した左腕が再生され、脇腹の傷も治療される。

「いつ見ても恐ろしい回復です」

涼の呟きに、苦笑するエト。

回復が終了すると、涼はマーリンの方を向いて頭を下げた。

「マーリンさん、ありがとうございました」

「む？」

だがマーリンは、よく分かっていない。

「マーリンさんが時間を稼いでくださったおかげで、僕は間に合いました」

「なるほど、そのことか。なに、お主が離れれば、また六人に悪魔がちょっかいを出してくる可能性があると言われたからな。気にかけておったら案の定、現れおった。しかも、また西ダンジョンと聖都の間に」

「この場所というのは……」

「西ダンジョンは、わしがおるからな。そして聖都は、昔から悪魔は近付かんのじゃ」

（聖都には、聖なる何かがある？　いやあ……堕天した者が教皇やその背後とかにいるのに、聖なるものがあるとは思えないんですが。あるいは、堕天してもまだ……悪魔が近付きたくない要素を持っている？）

涼は、そんなことを考える。

「確かに……あの悪魔、ジャン・ジャックが現れるのって、必ずリョウがいない時だった……」

エトが思い出しながら頷く。

「多分、レオノールに、僕に手を出すなと言われていたんじゃないかと」

「もう一人の悪魔ですね」

涼が推測し、アモンが頷く。

「そのレオノールも……別に、リョウを守っているんじゃないよな？」

「もちろんです。僕を殺したがっているんですよ。まあ、ただ殺すというより、全力で戦って、倒して、楽しんだ結果として僕を殺したい的な」

「お、おう……。俺には理解できん感情だ」

涼の説明に、ニルスは首を振りながら答えた。

ニルスだけではなく、他の六人……つまりマーリンも首を振っている。もちろん、涼も理解できない。

「ですがジャン・ジャックは、多くの貴重とも言える情報をくれました」

ジークが話を戻す。


「俺たち使節団が呼ばれた理由が、あんな理由だったとは……」

ハロルドが呟く。

とはいえ、ハロルドとしては千載一遇の好機とも言える状況ではあったのだ。己の未熟さから『破裂の霊呪』にかかり、このままでは死ぬしかないという状況。

西方教会には、破裂の霊呪を解く魔王の血が保管されており、それがハロルドの希望になった。結局、保管されていた魔王の血は全て失われたため、自分たちで魔王を探索し、捜し当てて、血を分けてもらって、霊呪が解けたわけだが……。

そんな、中央諸国から使節団が呼ばれた理由が、『神のかけら』を集めるため。遠くからやってきた者たちなら、殺しても地域のバランスが崩れないから。

なんとも理不尽な理由だ。

「しかし、事ここに至っても解けていない謎がいくつかあります」

涼が言うと、他の七人が一斉に見た。

「そもそも、ハロルドが額に垂らしてもらうはずだった魔王の血。第一保管庫に保管されていたそうなんですが、それを含めて、四つの保管庫全てが襲撃されたその理由」

「ああ、確かに」

涼の言葉に、エトが頷く。

「どうせ僕たち全員を殺すのに……凄く真剣に、中央諸国と法国との交渉がなされている理由」

「神のかけらを集めようとしている、陰謀？　を知っているのが、極少数なんだろうな」

涼の言葉に、ニルスが腕を組んで答える。

「そして最後に、マーリンさんです」

「ん？　わしか？」

涼はマーリンの方を向いて言い、マーリンは驚いて問い返す。

「マーリンさんが寝ていない理由です」

「ああ……確かに」

涼が言い、ニルスも頷く。

「多分、僕ら人間の寝るとは違う意味なのだと思うのです。なんか、悪魔のレオノールも寝起きだからまだ弱い、みたいにさっきジャン・ジャックも言ってましたから……そういうのでしょう？」

「まあ、そうじゃな」

涼の問いに、マーリンも小さく頷いて答えた。

「わしらスペルノ……人間は魔人と呼ぶが、わしらは自分たちの種族はスペルノと名乗っておる。スペルノは、少なくとも千年に一度は眠りについた方がよい。そうせねば、極端に力が落ちていくのじゃ」

「力が落ちる……」

マーリンの説明に、ジークが呟く。

「人間も、寝不足では力が発揮できまい？　まあ、それの酷いやつじゃと考えればよい。理想は、五百年寝て五百年起きて、といったところじゃ。わしは、もう、数千年寝ておらんからな……確かに、酷い状態じゃ」

マーリンは苦笑しながら言った。

「マーリンさんがずっと起きているのは、魔王軍と関係があるのですか？」

エトの問いに、マーリンは少し目を見開いた。

「……まあ、そうじゃな」

何か言いにくそうだ。

「魔王軍が暴走しすぎないようにしていたのが、マーリンさんの役割?」

驚くべきことに、アモンが核心を突いた。

「なぜ……そう思うんじゃ?」

マーリンは、少しだけ顔をしかめて問う。困ったと苦笑との中間であろうか。

「なんとなくなんです。伝説に聞く魔王の力はもの凄いです。それに付き従う魔物も……例えばケンタウロスの人たちとか、かなりのものでした。そんな魔物たちが魔王に従っていれば、西方諸国の国々とか何度も滅びそうな気がしたので」

アモンが言い切った。

それを聞いて、マーリンははっきりと苦笑する。

「そう、何度もは滅びんと思うが……。『魔王の因子』というやつは驚くほど厄介なのじゃよ」

魔王の因子というのは、多くの魔物の中に生まれながらにして存在し、魔王が軍を興すと、強制的に魔王軍に付き従うことになる、『制約』あるいは『呪い』のようなものだ。

「魔王が望まぬでも、魔王の因子は効果を発揮し始めることがある」

「なんと……」

マーリンの説明に、涼が絶句した。

他の六人も絶句している。

「一度励起した魔王の因子は、しばらくは励起したままじゃ。『神のかけら』をある程度取り込むと、時間と共に基底状態に戻るが……」

「『神のかけら』……。だから、魔王軍は人間とぶつからざるを得ないと……」

マーリンの説明に、涼は補足して頷いた。

「うむ。仕方のないこと……神が創りしものゆえ、わしらにはなんともできぬ。人間からしたら、たまったものではあるまい? じゃが、魔物たちも、魔王の因子には逆らえんのじゃ。そのため、誰かがバランスを取らねばならぬ」

「それがマーリンさん」

「うむ。わしらスペルノは、魔王の因子を埋め込まれておらぬ。それゆえ、魔王の因子が励起している中でも、冷静さを保てる……」

「だから、常に魔王の傍らに参謀としてついていたのですね。魔王軍が、暴走しすぎないように、人間を殺し過ぎないように……。最後、停戦条約の調印の場にも必ずいた、と記録を読みました」

マーリンの説明を、エトが補足した。

エトとジークは、聖都の専門図書館で、その辺りの記録も読んでいた。

「いつか神なるものに会うことができたら、ぜひ問いたいのじゃ。なぜ、魔王の因子などというものを創り給《たも》うたのかと」

マーリンは、何度も首を振りながら言うのだった。

◆

マーリンと別れ、聖都入口に到着した一行。

「教皇就任式まで、あと三十日あまりです」

ジークが言うと、ハロルドとゴワンが頷いた。

「やれることを一つ一つです。そもそも、僕たちで勝てる相手とは限りませんからね、神のかけらを欲するほどの存在なら」

「まあ……そもそも、さっきの戦闘も、俺には理解の範疇《はんちゅう》を超えていたがな」

涼の言葉に、ニルスが涼の方を見て言う。

そして、続けて問うた。

「だいたい、最後とか、リョウは左腕を斬り飛ばされていたろう。あれ、あのまま戦闘が続いていたらどうするつもりだったんだ？」

「ああ……どうでしょうね。魔法戦ですかね？　あるいは、氷で左腕を作って剣戟の続行というのもありですかね」

「そんなことできるのか！」

「さあ？　やったことないですよ？」

「おい……」

涼の適当返答につっこむニルス。

「だって……ニルスに代わって、って言っても代わってくれないでしょう？」

「ああ、もちろんだ。絶対に代わらない。代わるわけがない！」

涼の問いに、いっそ清々しく拒絶するニルス。

それを聞いて苦笑するエトとアモン。

そして、ため息をつく涼。

「まあ、なんとか、首を飛ばされないで終わることができました。とはいえ、内容的にはまだまだですけど」

「あれでまだまだ……」

涼の言葉に、アモンが呟く。

「いずれは空中戦、つまりは完全三次元戦闘になるでしょうね」

「リョウはいったいどこを目指しているんだ……」

涼の適当未来予測に、ニルスが呟く。

涼がどこを目指しているのか……それは、誰にも分からない……。

もちろん、涼にも。

◆

《そんな感じで、こっちもいろいろ大変だったんです》
《お、おう……確かに大変そうだったな》
涼は、国王陛下の動揺を感じていた。
《アベル、何かあったのなら相談に乗りますよ？　僕はこれでも筆頭公爵ですからね！》
《いや……あの時の悪魔、ジャン・ジャックとの戦闘、魂の響を通して見ていたんだが……》
《ああ、そうだったんですね。面白い光景が見れたでしょう？》
《なんというか……凄い世界の戦闘だな》
それは、アベルの素直な感想であった。
アベルは、剣士だ。そのため、近接戦の専門家と言ってもいい。
《最後、ジャン・ジャックの冷静さを奪い、迷いを生じさせたよな。あの駆け引きは見事だと思った》
《……実はそのちょっと前から、あんまり覚えていません》
《……は？》
《いや、正確には違いますね。思い出すことはできるので、記憶はしています。でも、なんというかぼんやりした記憶で、僕の記憶でありながら僕の記憶ではな

いような、そんな感じなんです》
《ふむ》
涼は首を傾げながら、思い出している。アベルも、実は『魂の響』の向こうで首を傾げている。
《ゾーンというか無我の境地というか、あんまり考えていないのに体が動いた気がします》
《なるほど。その手の話、聞いたことはある》
涼が現代地球的知識から述べ、アベルは剣の世界で聞こえてきた話から頷く。
《でも追い詰められないとそういう心にならないというのは、ちょっとダメですよね》
《ダメではないだろう。普通はそんな状態になれないぞ》
《理想としては、意識していつでもゾーンに入れるようになりたいです》
《確かに、それができれば理想的だな》
アベルも同意して頷く。
頷きながらも、心理的駆け引き以上にアベルが気になったものは……二人の戦闘速度であった。
《リョウもジャン・ジャックも、凄い速度域での戦闘だった》
《あれ？　アベルは、セーラと模擬戦とかしたことないのです？　セーラの『風装』は、あれくらいの速度域での剣戟じゃないですか》
《うん、やったことないし、これからもやらない……》
アベルは心に誓った。
そして、涼は当たり前のことを思った。
（そういえば、最近セーラに会っていません）

◆

王国西の森。

「今帰ったぞ」

「おババ様、おかえりなさい」

王都への出張から戻ったおババ様を、セーラは真っ先に迎えた。

そこからは、村に造られた訓練場が見えるが、多くのエルフたちが倒れている。おそらく、セーラに打ち倒されたのだろう。

「セーラ……わしではなく、お主が王都に届けてくれてよいのじゃぞ？　正式に、この西の森の次期代表なのじゃ。王都でも、粗略に扱われたりはせんし……わしも、ここと王都の往復は疲れる」

「いえ、そこはおババ様にお任せします」

セーラは、頑なに拒む。

その理由をおババ様は知っている。

「どうせ、リョウが王都におらんからじゃろうが」

「さすがおババ様、全てお見通し」

おババ様は首を振りながら言い、セーラはあっけらかんと笑って答える。

「リョウがいない王都など、なんの価値もありません」

「いや、そう言い切るな……」

セーラが断言し、おババ様はため息をつく。

「西方諸国への使節団に加わっておるのじゃ。仕方あるまい」

「リョウも筆頭公爵なんだから、そんなのは部下に行かせればいいのです。代わりに、王都の美味しいお店巡りでもした方が、よっぽど意義があります」

「それはどうかと思う……」


さすがに、セーラの言葉に同意できずに、おババ様は反論した。

「ノブレス・オブリージュとか言うやつじゃ。昔、リチャード王が言うておった。高貴な者の責任、仕方あるまい」

「もちろん冗談です。リョウは真面目ですからね。きちんと自分の役割をこなすあたりは、素晴らしいです。リョウに会いたいのは当然なのですが……でも、どんなお土産を持って帰ってきてくれるのかも、楽しみではあるんです」

「なんというか……リョウとセーラの気が合うのは……分かる気がするわい」

セーラが嬉しそうに言う言葉に、おババ様はため息をついて呟くのだった。

「私は、ここでみんなを鍛えた方が、王国の防衛力向上につながるので。その方が、より多く貢献できると思います。ですので、そちら方面はおババ様にお任せします」

「むぅ……」

セーラの言葉に反論しにくいおババ様。言っていることは間違っていないからだ……。

世界は、間違っていなければいい、というわけでもないのだが。

エピローグ

そこは、白い世界。

ミカエル（仮名）は、今日もいくつかの世界の管理を行っている。

手元には、いつもの石板《タブレット》。

「とりあえず今回、私は介入を見送りましたが……はたして、その判断は正しかったのか。正直自信が持てませんね」

石板を操りながら、ミカエル（仮名）は小さく首を振る。

「そう……どう考えても、西方諸国は繋がります。繋がり、こちらに現れたら……大変なことになるのですが。さて、どうしたものか」

ミカエル（仮名）は気になるものを見つけたのか、さらに石板を操る。

「ああ……これは……三原涼さんの心が……」

ミカエル（仮名）はそこまで言うと、そっと呟いた。

「人の心は、決して強くありませんからね」

あとがき

『水属性の魔法使い　第二部　西方諸国編Ⅲ』をお手に取っていただき、ありがとうございます。

お久しぶりです……というほどには、実はお待たせしていないと思います。久宝　忠です。

ここ数巻、本作品は三カ月に一冊の刊行ペースとなっています。ですので、それほどお待たせしていないのではないかと思うのですが……どうでしょうか？

それでも、「遅い！」「もっと早く次を出して！」「いっそ、毎月刊行を！」という声が上がるかもしれません。ええ、とてもありがたいことです。本作品が愛されている証拠ですから。好きな作品なら、できるだけ早く続きを読みたい、そう思うのは読者として当然だと筆者も思います。

とはいえ、これ以上のペースは物理的に不可能ですので……。

本作品は、どの巻の文字数も二十万字以上あります。最大二十七万字、平均二十三から二十四万字でしょうか。毎巻十万字近く加筆し、数万字の修正を行っているのですが……その中でも、筆者のお気に入り箇所というのがあります。

この『水属性の魔法使い　第二部　西方諸国編Ⅲ』なら、ラストの戦闘描写でしょうか。

涼と、某悪魔との戦闘シーンです……本編の前に、このあとがきから読まれている方のために「某悪魔」という表現にとどめていますが、先に本編を読まれた方はすぐにお分かりかと思います。

そのシーンは、今回書籍化されるにあたって五千字ほど加筆しました。特にその、加筆箇所がお気に入りです。担当編集さんにも褒められましたけど、筆者自身も良い感じで書けたなと思いました。涼が、ものすごくカッコいいです！

これから読まれる方のために、詳細な描写は避けますが……熱い、熱い剣戟シーン。

柴田錬三郎先生が書かれた剣豪小説のような、熱い剣戟を目指して……ええ、眠狂四郎や御家人斬九郎みたいな。

実際に近付くことができたかは分かりません。でも、努力はしました。

そう、剣戟です。剣の戦いです。

もちろん、本作品は水属性の魔法使いですが……魔法使いが、熱い剣戟を展開してもいいと思いません？

筆者は、面白ければそれでいいと思っています。

もちろん、読者の皆様が「面白い！」と思ってくだされば。

涼を襲うならず者は
教皇本人!?

アクセスはこちら!
https://to-corona-ex.com/
魔法使い」の最新話が
早く読める!!

アベルさんの服はそこに干してあります
……
たぶんもう乾いているとは思いますよ
……だがイメージとして描くことは可能だその知識さえあれば！
内容は割愛するがいわゆる水素結合と呼ばれる現象をイメージする
原作:久宝 忠
漫画:墨天業
CORONA EX
コロナEX
TObooks
なら
「水属性の
どこよりも

出来損ないと
呼ばれた元英雄は、
実家から追放されたので
好き勝手に生きることにした
BANISHED FORMER HERO LIVES AS HE PLEASES
テレ東・BSテレ東・AT-Xほかにて
TVアニメ絶賛放送中！

［NOVELS］

原作小説 第7巻

2024年 5/20 発売！

［著］紅月シン
［イラスト］ちょこ庵

［COMICS］

※8巻書影

コミックス 第9巻

2024年 6/15 発売！

［原作］紅月シン ［漫画］烏間ル
［構成］和久ゆみ
［キャラクター原案］ちょこ庵

［TO JUNIOR-BUNKO］

TOジュニア文庫 第3巻

2024年 6/1 発売！

［作］紅月シン ［絵］柚希きひろ
［キャラクター原案］ちょこ庵

［放送情報］

※放送日時は予告なく変更となる場合がございます。

テレ東

毎週月曜 深夜26時00分〜

BSテレ東

毎週水曜 深夜24時30分〜

AT-X

毎週火曜 21時30分〜
（リピート放送 毎週木曜9時30分〜／
毎週月曜15時30分〜）

U-NEXT・アニメ放題では
最新話が地上波より1週間早くみられる！
ほか各配信サービスでも絶賛配信中！

STAFF

原作：紅月シン『出来損ないと呼ばれた元英雄は、実家から追放されたので好き勝手に生きることにした』（TOブックス刊）
原作イラスト：ちょこ庵
漫画：烏間ル
監督：古賀一臣
シリーズ構成：池田臨太郎
脚本：大草芳樹
キャラクターデザイン・総作画監督：細田沙織
美術監督：渡辺 紳
撮影監督：武原健二　坂井慎太郎
色彩設計：のぼりはるこ
編集：大岩根力斗
音響監督：高桑 一
音響効果：和田俊也（スワラ・プロ）
音響制作：TOブックス
音楽：羽岡 佳
音楽制作：キングレコード
アニメーション制作：
スタジオディーン×マーヴィージャック
オープニング主題歌：蒼井翔太「EVOLVE」
エンディング主題歌：愛美「メリトクラシー」

CAST

アレン：蒼井翔太
リーズ：栗坂南美
アンリエット：鬼頭明里
ノエル：雨宮 天
ミレーヌ：愛美
ベアトリス：潘めぐみ
アキラ：伊瀬茉莉也
クレイグ：子安武人
ブレット：逢坂良太
カーティス：子安光樹

TVアニメ
公式サイトはコチラ！
dekisoko-anime.com

シリーズ累計90万部突破!!（紙＋電子）

（通巻第10巻）

水属性の魔法使い　第二部　西方諸国編Ⅲ

2024年5月1日　第1刷発行

著　者　久宝 忠

発行者　本田武市

発行所　TOブックス
〒150-0002
東京都渋谷区渋谷三丁目1番1号　PMO渋谷Ⅱ　11階
TEL 0120-933-772（営業フリーダイヤル）
FAX 050-3156-0508

印刷・製本　中央精版印刷株式会社

ISBN978-4-86794-164-5